『まほろ駅前』シリーズを 手に取って
いただき、どうも ありがとうござい
ます。
多田と行天と一緒に、郊外の町、
まほろ市での冒険と、そこに住む
人々との出会いを、お楽しみいた
だければ幸いです。

チワワです→ 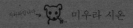 三浦しをん

《마호로 역》시리즈를 손에 들어주셔서 정말
감사드립니다.
다다와 교텐과 함께, 변두리 동네 마호로 시에
서 벌어지는 모험과 그곳에 사는 사람들과의
만남을 부디 즐겨주셨으면 좋겠습니다.

치와와입니다→ 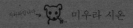 미우라 시온

마호로 역 다다 심부름집

『まほろ駅前多田便利軒』

MAHORO EKIMAE TADA BENRIKEN by MIURA Shion

마호로 역 다다 심부름집

미우라 시온 **장편소설**
권남희 옮김

은행나무

| **일러두기** |

본문의 주는 모두 옮긴이의 것으로, 괄호를 줄여 작게 표기했습니다.

소네다 할머니, 예언하다

"넌 내년에 분명히 바빠질 게야."

한 해도 얼마 남지 않은 어느 맑은 날 저녁, 소네다 할머니는 그렇게 말했다.

병원 휴게실은 몹시 조용했다. 창 너머로 누렇게 마른 잔디와 잎이 다 떨어져가는 나무들이 보였다. 음량을 최대한 낮게 줄인 두 대의 텔레비전에서는 각각 드라마 재방송과 경마 중계를 하고 있다.

휴게실에 모인 노인들은 각자 탁자에 앉아 있다가 자연스럽게 두 무리로 나뉘어 텔레비전에 빠져들었다. 병실에서 가져온 과자 봉지를 부스럭거리는 소리와 휠체어 바퀴가 삐걱거리는 소리만 들렸다.

"장사가 잘될까요?"

다다 게이스케는 선물로 가져온 카스텔라를 한입 크기로 자르면서 물었다. 소네다 할머니는 카스텔라만 호시탐탐 노리고 있다. 다다는 탁자에 놓인 종이 접시에 딱 두 조각만 올려놓고, 나머지는 플라스틱 통에 담으면서 "한꺼번에 다 드시면 안 돼요. 간식 시간에 친구분들과 같이 드세요" 하고 일러주었다.

자동판매기에서 뽑아 온 따뜻한 차를 종이컵에 따라서 건넸다. 할머니는 카스텔라를 차에 적셔 불려가며 먹었다.

"장사는 올해랑 다름없어. 너는 개인적인 일로 바빠질 게야." 할머니가 말을 이었다. "어쩌면 색시하고 헤어질지도 모르고."

색시하고는 벌써 옛날에 헤어졌는걸요. 그러나 다다는 잠자코 할머니 얘기를 들었다.

"그러고는 뭐, 여행도 하고 울고 웃고 그러겠지."

"여행요? 어디로요?"

"아주아주 먼 곳. 사람 마음속만큼이나 먼 곳……."

할머니는 의사에게 "한밤중에 나타나는 도깨비는 사실 할머니 마음속에 있는 거랍니다"라는 말을 듣고 나서부터 자기 마음을 믿지 않게 됐다. 할머니는 마음이 외국만큼이나 멀어서 말이 통하지 않는 곳이라고 생각했다.

"어허, 기쿠 씨의 예언이다."

갑자기 쉰 목소리가 들려서 다다는 뒤를 돌아보았다. 병원에서 자주 보는 할아버지가 줄이 늘어진 링거대를 지팡이처럼 짚고 서 있다. "어떡하나, 어떡하나?" 노인은 고개를 젓고는 텔레비전 쪽으로 가버렸다. 소네다 할머니는 종이컵의 차를 마지막 한 모금까지 소리 내어 마셨다.

"하여튼 넌 이제 바빠져서 나한테 자주 못 오게 될 게야."

"그럴 리 없어요, 어머니."

다다는 그다음에 무슨 말을 해야 할지 몰랐다. '또 올게요' 하고 자기 마음대로 약속할 수 없기 때문이다. 다다가 어색한 분위기를 얼버무리느라 "슬슬 방으로 돌아갈까요?" 하고 재촉하자 할머니는 얌전히 고개를 끄덕였다.

다다는 아주 천천히 복도를 걸어가는 할머니 걸음에 속도를 맞추었다. 아흔 살이 다 되어가는 노인은 허리가 굽어서 키가 겨우 다다의 허리까지 왔다.

6인실 병실에서 할머니 자리는 한쪽에 나란히 놓인 세 개의 침대 중 가운데 침대였다. 다다는 천천히 침대로 올라가는 할머니를 부축했다. 시트에 올라앉은 노인은 마치 조그마한 찹쌀떡처럼 동그랗게 보였다.

다다는 철제 탁자에 카스텔라가 든 플라스틱 통을 내려놓고 작별 인사를 하려고 했다. 그때 간호사가 들어와서 인사를 하는 바람에 할머니에게 말을 건넬 타이밍을 놓치고 말았다.

"소네다 할머니, 착한 아드님 두셔서 좋으시겠어요. 또 문병 오셨네요?"

간호사는 할머니를 향해 밝은 목소리로 말했다. 그리고 안쪽 침대에 누워 있는, 성별을 알 수 없는 노인의 귓가에 대고 "등 아프지 않으세요? 자세 좀 바꿀까요?" 하고 큰 소리로 묻는다. 안쪽 침대 커튼이 쳐졌다. 욕창이 생기지 말라고 노인의 몸을 뒤집는 기척이 났다.

숱이 많이 적어졌지만, 소네다 할머니 머리는 부드러운 백발이다. 다다는 할머니의 가마를 내려다보며 잠시 서 있다가 입을 열었다.

"그럼, 어머니. 새해 복 많이 받으세요."

"응."

할머니는 작은 소리로 대답했다. 헤어질 때면 할머니는 말이 없어진다. 다다는 서둘러 복도로 나갔다. 병실을 돌아보니 노인은 찹쌀떡처럼 동그랗게 침대에 앉아서 고개를 숙이고 있었다.

정말로 착한 아들이라면 늙은 어머니가 병원에서 홀로 새해를 맞게 하지 않을 것이고, 생판 모르는 남에게 자기 대신 문병을 가게 하지 않았을 것이다. 하지만 다다는 자신이 생판 모르는 남이라서 태평스럽게 이런 생각을 한다는 것도 알고 있다.

주차장에 세워둔 흰색 소형 트럭에 올라타고 나서야 비로소 마음이 가벼워졌다. 병실 벽은 밝은 크림색이지만, 병원 공기는 왠지 모르게 사람을 우울하게 만든다.

차 열쇠를 돌려 시동을 걸고, 히터를 틀어놓고서 담배에 불을 붙였다. 암모니아와 소독약이 섞인 냄새가 코 주위에서 뱅뱅 돈다. 차창을 조금 열어 연기와 함께 그 냄새를 흘려보냈다.

점퍼 주머니에서 휴대전화를 꺼내 버튼을 눌렀다. 신호음이 다섯 번 울리고 나서야 중년 여자의 목소리가 들려온다.

"소네다 공무소입니다."

"다다 심부름집입니다. 마사도시 씨 계십니까?"

"외출했는데요. 문병은 갔다 왔겠죠?"

"네, 방금."

"수고했어요. 남편한테 전할게요."

통화는 쌀쌀맞게 끊겼다. 당신은 내년에 이혼하게 될지도 모르니까 주의하는 편이 좋습니다. 그렇게 말해줄 틈도 없었다. 뭐, 됐어. 다다는 휴대전화를 집어넣었다. 할머니의 말은 물론 예언이 아니라 단순한 푸념일 것이다.

내일은 가도마쓰(새해에 조상신을 맞이한다는 뜻으로 문 앞에 세우는 대나무 장식) 설치가 다섯 건, 대청소가 한 건 있다. 다다는 트럭을 몰고 마호로 역 앞에 있는 사무실로 돌아갔다.

다다 심부름집에 밀려드는 일거리

심부름집은 1월과 2월이 비교적 한가하다.

겨울이라 이사도 적고, 뽑아야 할 만큼 풀도 자라지 않는다. 새해를 맞은 사람들이 들뜬 마음을 가라앉히기 전까지는 여간해서 의뢰가 들어오지 않는다. 새해를 맞아 산뜻한 기분으로 가족과 함께 쉬고 있는 집에 알지도 못하는 타인을 불러들여 일을 시키는 사람은 별로 없다.

다다도 예년 같으면 사무실이자 자택인 낡은 건물의 한 방에서 늘어지게 잠이나 자며 휴일을 만끽했을 터다. 하지만 올해는 상황이 약간 달랐다. 작년 섣달그믐에 갑자기 개 돌보는 일을 맡은 것이다.

사무실에 찾아온 여자는 사십대 초반으로 양손에 짐을 들고 있었다. 보스턴백과 빨간색 플라스틱 이동장이었다. 다다가

12

소파에 앉으라고 권하자 여자는 조심스럽게 소파의 먼지를 털고 앉았다. 내려둘 곳을 찾아 망설이다가 보스턴백은 무릎에, 이동장은 바닥에 놓았다.

"가족이 모두 주인의 본가로 귀성하는데요. 반려견 호텔은 예약이 다 찼고, 개를 데리고 가자니 시어머니가 천식이 있어서 안 되고, 새해부터 이웃한테 개를 돌봐달라고 부탁하기도 그렇고, 난감해서요……"

"그렇군요."

다다는 그다지 내키지 않았다. 남편을 '주인'이라고 부르는 여자는 질색이었다. 사실 다다는 기혼 여성을 상대하는 자체가 싫지만, 사람을 가리면 장사를 할 수 없다. 심부름집 고객은 거의 주부다. 다다는 이동장 안에서 꼼지락거리는 동물을 들여다보았다.

"견종이 뭐죠?"

다다는 여자가 들어 올린 이동장 창살 너머로 안을 들여다보았다. 치와와! 최악이다. 개를 산책시켜달라는 의뢰도 종종 들어오긴 하지만, 다다는 요즘 인기 있는 작은 반려견이 싫었다. 너무 작아서 불안하다. 개에게 알맞은 운동을 시키려면 어느 정도 걸어야 하는지 도저히 감을 잡을 수 없다. 커다란 덩치에 수염을 아무렇게나 기른 다다가 꾀죄죄한 점퍼 차림으로 조그마한 개와 산책을 하면 길 가던 초등학생도 키득거린다.

"참 귀엽네요. 걱정 말고 맡겨주십시오."

여자는 다다가 내민 의뢰서와 계약서에 필요 사항을 기입하고 사인했다. 사세 겐타로. 42세. 주소는 마호로 시 히사오 4가 15번지. 다다는 의뢰서에 자기 이름이 아닌 남편 이름을 쓰는 여자도 질색이다.

여자는 보스턴백에서 사료와 접시, 패드, 개가 좋아하는 장난감을 꺼냈다. 다다는 끼니때마다 양을 정해서 사료를 줄 필요는 없다는 것과 산책을 오래 시키지 않아도 된다는 것을 확인한 뒤, 1월 4일 오전까지 맡기로 계약서를 썼다.

요금은 선불로 받았다. 여자는 아무 불평 없이 지갑을 열었다. 그리고 영수증도 받는 둥 마는 둥 하고 급히 사무실을 떠났다. 이동장 안의 개를 꺼내서 안아보지도 않고, 말도 걸지 않고.

이렇게 해서 다다는 개와 함께 해를 넘기고, 개와 함께 새해를 맞이했다.

치와와는 텔레비전에서 본 것처럼 눈이 크고 촉촉하며, 몸을 계속 떠는 동물이었다. 추운가 싶어서 잠자리로 쓰는 상자에 담요를 깔아주기도 하고, 익숙하지 않은 곳이라 무서움을 타는 줄 알고 장난감을 들고 놀아주기도 했다. 혹시 몸이 안 좋은가 걱정이 되어 한밤중에도 몇 번이나 상자 안을 들여다보며 살아 있는지 확인까지 했다.

그러나 아무리 애를 써도 치와와는 여전히 몸을 떨었다. 체질이 그런 것 같았다. 다다는 1월 2일이 되어서야 치와와가 떠나는 것에 신경을 쓰지 않게 됐다.

스트레스가 쌓일 대로 쌓인 다다는 치와와와 아침 산책을 하고, 술을 마시고 꾸벅꾸벅 졸면서 하루를 보냈다. 치와와는 "치와와" 하고 부르면 기뻐하며 달려오지만, 방에 그냥 내버려 두어도 얌전하다. 치와와가 먼지 쌓인 마룻바닥을 걸을 때마다 직직하고 발톱 긁히는 소리가 났다.

방에서 다른 존재의 기척을 느낀 것은 오랜만이었다. 그 때문인지 다다는 꿈을 꾸었다. 바람에 날려 두꺼운 책의 책장이 마치 손짓하듯 넘어간다. 그리움이 오히려 심기가 불편하다는 사실을 환기시키는 바람에 다다는 살며시 눈을 떴다.

건물 앞 도로는 역 주변 번화가를 피해 마호로 시내로 들어가는 지름길이다. 평소에는 교통량이 많지만, 연휴라서 오가는 차가 드물었다. 꿈속에서 들린 책장 넘어가는 소리는 이따금 도로를 지나가는 차의 엔진 소리였던 것 같다. 다다는 멍하니 방을 둘러보았다. 치와와는 상자로 만든 집에서 새근새근 자고 있다.

저녁으로 라면을 끓이고 있는데 사무실 전화가 울렸다. 어차피 제대로 된 용건도 아닐 터다. 다다는 접시에 사료를 수북이 담아 발로 치와와 쪽으로 밀어주었다. 전화벨 소리는 좀처럼 멎지 않았다. 할 수 없이 가스 불을 끄고, 응접 공간과 주거 공간을 나눈 칸막이 커튼을 걷고서 수화기를 들었다.

"다다 심부름집입니다."

"나 야마시로초에 사는 오카일세." 오카는 다다가 건네는 새해 인사를 가로막으며 다급하게 말을 계속했다. "내일 시간 괜찮지? 아침 5시 반부터 밤 8시 반까지."

작업 시간이 꽤 길다. 새해 벽두부터 뭘 시킬 생각이지? 다다는 의아했다.

"무슨 일을 맡기실 건데요?"

"연말에 하지 못한 정원과 창고 청소. 하지만 이건 형식적인 일이고, 자네가 진짜 할 일은 버스 운행을 감시하는 것일세."

"네?"

"자세한 건 내일 얘기해. 그럼 5시 반."

"오카 씨, 오카 씨." 다다는 황급히 수화기에 대고 소리쳤다. "지금 개를 맡고 있어서요. 이 녀석도 돌봐야 해서 작업 시간이 긴 건 좀……."

"데려와." 오카가 대답했다. "개 한 마리쯤이야 정원에서 놀게 하면 돼."

오카는 '놀게 하면 돼'의 '돼'를 발음하는 것과 동시에 전화를 끊었다. 다다는 짜증이 나서 수화기를 거칠게 내려놓고 가스레인지 앞으로 돌아왔다. 치와와는 사료 접시를 깨끗이 비웠고, 냄비 속 라면은 불어터졌다.

16

"내일은 일 나가야 해, 치와와. 오늘 밤엔 일찍 자."

치와와는 여전히 몸을 떨면서 다다를 올려다보고는 하품을 하더니 제집으로 들어갔다.

내 이야기를 들어주는 건 너뿐이구나. 오, 치와우와, 치와우와. 다다는 콧노래를 흥얼거리면서 냄비에 분말 수프를 넣고 뇌수처럼 불어터진 면을 미각과 촉각을 차단한 채 위로 쏟아부었다.

아직 햇살도 제대로 퍼지지 않은 이른 아침에 다다는 트럭을 타고 야마시로초로 향했다.

짐칸에는 정원 청소에 필요한 도구들을 실었다. 치와와는 조수석에 올려놓은 이동장에 얌전히 앉아 있었다. 야마시로초는 마호로 역에서 차로 20분 거리다. 다세대주택과 밭이 뒤섞인 풍경 너머로 지주의 저택답게 커다란 전원주택이 눈에 들어왔다.

오카의 집은 도로변에 있었다. 이 지역에서 오래 살았음을 말해주듯 정원에는 거목이 가지를 활짝 벌리고 있다. 오카는 자기 소유의 밭을 전부 갈아엎고 다세대주택을 지어서 월세 수입만으로 유유자적하게 살고 있다.

다다는 자갈이 촘촘하게 깔린 앞뜰에 트럭을 세웠다. 오카는 정원 한구석에서 자기가 고안한 괴상한 체조를 하고 있었다. 다다가 차에서 내리는 걸 보자, 오카는 팔을 휘두르다 말고 다가왔다.

다다는 이번에도 새해 인사를 하질 못했다. 오카는 정원석에 올려두었던 사무용 바인더를 다다에게 쓱 내밀었다.

"대단한걸. 제시간에 왔네. 정원하고 창고는 보통 때처럼 적당히 해도 괜찮아. 대신 버스 운행에 신경을 써. 그게 오늘 주업무야. 자, 바인더 들고."

다다는 가슴팍에 들이댄 바인더를 받아 들고, 가로등 불빛 아래 빛나는 오카의 대머리와 바인더에 끼인 종이를 번갈아 바라보았다. 종이는 두 장. 두 장 다 한가운데에 세로로 줄이 그어져 있다. 왼쪽에는 버스 운행 시간표를 옮겨 적은 듯한 숫자가 나열되어 있고, 오른쪽은 빈칸이다.

"우리 집 앞 버스 정류장 알지?"

오카는 도로 쪽을 가리켰다. 돌아볼 것도 없다. 오카의 저택 앞에는 '야마시로초 2가'라는 버스 정류장이 있다. 정원에서는 도로를 달리는 버스가 보기 싫어도 눈에 들어온다.

"작년부터 신경 쓰였는데, 아무래도 운행 횟수를 속이는 것 같아. 나나 이 동네 늙은이들한테는 버스가 중요한 교통수단인데 말이야. 병원 갈 때나 역에 갈 때나 버스 타고 왔다 갔다 하잖아."

오카의 말투가 진지했다. 그의 집 앞을 지나는 버스는 야마시로 단지를 출발하여 마호로 시민병원을 경유해서 마호로 역까지 간다. 오늘따라 별나게 춥네, 입김이 이렇게 하얗잖아. 다다는 속으로 투덜거렸지만, 겉으로 말은 하지 않았다.

"구체적으로 무슨 일을 해야 합니까?"

"정원을 청소하면서 버스 정류장을 감시하게. 휴일 운행 시간을 상하행 모두 적어뒀으니까, 자네는 버스가 정확히 몇 시 몇 분에 정류장에 오는지 기록해. 그러면 버스 운행이 얼마나 늦어지고 있는지, 그동안 우리가 얼마나 속고 살았는지 확실히 알게 될 테니까."

"네."

하루 치 요금을 받았다. 장갑을 끼고 짐칸에서 빗자루와 쓰레기봉투를 내렸다. 퍼뜩 생각나서 다다는 집 안으로 들어가는 오카에게 말을 건넸다.

"개를 정원에 놔둬도 될까요?"

"맘대로 해. 첫차는 5시 50분에 올 거야. 바빠서 자네한테 맡기는 거야. 똑바로 해야 돼. 운행 횟수를 속인다는 증거를 모아서 요중이 얼마나 태만한지 고발해버릴 거니까."

마호로 시는 도쿄 도에 속하는 지역인데, 어째서인지 요중, 즉 '요코하마 중앙교통'이 시내버스 노선을 독점하고 있다. 부자들이 하는 짓은 통 이해할 수가 없다니까. 다다는 바인더를 문기둥 위에 올려놓았다. 정원 쪽으로 난 창으로, 거실에 누워 텔레비전을 보는 오카가 보였다.

할 말은 많지만, 꾹 참고 작업에 임하는 것이 심부름센터를 운영하는 사람의 경영마인드다. 다다는 "그렇지, 뭐" 하고 중얼거리고 말았다. 다다는 온종일 정원과 창고를 청소하면서 틈틈이 버스 운행 상황을 기록하고, 신이 나서 뛰어다니는 치와와의 똥을 치웠다.

밤 8시 반이 되자 역으로 가는 마지막 버스가 오카의 집 앞 도로를 떠났다. 완전히 캄캄해졌다. 다다는 트럭 짐칸에 청소 도구와 쓰레기를 싣고 돌아갈 채비를 했다. 바인더를 손에 들고 집 안으로 들어가는 미닫이문을 열었다.

"작업 다 끝났습니다. 어떻습니까?"

저녁 반주를 들고 있었는지 얼굴이 벌게진 오카가 집에서 나왔다. 외등 불빛 아래 깔끔해진 정원을 둘러보고 만족스러운 듯이 고개를 끄덕였다.

"그래, 이상한 거 없었어?"

"유감스럽게도 운행 횟수는 이상이 없었습니다. 길이 막혀서 제시간에 오지 않은 적은 있었지만, 운행 횟수는 시간표에 기재된 것과 다르지 않았습니다."

"거, 이상하군." 오카는 다다에게서 바인더를 받아 들고 고개를 갸웃거렸다. "딴짓하다가 대충대충 적은 거 아냐?"

그렇게 생각할 거면서 부탁은 왜 해. 머릿속으로는 오카의 멱살을 잡았지만, 웃는 얼굴로 대답했다.

"아닙니다. 점심때도 사모님이 가져다주신 주먹밥을 먹으면서 문 앞에 앉아 도로를 지켜봤습니다. 오줌, 아, 죄송합니다, 볼일도 도로를 감시하며 정원 구석에서 페트병에다 봤습니다. 증거물을 보시겠습니까?"

"아냐, 됐어."

"괜찮으시겠습니까?" 사실 오줌은 정원 구석의 산수유 밑동에다 갈겼다. "그럼 이만 실례하겠습니다. 시키실 일이 있을 땐 언제든 전화 주십시오."

오카는 조사하는 날을 잘못 잡았다. 다다는 그렇게 생각하면서 트럭으로 걸어갔다. 아마 요중은 설 연휴에 출근하는 운전기사에게는 특별 수당을 줄 터. 인력을 확보하기가 오히려 쉬웠을 거다. 정말로 요중이 운행 횟수를 속인다면, 휴일이 아닌 평일에 그 증거를 잡아야 한다.

그런 꾀를 알려줄 필요는 없다. 새해 벽두부터 별 거지 같은 일을 다 맡았네. 다다는 운전석 문을 열다가 그제야 일행이 있었다는 사실을 깨달았다.

"치와와, 어디 있니?"

어두운 정원을 향해 불러보았지만, 한참을 기다려도 치와와는 나타나지 않았다. 나무들이 술렁거리는 소리 때문에 기척을 살피는 일이 쉽지 않았다.

"큰일 났네."

다다는 "치와와, 치와와" 하고 작은 목소리로 부르면서 정원을 구석구석 살폈다. 치와와는 아무 데도 없었다.

"이래서 싫다니까, 뇌가 작은 개는."

설마 도로에 나갔다가 차에 깔리기라도 한 건 아니겠지. 황급히 오카의 저택에서 뛰쳐나가 차들이 오가는 도로를 유심히 살폈다. 참극이 일어난 흔적은 없다. 다다는 주위를 둘러보다가 역으로 가는 버스 정류장 벤치에 앉은 사람의 그림자를 발견했다.

다다는 그 사람에게 다가가 '혹시 치와와 한 마리 못 보셨습니까?' 하고 물으려다가 입을 다물었다. 치와와는 코트를 입은 남자의 팔에 안겨 있었다.

다다와 동년배로 보이는 남자가 다다를 올려다보았다. 지나가는 차의 헤드라이트가 남자의 얼굴을 비추었다. 어두운 방에서 조명 스위치를 더듬을 때처럼 초점이 흐릿한 시선이 다다의 머리 위에서 멈췄다.

"담배 있냐?"

남자가 물었다. 다다는 점퍼 주머니에서 담배를 꺼내 라이터와 함께 건넸다.

"럭키스트라이크군."

이렇게 말한 남자는 담뱃갑을 흔들어 한 개비를 뽑아 입에 물고, 100엔짜리 라이터로 불을 붙였다. 남자는 왼손만 움직였다. 오른팔은 치와와를 안은 채.

"다다, 혹시 얘가 네 개냐?"

"어."

"흐음, 안 어울리는걸."

남자는 벤치에서 일어나 다다에게 담배와 치와와를 건넸다. 다다의 반응이 시큰둥해서였는지, 남자는 겸연쩍은 듯 입술 끝으로 담배를 흔들었다.

"야, 내가 누군지 몰라?"

"아니, 알아." 정확히 말하자면, 기억해냈다. "교텐이지?"

교텐 하루히코는 다다가 도립 마호로 고등학교에 다니던 시절 동급생이다. 3년 동안 같은 반이기는 했지만, 다다는 교텐과 대화를 나눈 적이 없었다. 다다만 그랬던 게 아니다. 교텐과 사이가 좋았던 친구는 아무도 없었다.

교텐은 성적이 뛰어나게 좋았고, 외모도 그리 나쁘지 않아 다른 학교 여학생들이 교텐을 보러 학교 앞까지 올 정도였다. 그러나 교내에서는 괴짜로 유명했다. 교텐은 통 말이 없었다. 수업 중에 선생님이 지목을 해도, 반 친구가 학급 일로 말을 걸어도 굳게 닫은 입을 열지 않았다.

고등학교에 입학한 후부터 졸업할 때까지 교텐이 입을 연

것은 놀랍게도 딱 한 번뿐이다.

미술 공예 시간이었다. 반 아이들은 종이 모형 집을 만드는 중이었다. 교텐은 재단기를 사용하고 있었다. 바로 그때 뒤에서 장난치던 아이들이 교텐을 와락 밀치는 바람에 오른쪽 새끼손가락이 잘려 나가고 말았다.

교텐은 "아얏" 하고 짧게 소리쳤다. 절단된 손에서는 불꽃처럼 피가 솟구치고, 미술실 안은 큰 혼란에 빠졌다. 교텐은 바닥에 떨어진 새끼손가락을 직접 주워 들었다. 마치 동전을 떨어뜨렸다가 줍는 것 같은 교텐의 동작이 다다의 머릿속에 되살아났다.

교텐은 달려온 보건교사에게 응급처치를 받고 구급차에 실려 병원으로 향했다. 처치가 빨랐던 덕에 다행히 새끼손가락을 붙일 수 있었다. 며칠 후 교텐은 다시 등교했다. 사고를 일으킨 친구들은 눈물을 흘리며 사죄했다. 그러나 오른손을 붕대로 칭칭 감은 교텐은 또다시 말을 하지 않는 괴짜로 돌아갔다.

결국 다다와 친구들이 교텐의 목소리를 들은 것은 "아얏" 그 한마디뿐이었다. 공예 수업을 선택하지 않은 학생들은 세이렌의 노랫소리를 놓쳐버린 뱃사람들처럼 "재수 없는 소릴 안 들어서 다행이네"라고 하면서도 아쉬워하는 모습이었다. 교텐을 기묘한 생물체 취급하며 점점 더 멀찌감치 떨어져 구경만 했다.

"딩동댕, 정답."

교텐은 오른쪽 손바닥을 다다의 얼굴 앞으로 내밀었다. 새끼손가락 손마디를 한 바퀴 감싼 흉터가 어두운 밤인데도 선명하게 보였다.

"이런 데서 뭐 하고 있냐?"

다다는 교텐의 물음에 대답하지 않고 되물었다.

"넌?"

"이 근처에 살아. 새해여서 본가에 왔다가 역으로 가는 길이었지."

"버스 끊겼는데."

"알아. 네 개를 안고 있는 바람에 마지막 버스를 그냥 보냈다."

다다는 교텐을 바라보았다. 교텐은 짧아진 담배꽁초를 손가락으로 날리며 초승달처럼 빙긋이 웃었다.

"변했는걸, 교텐."

"그러냐? 너만큼은 아니지."

"차를 가지고 왔으니 역까지 태워다 줄게."

다다는 먼저 일어서서 트럭을 향해 걸었다. 뒤따라오는 교텐의 신발이 거슬렸다. 청바지에 월급쟁이들이 입음 직한 코트를 걸친 괴상한 옷차림까지는 그런대로 봐줄 만했지만, 맨발에 갈색 건강 샌들을 신고 있는 것이 영 신경 쓰였다. 좋지 않은 예감이 들었다. 하지만 역까지 데려다주면 앞으로 만날 일도 없다.

팔에 안고 있는 치와와에게서 은은한 온기가 전해진다. 개를 찾아서 다행이다. 다다는 등 뒤에서 들려오는 콧노래를 애써 무시했다.

교텐은 치와와가 들어 있는 이동장을 무릎에 올리고 조수석에 앉았다.

"이 쪼그만 트럭, 네 거냐? 너 무슨 일 하는데? 응? 응?"

대답을 들을 때까지 끈질기게 물을 심산인 것 같다. 다다는 교텐의 성화에 두 손 들었다. 핸들에서 한쪽 손을 떼고, 작업복 뒷주머니에 있는 명함 지갑을 꺼내서 던졌다. 교텐은 명함을 한 장 꺼냈다.

앞면에는 '다다 심부름집 다다 게이스케', 뒷면에는 주소와 전화번호가 적혀 있다. 교텐은 명함을 들고 창밖에 흐르는 가로등 불빛에 글씨를 읽었다.

"라면집이냐?"

"라면집으로 보이냐?"

다다는 정신 건강을 생각해 창도 열지 않고 담배를 뻑뻑 피워댔다. 교텐이 오른손을 내밀어서, 럭키스트라이크를 그의 손바닥에 올려주었다.

"다다(多田)라는 성은 영업하기에 좀 그렇지 않냐?" 교텐은

26

천장을 향해 천천히 연기를 뿜었다. "사람들이 '심부름센터 아저씨, 다다 씨니까 다다(ただ. 무료, 공짜라는 뜻)로 해주세요'라고 하지는 않냐?"

다다가 얼어붙은 채찍처럼 침묵으로 일관해도, 교텐은 전혀 개의치 않았다. 교텐은 제멋대로 계속 떠들어댔다.

"왜 '다다 심부름센터'가 아니라 '다다 심부름집'으로 한 거야? 어감이 안 좋아서? '다다 심부름'이라고 하니 정말 '공짜 심부름' 같네. 안 그러냐?"

차는 역 앞 도로로 들어서기 위해 교차로를 지나고 있었다. 20분 가까이 교텐의 독설을 참고 있던 다다가 드디어 입을 열었다.

"교텐, 부탁이 있다."

"뭐든지 말해."

"역에 도착할 때까지 입 좀 다물어줄래?"

"네 소원을 들어주기 위해 노력하지. 대신 내 부탁도 좀 들어줬으면 하는데……."

"뭔데?"

"오늘 밤 네 사무실에서 좀 재워줘."

"거절."

"그러냐?"

교텐은 다시 다다의 명함을 앞뒤로 꼼꼼히 살펴보았다. 그리고 입을 열었다.

"이렇게 추운 밤에는 새끼손가락이 찢어질 듯이 아파."

다다는 신호등이 빨간색으로 바뀐 것을 보고 브레이크를 밟았다. 조용한 차 안에는 치와와의 가녀린 울음소리만 들린다. 교텐은 개를 달래듯이 이동장을 가볍게 두드리며 재떨이를 당겨 세 개비째 담배를 비벼 껐다.

트럭은 역 앞 교차로를 한 바퀴 돌아 마호로 역 남쪽 출구에 멈춰 섰다. 역구내에는 새해 참배를 다녀오는 연인들과 후쿠부쿠로(새해에 여러 가지 물건을 넣고 봉하여 싸게 파는 주머니로, 러키박스와 비슷하다)를 든 가족들로 붐볐다.

교텐은 안전띠를 풀고 차 문을 열었다. 보도에 내려서서 안고 있던 이동장을 조수석에 올려놓았다.

"농담이었다. 새끼손가락은 아무렇지도 않아. 아프지도 않고, 예전처럼 잘 움직인다고."

문이 닫히고 나서도 다다는 한동안 움직이지 않았다. 교텐은 거짓말을 했다. 다다는 교텐이 재떨이를 당길 때 뻣뻣하게 굳어 있는 새끼손가락을 보았다. 그 손가락만 핏기가 없었다.

계기반에 다다의 명함 지갑이 놓여 있다. 그걸 주머니에 넣으려고 손을 뻗치던 다다는 문득 조수석의 빨간 이동장을 내려다보았다. 그 옆에 교텐이 꺼내 들었던 명함이 그대로 있다.

다다는 차에서 내려 역구내 계단을 뛰어 올라갔다. 인파를 거슬러 개찰구로 달려갔다. 없다. 발매기 주위도 살펴보았지만, 교텐은 보이지 않았다.

플랫폼에서 내려온 인파에 섞여 있을지도 몰랐다. 다다는 개찰구로 돌아와 소리쳐 불렀다.

"교텐!"

"옙."

소리는 바로 등 뒤에서 들려왔다. 교텐은 코트 주머니에 양손을 찔러 넣은 채 역구내 기둥에 기대서 있었다. 발끝에서 건강 샌들이 약을 올리듯 까딱거렸다.

"참 인간성 좋네. 설마 정말로 쫓아올 줄은 몰랐는걸."

다다는 시험당했다는 사실을 알았지만, 부아가 치밀지는 않았다. 만나서 다행이라는 안도감에 한숨을 내쉬었다.

"오늘 밤만이다." 다다가 말했다.

교텐은 앞장서서 트럭이 있는 곳으로 걸어가며 천연덕스럽게 대답했다.

"10분이 지나도 안 오길래 사무실로 쳐들어가려고 했어."

"명함을 차에 놓고 갔던데?"

"일부러 그랬지. 너야말로 까맣게 잊은 거 아니냐? 나도 마호로에서 태어나 마호로에서 자랐다고. 역 앞 주소쯤 한 번 보면 어딘지 훤히 알아."

다다는 숨을 내쉴 때마다 자기 몸에서 풍기는 술 냄새 때문에 잠을 깼다. 침대에서 몸을 일으켜 제대로 떠지지 않는 눈으로 주위를 휘 둘러보았다. 언제 만든 것인지 바닥에는 탑이 늘어선 서양의 성 모형 같은 장식물들이 창으로 새어 들어오는 햇빛을 부드럽게 반사하고 있다.

　'뭐야, 저건?' 하고 자세히 보다 덩어리의 정체가 빈 병 더미라는 사실을 알아차렸다. 그 순간, 전날 밤 기억이 생생하게 떠올랐다.

　교텐은 좁은 사무실 안을 구석구석 둘러보았다. 소파 스프링의 탄력을 확인하고, 칸막이 커튼을 걷어 안쪽에 있는 주거 공간을 흥미로운 듯이 살펴보았다.

　"세면실이 없군."

　"가스레인지 옆에 싱크대 있잖아."

　"욕실은?"

　"공중목욕탕. 걸어서 8분. 역 건너편 마쓰노유 목욕탕."

　"그 목욕탕, 아직도 안 망했구나."

　교텐은 이동장에서 치와와를 꺼내 풀어놓더니, 구부리고 앉아 개가 장난감을 물고 노는 모습을 한참 동안 구경했다.

　다다는 냄비에 부은 물이 끓을 때까지 싱크대에서 몸을 닦았다. 부엌 선반을 열어 인스턴트식품 팩을 꺼내 들고 잠시 생각하다가 물었다.

"교텐, 카레하고 스튜 있는데 뭐 먹을래?"

"둘 다 필요 없어."

교텐은 일어서더니 "갈아입을 옷하고 칫솔 사 올게" 하고 사무실을 나갔다.

그러고 보니 교텐은 빈손이었다. 게다가 맨발에 건강 샌들을 신었다. 아무리 부모님을 만나러 오는 길이라 해도 너무 가벼운 차림새다. 역시 심상찮다.

사무실 건물 옆에 편의점이 있었다. 그곳에 간 거라 생각했으나 교텐은 좀처럼 돌아오지 않았다. 다다가 카레를 다 먹고 양치질을 하고 있는데, 그제야 터덜터덜 들어왔다.

심야에도 영업을 하는 역 앞 도로 끝 대형 할인 마트까지 갔다 온 모양이다. 양손에 노란 비닐봉지를 들고 있다. 자고 가는 데 필요한 일용품은 얼마 없고, 나머지는 모두 술이었다. 비닐봉지에서 병을 계속 꺼내며 "자, 마시자" 하고 말했다.

대화도, 안주도 없이 오로지 술만 마셨다. 플라스크에서 비커로 액체를 옮기듯 교텐은 안색도 바뀌지 않고 일정한 리듬으로 계속 마셔댔다.

그 리듬을 맞춰주다가 뻗어버린 다다는 언제 곯아 떨어졌는지 기억나지 않았다. 숙취가 느껴지지 않는 걸 보니 아직 알코올이 위에 그대로 남아 있는 모양이었다.

침대에서 내려서자 마치 누군가가 머리를 잡아 흔드는 것 같았다. 다다는 끙끙 앓으며 화장실에서 볼일을 본 후 칸막이 커튼을 걷고 응접 공간을 들여다보았다.

교텐은 소파에서 기분 좋게 자고 있었다. 어디서 꺼냈는지 담요까지 덮었다. 종아리는 팔걸이 밖으로 늘어져 있다. 폭이 좁은 소파에 벌러덩 드러누웠다. 배 위에는 치와와를 올려놓고 있었다.

"저 담요, 치와와 거?"

동물 잠자리로 쓰던 담요를 덮다니. 다다는 교텐의 무신경을 이해할 수 없었다.

치와와는 교텐의 배에서 내려오고 싶어도 혼자서는 내려오지 못하는 듯 다다를 보자 꼬리만 흔들었다.

아참, 오늘 치와와를 돌려주는 날이지!

다다는 정신이 번쩍 들었다. 사무실 벽시계는 이미 11시 45분을 가리키고 있다.

"교텐, 일어나!"

소파를 향해 소리쳤다. 담요가 꿈틀거리자 치와와가 작은 발에 힘을 실어 필사적으로 버틴다. 다다는 치와와를 본체만체하고, 싱크대에서 세수를 하고, 수염을 깎고, 작업복으로 갈아입었다. 개 장난감과 남은 사료 등을 서둘러 종이 가방에 담았다.

"굿모닝."

머리에 무성한 까치집을 지은 교텐이 치와와를 안고 담요를 질질 끌며 다다 뒤로 다가왔다. 다다는 냉큼 치와와를 빼앗아 이동장에 넣었다.

"미안하지만, 20초 안에 준비하고 여기서 나가줘. 나도 나가야 돼."

"어디 가는데?"

"개 돌려주러."

"네 개 아니었어?"

"맡은 거야."

"흐음."

교텐은 트렁크에 셔츠 차림으로 화장실에 들어갔다. 다다는 초조해하면서 기다렸다.

"나도 같이 가."

화장실에서 나온 교텐은 세수를 하고 옷을 입기 시작했다. 어째서 같이 가겠다는 거야. 그만 됐으니 돌아가. 다다의 속마음을 아는지 모르는지 교텐은 검은 코트를 챙겨 입더니 "자, 가자" 하고 사무실 문을 열었다. 여전히 건강 샌들을 신었지만, 오늘은 양말도 신었다. 다다는 화를 내려다 그만두었다. 우선 치와와를 돌려주는 일이 급했다.

12시까지는 꼭 가야 한다.

다다는 트럭을 빠르게 몰면서 휴대전화를 교텐에게 던졌다.

이동장을 무릎에 올리고 조수석에 앉아 있던 교텐은 다다가 지시하는 대로 반려견 용품이 든 종이 가방을 뒤졌다. 계약서를 꺼내 사세 씨 집 전화번호를 확인하고 휴대전화 버튼을 누른 다음 다다에게 돌려줬다.

신호음만 열다섯 번 듣고 나서야 다다는 전화를 끊었다.

교텐이 이동장을 들어 올리며 "너희 주인, 아직 안 돌아왔나 보다" 하고 치와와에게 보고했다.

차는 속도를 늦추어 크기가 비슷한 집들이 늘어선 주택단지로 접어들었다. 사세 씨 집은 놀이 기구가 거의 없는 작은 공원 옆에 있었다. 주차장에는 가족용 승합차와 어린이용 자전거가 세워져 있다.

다다는 이동장을 들고 차에서 내려 인터폰을 눌렀다. 교텐은 종이 가방을 들고 조금 떨어진 곳에서 기다렸다.

집 안에는 사람의 기척이 없다.

"안 되겠어. 아무도 없는 거 같아."

"일단 돌아가지? 사정이 있다고 사무실로 연락이 올지도 모르잖아."

"걱정 마. 휴대전화로 연결시켜놨어."

다다는 공원에서 개를 놀게 하면서 조금 더 기다려보기로 했다. 치와와의 목에 빨간 줄을 매달아 끝을 밟고 벤치에 앉았다. 교텐도 옆에 앉아 코트 주머니에서 말보로 멘솔을 꺼냈다.

"피울래?"

"있어."

다다도 왠지 손이 허전해 주머니에서 담배를 꺼내 피웠다.

맑은 날이다. 공기는 차고 건조하지만, 볕이 드는 벤치라서 춥지는 않았다. 벤치 주변에서 얌전하게 있던 치와와는 교텐이 샌들을 벗은 발끝으로 목 언저리를 간질이자 싫은지 멀찍이 달아나버렸다. 치와와는 줄을 길게 끌고 다니며 공원 화단 근처 여기저기에서 킁킁거린다.

"네가 심부름센터를 하고 있다니 의외야."

교텐은 다 피운 말보로를 비벼 껐다. 다다는 그걸 주워 휴대용 재떨이에 자신의 꽁초와 함께 넣었다. 교텐이 틈을 두지 않고 두 개비째를 피우자 다다는 아예 벤치에 휴대용 재떨이를 내려놓았다.

"너는 무난하게 대학을 나와 탄탄한 회사에 다니고 요리 잘하는 여자와 일찌감치 결혼해서 딸한테 '아빠, 잔소리 좀 그만해' 하는 핀잔을 들으며 행복한 가정을 꾸릴 줄 알았어. 그렇게 살다가 아내와 자식, 네 명쯤 되는 손자한테 둘러싸여 임종을 맞고, 유산으로 대출금 상환 시기가 임박한 교외의 집 한 칸 정도 남기고…… 뭐 이런 식으로 살지 않을까 생각했는데."

교텐은 자신이 상상한 다다의 일생을 단숨에 이야기했다. 다다는 슬며시 미소를 지었다.

"3분의 1 정도는 맞혔네."

"손자 넷에 교외에 집도 있다?"

"무난하게 대학 나와서 무난하게 회사에 들어갔어. 하지만 결혼한 여자는 헤어질 때까지도 요리를 잘하지 못했지. 아이는 없어. 물론 손자도 없고, 집도 없지."

"이혼하고 싶을 만큼 요리를 못했냐?"

다다는 대답하지 않았다.

"그렇게 잘 떠들면서 왜 고등학교 때는 돌 같았냐?"

"입 여는 게 귀찮았으니까." 교텐은 진지하게 말했다. "하지만 결혼하니까 말을 하지 않으면 두 사람 사이를 메우지 못하겠더라고. 그러다 보니 지껄이는 데 익숙해졌어."

"잠깐." 다다는 깜짝 놀라 파충류처럼 무표정한 교텐의 옆얼굴을 바라보았다. "결혼했어?"

"했었지. 아이도 있어. 아마 지금 두 살쯤 됐나……. 여자아이였던가?"

"자식 성별 정도는 기억해도 벌 안 받아."

"만난 적이 없어서."

교텐은 시원시원하게 말하며 이번에는 제대로 재떨이에 담배를 비벼 껐다. 다다는 어젯밤부터 가슴 한쪽에 자리 잡은 묵직한 불안을 드디어 말로 했다.

"교텐. 너, 갈 곳이 없는 거냐?"

"응."

"일은?"

"연말에 그만두고 집도 나왔어. 모아둔 돈은 전부 마누라한테 보내고 현재는 무일푼이지."

교텐은 코트 주머니에 오른손을 찔러 넣더니 꼬깃꼬깃해진 지폐와 잔돈을 꺼내 보였다. 다다는 한숨을 내쉬었다.

"본가에 갔으면 부모님께 세뱃돈이라도 받지 그랬냐?"

"야, 인마." 교텐은 "캬캬캬" 하고 목이 졸린 파충류 같은 웃음소리를 냈다. "세뱃돈 받을 나이도 아니잖냐."

교텐에게는 빈정거림이 통하지 않는다. 세뱃돈 받을 나이가 아닌 사람은 너처럼 빈둥거리지 않아. 다다는 이렇게 말하고 싶었지만, 말해봐야 소용없다는 것을 알고 꾹 참았다.

"본가에는 모르는 사람이 살고 있었어."

돈을 꼭 쥔 교텐의 오른손은 새끼손가락 하나만 제대로 구부러지지 않았다. 교텐은 왼손으로 오른손 손가락을 만지작거렸다. 무의식적인 행동 같았다. 다다의 시선을 눈치챈 교텐은 어색한 듯 오른손을 주머니에 찔러 넣었다.

"이제 어떡하나 생각하고 있던 참에 널 만난 거야."

교텐은 "늦는군" 하고 벤치에서 일어나 사세 씨 집 앞으로 걸어갔다. 다다도 치와와를 안고서 이동장을 챙겨 뒤따라갔다.

집 안으로 들어가거나 나온 사람은 아무도 없었지만, 다다는 혹시나 하고 인터폰을 눌러보았다. 교텐은 터덜터덜 문 옆으로 돌아가 도로 쪽으로 난 퇴창을 들여다보았다.

"다다, 잠깐만."

교텐은 철책으로 상체를 들이밀듯이 퇴창 커튼 틈에 눈을 갖다 대고 안을 들여다보았다.

"인마, 너 그러다 신고당해."

다다는 거칠게 말하며 교텐에게 다가갔다. 교텐은 다다에게서 치와와를 빼앗듯이 받아 안고는 말없이 창을 가리켰다. 다다는 마지못해 철책에 발을 딛고 실내를 들여다보다가 "당했다" 하고 중얼거렸다.

거실 같아 보이는 방 안에는 가구가 하나도 보이지 않았다.

다다는 서둘러 옆집을 찾아갔다.

"실례합니다. 말씀 좀 여쭙겠습니다. 옆집 사세 씨네 개를 맡고 있던 심부름센터 직원입니다."

다다가 신원을 밝혔지만, 그 집 주부는 경계하듯 현관문을 열어주지 않았다. 인터폰에서 흘러나오는 목소리로, 사세 씨 가족은 섣달그믐 밤에 인사도 없이 급히 이사를 갔고 연락처는 아마 아무도 모를 거라는 얘기를 간신히 들었다.

"아주 민폐라니까요. 빚쟁이들이 늘 주위에 어슬렁거리니 원······."

다다는 인사를 하고, 사세 씨 집 앞으로 돌아왔다. 트럭 짐칸에 기대어 앞으로 어떻게 할 것인지 생각했다.

"뭘 고민하는 거냐?"

종이 가방을 팔에 걸고 치와와를 안은 교텐이 물었다.

"개를 어떻게 해야 하지? 난 키울 여유가 없어. 사세 씨가 데리러 올 가능성도 있으니까 새 주인을 찾아주기도 그래. 섣불리 움직일 수가 없잖아?"

"이렇게 작은 개는" 하고 교텐은 치와와의 등을 부드럽게 어루만졌다. "목을 졸라서 쓰레기 버리는 날에 버리면 들킬 염려가 없지."

너무나 온화한 목소리여서 다다는 하마터면 '그러네' 하고 맞장구를 칠 뻔했다.

"진심으로 하는 소리냐?"

"물론." 교텐은 얼음이 깨진 흔적 같은 흉터가 있는 오른손으로 계속 개를 쓰다듬었다. "의뢰인도 어쩌면 너한테 그걸 기대했던 게 아닐까?"

그럴지도 모른다. 새로운 주인을 찾아달라고 의뢰할 수도 있었을 텐데. '사세 겐타로의 아내'는 그렇게 하지 않았다. 자존심 때문이었을까. 사세 씨 부인은 '개를 키울 수 없게 됐다'는 말은 하고 싶지 않았나 보다.

1월 4일까지라는 기간은 단순히 시간을 벌려는 속셈이었을까. 반려견 호텔보다 싼 요금이 개에 대한 위자료라고 생각한 걸까. 야반도주가 발각된 후에 '치와와를 어떻게 처리하건 마음대로 하세요'라는 의미가 틀림없다.

다다는 이런 사태에 직면했다고 해서 분노를 느낄 만큼 이상에 불타지는 않았다. 하지만 허무함을 느낄 만큼 자신의 직업에 긍지와 애착을 갖고 있었다.

동네 아이들 몇몇이 홀끗홀끗 곁눈질하며 공원으로 들어갔다. 다다는 위험천만한 생각을 품은 교텐에게서 치와와를 빼앗아 바닥에 내려놓았다.

다다는 줄을 끌고 공원 안으로 들어갔다. 그네를 타고 놀던 아이들이 다다를 바라보았다. 정확히 말하면 다다가 데리고 간 치와와를 보았다. 다다는 아이들에게 다가갔다.

"얘들아, 아저씨가 궁금한 게 있는데 알려줄래?"

다다가 말을 걸자 아이들은 그네를 멈추었다. 초등학교 4, 5학년 정도 되어 보이는 여자아이 셋이다.

"너희 중에 사세 씨네 딸 아는 사람 있니?"

다다는 되도록 침착하게 아이들 정면에서 비켜서 있었지만, 줄을 잡은 손은 이미 땀으로 흠뻑 젖었다. 주차장에 있는 자전거를 보고 사세 씨 집에도 초등학생 자녀가 있으리라고 짐작했을 뿐이다. 아이의 성별조차 아직 알지 못한다.

"알아요." 세 명 가운데 가장 활달해 보이는 아이가 대답했다. "그 개, 하나 맞죠?"

"오, 이 녀석 이름이 치와와가 아니었군."

언제 다가왔는지 등 뒤에서 교텐의 목소리가 들려왔다. 다다는 사세 씨 딸 이름이 하나인가 생각했지만, 교텐의 말을 듣고서야 아이가 개 이름을 말하고 있다는 것을 깨달았다. 사세 겐타로의 아내는 개 이름을 부르지 않았다. 의뢰서에는 적혀 있을지도 모르지만, '치와와'라고 부르면 충분하니까 다다는 특별히 주의를 기울이지 않았다.

"아저씨, 바보! 치와와가 이름인 줄 알았어요?"

아이들은 깔깔 웃고, 담배를 물고 있던 교텐도 "그런가?" 하고 웃었다.

아이들의 경계심이 조금 풀린 틈을 타 다다가 재빨리 물었다.

"아저씨가 하나를 맡고 있다가 돌려주러 왔는데, 사세 씨가 이사를 간 것 같아. 어디로 이사 갔는지 모르니?"

다다가 던진 말은 작은 돌이 되어 아이들 사이에 파문을 일으켰다. "거짓말이죠?" "마리가 이사를 갔어요?" 아이들이 한 마디씩 했다. 그러더니 조금 전 치와와의 이름을 알려준 아이가 "혹시 나미는 알지도 몰라요" 하고 말했다.

"나미라니?"

"스가와라 나미. 마리하고 학원도 같이 다니고 아주 친해요."

"이 근처 학원?"

"네. 버스 다니는 길에 있는 두부 가게 2층이에요."

"고맙다."

다다는 트럭으로 돌아왔다. 교텐도 당연히 같이 가야 한다는 듯한 표정을 지으며 조수석에 앉았다.

"안고 있지 말고 여기다 넣어."

다다는 이동장과 치와와를 교텐에게 넘겨주었다. 교텐은 다다가 시키는 대로 움직였다.

주택가에서 버스가 다니는 도로로 나왔다. 곧바로 두부 가게가 보였다. 두부 가게 2층에 '개인지도 고다 보습학원'이라고 쓰여 있는 창문이 보였다. 다다는 맞은편 편의점 앞에 차를 세우고, 가게 앞 공중전화 부스에 놓인 전화번호부에서 마호로 시 히사오 4가 부근에 사는 '스가와라'의 번호를 뒤졌다. 전화번호는 금세 찾았다. 공중전화 버튼을 눌렀다.

"여보세요, 스가와라 씨 댁입니까? 저는 우치다라고 하는데, 제 딸이 고다 보습학원에서 사세 마리하고 친하게 지냈답니다. 저희가 작년에 신슈 쪽으로 이사를 갔는데, 딸이 마리를 꼭 보고 싶다고 해서 마침 겨울방학이라 여기로 놀러 왔습니다. 근데 사세 씨도 이사를 하셔서……. 네, 네, 그렇습니다. 스가와라 나미라면 마리하고 친했으니까 이사 간 곳을 알고 있을지 모른다고 딸이 말하던데……. 네, 죄송합니다만, 따님한테 좀 물어봐주시겠습니까?"

다다는 옆에서 소리 죽여 웃고 있는 교텐을 발로 걸어찼다.

42

"네. 아, 그렇습니까. 달리 연락처를 알 만한 친구는 잘 모르시겠죠? 아, 네, 네. 3가의 우쓰이 시노부. 네, 딸아이가 가끔 말하는 걸 들은 것 같습니다."

다다는 재빨리 전화번호부를 뒤져 우쓰이라는 이름을 찾아보았다.

"네네, 얼른 전화해보겠습니다. 정말 고맙습니다."

10엔짜리 동전이 다 떨어졌다. 편의점에 바꾸러 가기도 뭐해서 100엔을 넣었다. 수화기에서 아이의 목소리가 들려왔다. 우쓰이 시노부인지도 몰랐다. 다다는 망설이던 끝에 "시노부?" 하고 불러보았다.

"……그런데요."

"나는 심부름센터를 하는 다다라고 해."

수화기 너머 아이는 아무런 말이 없었다. 엄마인 듯 "누구니?" 하고 아이에게 묻는 소리가 멀리서 들렸다.

"사세 마리가 이사 간 곳 혹시 모르니?"

"몰라요."

시노부는 짧게 대답하고 전화를 끊으려고 했다. 됐어, 얜 알고 있어. 다다는 급히 사정을 설명했다.

"잠깐만, 난 빚쟁이가 아냐. 하나라는 개를 마리한테 돌려주고 싶을 뿐이야. 지금 바로 네 집 앞으로 갈게. 하나를 데려갈 거야. 창문으로 내가 정말 하나를 데리고 있는지 확인해보렴.

싫다거나 무서우면 나오지 않아도 돼. 5분만 기다렸다가 네가 나오지 않으면 그냥 돌아갈게. 알았지?"

우쓰이 집의 정원에는 남천(관상용으로 심는 상록 관목)이 빨간 열매를 맺고 있었다. 치와와를 안고 집 앞 도로에 선 다다는 먼 옛날 교텐의 손에서 솟구치던 붉은 피를 떠올렸다.

한번 몸에서 떨어져 나간 것을 다시 꿰매어 붙이고 살면 대체 어떤 기분이 들까. 아무리 열원을 갖다 대도 늘 온도가 낮은 부위를 지니고 사는 것은…….

우쓰이 시노부는 3분쯤 후에 집 밖으로 나왔다. 4학년이라고 하는 시노부는 예쁘고 총명해 보였다. 시노부와 동갑인 남자아이들은 이 아이의 매력을 아직 모를 것이다. 다다는 그리운 여자의 얼굴을 떠올렸다. 그녀도 분명 어릴 때는 이런 느낌을 주는 아이였을 것이다. 마음만 나이를 먹어 자신의 몸도, 주위의 반응도 거기에 따르지 못해 초조해하는 느낌.

시노부는 경계심과 호기심이 뒤섞인 눈으로 다다와 교텐에게 다가왔다. 시노부는 "하나야" 하고 다다의 품 안에 있는 치와와에게 속삭인다. 그리고 손가락 끝으로 살짝 귀 밑을 쓰다듬었다. 시노부는 다다에게 메모를 건네주었다. 주소는 오다와라였다. 예상과 달리 그리 멀지 않은 곳이다.

"도와줘서 고마워."

다다가 말했다.

"마리를 만나러 갈 거예요?"

"전할 말이라도 있니?"

"아니, 괜찮아요. 편지 쓸 거예요." 시노부는 다시 치와와를 쓰다듬었다. "하나는 어떻게 되나요?"

"마리는 하나를 귀여워했니?"

"엄청나게요."

"그럼 하나를 어떻게 하고 싶은지 마리한테 물어볼게."

시노부는 고개를 끄덕이더니 집 안으로 들어갔다.

돌아가라고 말하고 싶어도, 교텐에게는 돌아갈 곳이 없다. 그런 사람에게 어떤 말을 해야 좋을까. '나 좀 따라다니지 마'라고 말하자니 스토커에게 시달리는 여자 같고, '얼른 일거리라도 찾아보는 게 어때?'라고 말하자니 엄마 같다.

다다가 곤혹스러워하는 동안 트럭은 오다와라 아쓰기 도로에 들어섰다. 교텐은 300년 전부터 숭배를 받아온 고장의 수호신 같은 표정으로 태연스레 조수석에 앉아 있다. 해는 이미 오렌지빛으로 진하게 물들었다. 이대로라면 오늘 밤에도 사무실에 눌러앉을 것이다.

"어디 머물 만한 데는 없냐?" 다다가 조심스레 물었다. "이왕 나온 길이니까 태워다 줄게."

"그럼 쿠알라룸푸르."

"······나리타 공항까지 가면 안 되겠냐?"

"농담이야."

"정말 갈 데가 없는 거냐? 단 한 군데도?"

"응."

트럭 안은 관처럼 무거운 침묵으로 가득 찼다. 다다는 깜빡이를 켜고 액셀을 밟아 거칠게 앞차를 추월했다.

"솔직히 말해 민폐야."

"이 치와와 말이지." 교텐은 허벅지를 들먹거리며 빨간 이동장을 조금 흔들었다. "어떻게 할 생각이야? 저기 길가에 버리고 올까?"

"마리의 의견을 들을 거야. 그래서 오다와라로 가고 있잖아."

"그렇게까지 할 필요가 있냐? 이건 계약에도 없던 거잖아."

"부모 마음대로 개를 없애면 아이는 상처를 입어."

교텐이 웃었다.

"너 역시 달라졌구나."

"달라졌느니 안 달라졌느니 할 만큼 친하지는 않았을 텐데."

"으음." 교텐이 신음했다. "3년간 같은 교실에 있으면서 내가 어떤 놈이라 생각했냐?"

"주위 사람들은 안중에도 없고, 사람 사귀는 건 죽기보다 싫어하는 괴상한 놈."

"정답." 용한 점쟁이를 발견하고 기뻐하는 정치가처럼 교텐은 고개를 끄덕였다. "사람의 본질이란 게 거의 첫인상 그대로야. 친해진다고 그만큼 상대를 더 잘 아는 건 아냐. 사람은 말과 태도로 얼마든지 자신을 위장하는 동물이거든."

꽤 허무한 견해군.

"그런데 지금 난 네가 생각했던 첫인상과는 엄청 다르다, 그 말이냐?"

"응. 상황에 대처하는 요령이 없어졌어."

다다는 좋은 말인지 나쁜 말인지 판단이 서지 않았다. 만약 교텐의 말이 사실이라면 나는 언제부터 요령이 없어진 걸까? 달라지지 않았더라면, 소중한 것을 잃거나 상처를 입는 일이 생기지 않았을까?

오다와라의 동쪽 입체교차로에서 유료 도로를 타고 내려가 사가와강을 지나 바로 주유소로 들어갔다.

메모에 적힌 주소로 가는 길을 주유소 직원에게 물어보았다. 다다의 차에는 마호로 시 지도밖에 없었다. 평소에는 그것만 있어도 업무에 지장이 없다. 아르바이트생인 듯한 직원은 "이 근처입니다" 하고 바로 주변 지도를 가져와서 가르쳐주었다.

지방 철도 노선인 다이유잔선과 민영 철도인 하코네 급행선 사이의 좁은 삼각주 모양에 주택단지가 들어서 있다. 아파트와 낡은 다세대주택 불빛이 어두운 밭 너머로 길고 희미하게 이어졌다. 캄캄한 밤에 불타오르는 그 숲은 한 번 들어가면 두 번 다시 돌아오지 못할 것 같은 불안한 느낌을 준다.

'이것이 바로 소네다 할머니가 예언했던 여행일까?'

퍼뜩 생각이 들었으나 이내 지웠다. 여행은 언젠가 끝나기 때문에 여행이다. 만약 돌아갈 곳 없는 교텐이 길동무라면 너무나 불길하다.

사세 씨 가족이 이사한 곳은 2층짜리 목조건물의 1층 한가운데 집이었다. 마호로 시에서 살았던 집과는 규모나 상태가 매우 달랐지만, 그들은 이미 새로운 생활에 적응한 듯했다. 작은 부엌 창으로 빛이 흘러나오고 물소리도 들렸다.

따뜻함에 감싸여 있는 그 집에서 어떤 방법으로 사세 마리를 불러내, 치와와를 어떻게 할 것인지 물어보지. 뜬금없이 작업복에 점퍼 차림을 한 남자가 찾아가면 마리는 무서워할 것이다. 게다가 마리 엄마는 이미 다다를 알고 있기에 경계할 게 뻔하다. 무엇보다 어두운 밤중에 딸이 집 밖으로 나가는 것을 허락할 리 없다.

교텐의 잔인한 발언에 오기가 생겨 그만 앞뒤 생각하지 않고 찾아왔지만, 적어도 해가 떠 있는 동안에 와야 했다. 다다는 다세대주택이 보이는 밭 옆에 트럭을 세워놓고 어떻게 할지 망설였다.

조수석에 앉은 교텐은 차창을 열어놓고 담배를 피우기 시작했다. 돈도 없으면서 교텐은 이곳으로 오는 동안 한 갑을 다 피워 없애고 새 담뱃갑을 뜯는다. '니코틴 중독'이라고 다다는 생각했다.

"저 다세대주택이지? 왜 안 가나?" 교텐은 담배를 든 손으로 앞에 보이는 집을 가리켰다. "내가 여기서 불러줄까? '마리야, 치와와 데려왔다' 하고."

"됐어."

다다는 몹시 지쳤다. 새벽까지 교텐의 술 동무가 되어주었고, 개를 안고 반나절을 뛰어다녔다. 말을 갓 배운 아이처럼 잘도 떠드는, 그러나 절대 속을 내보이려고 하지 않는 남자와 만하루를 같이 지냈다. 피곤한 건 당연하다.

교텐은 침묵에 잠긴 다다를 전혀 개의치 않고 또 말을 걸었다.

"신발 좀 빌려줘."

"왜?"

"하여간 빨리 벗어봐."

교텐은 담배를 끄고 운전석에 있는 다다의 발밑에 손을 찔러 넣었다. 기세에 밀린 다다가 스니커즈를 벗자, 교텐은 그걸 신더니 이번에는 종이 가방에 담긴 치와와의 물건을 조수석 바닥에 쏟았다.

"뭐 하는 거야?"

"내가 마리를 불러낼게."

"어떻게?"

"구경이나 해."

교텐은 이동장에서 치와와를 끄집어내 종이 가방에 넣고, 얼른 차에서 내리더니 다세대주택 쪽으로 걸어갔다. 어안이 벙벙해진 다다는 황급히 교텐을 쫓아가려고 했다. 하지만 신발이 없었다. 반려견 용품으로 어지러운 조수석 바닥을 뒤져 교텐의 건강 샌들을 꿰신고 차 밖으로 뛰쳐나갔다.

다세대주택 앞까지 쫓아간 다다가 '교텐, 그만해' 하고 말리려 했지만, 교텐은 이미 문을 두드리고 있다. 안에서 누군지 물었다. 교텐은 문을 향해 거침없이 말했다.

"새 학기에 마리의 담임을 맡게 된 오카자키입니다. 근처 온 길에 인사차 들렀습니다."

저 녀석은 뭐든지 제멋대로군. 다다는 피가 솟구치는 것을 느꼈지만, 엎질러진 물이었다. 문이 열리는 기척이 들려서 다다는 블록 담 그늘에 몸을 숨기고 귀를 기울였다.

사무실에 개를 맡기고 간 여자의 목소리가 들렸다. 사세 겐타로의 아내이자 사세 마리의 엄마.

"어머나, 제3초등학교 선생님이세요? 일부러 이렇게 와주시다니 감사합니다. 안으로 좀 들어오세요."

"아닙니다, 괜찮습니다. 마리는 집에 있습니까?"

"마리, 새로 다니게 될 학교 담임선생님께서 오셨어. 인사드려"하는 소리에 이어 "안녕, 사세. 난 오카자키라고 해. 새 학기부터 잘 지내보자" 하는 교텐의 시원스러운 목소리가 들렸다.

잠시 침묵이 이어졌다. 들켰나? 다다는 큰맘 먹고 담에서 얼굴을 삐죽 내밀고 상황을 엿보았다.

교텐은 문 앞에 나온 마리에게 종이 가방을 조금 벌려 안을 보여주었다. 놀라서 뭔가 말하려는 마리를 향해 교텐은 우아하게 자기 입술 앞에 집게손가락을 세우고서 미소 지었다. 마리는 입을 다문 채 고개를 끄덕였다.

"사세, 이 다세대주택 앞은 아침마다 차들이 많이 다니거든. 위험하니까 조심해야 할 모퉁이를 가르쳐줄게."

아이의 엄마는 부엌에서 차라도 준비하고 있는 걸까. 교텐은 일부러 큰 소리로 말하며 "다세대주택 담까지만 잠깐 같이 나가볼까" 하고 마리를 불러내는 일을 훌륭하게 해냈다.

종이 가방의 내용물이 제대로 먹힌 것 같았다. 마리는 얌전하게 교텐을 따라왔다.

"자, 손님 한 명. 안내하쇼."

교텐은 벽을 등지고 서 있는 다다를 향해 마리를 슬쩍 밀었다. 다다는 교텐에게 해주고 싶은 말이 경전(經典)만 한 길이로 가슴속에 잔뜩 똬리를 틀고 있었지만 꾹 참았다. 두 남자 사이에 낀 마리가 굴속으로 뛰어 들어가고 싶어 하는 토끼처럼 겁을 먹었기 때문이다.

다다는 몸을 숙여 마리와 눈높이를 맞추었다.

"놀라게 해서 미안해. 우쓰이 시노부한테서 여기 주소를 들었어."

마리는 친구의 이름을 듣고 약간 안심했는지 잠긴 목소리로 "하나는요?" 하고 말했다. 교텐이 종이 가방에서 치와와를 꺼내 마리에게 건넸다. 마리의 품에 안긴 치와와는 지금까지 본적이 없는 맹렬한 속도로 꼬리를 흔들어댔다. 거의 회전에 가까운 움직임이다.

"엄마가 하나 얘기, 뭐라고 했니?"

마리는 기어 들어가는 목소리로 대답했다.

"이사한 집에서는 키울 수가 없어서 다른 사람에게 줬다고 했어요. 엄마는 나중에 다른 개를 사주겠다고 했지만, 나는 하나가 아니면 싫어요."

"너희 집은 당분간 개 같은 건 못 키워."

그때까지 잠자코 있던 교텐이 말보로 연기와 함께 말을 뱉었다. 다다가 "조용해" 하고 작은 목소리로 나무랐지만, 교텐은 상관하지 않고 계속 떠들어댔다.

"너희 엄마가 거짓말을 한 거야, 마리. 이 아저씨한테 치와와를 떠넘기고 도망친 거야."

"교텐!" 다다는 버릇이 나쁜 개를 혼내듯이 엄한 목소리로 말했다. "저리 가 있어."

교텐은 담배를 피우면서 다다와 마리 곁에서 조금 떨어졌다. 마리는 소리를 죽여 울었다. 다다는 마리의 뺨을 타고 흘러 내리는 눈물을 닦아주려다 그만뒀다.

"저 아저씨가 한 말은 신경 쓰지 마." 다다는 애써 부드럽게 말했다. "너희 엄마가 나한테 하나를 맡겼어. '우리 강아지를 돌봐줄 주인을 찾아주세요' 하고. 하지만 하나를 키웠던 건 엄마가 아니고 마리잖아? 마리가 어떻게 생각하는지 알고 싶어서 아저씨가 찾아온 거야."

마리는 치와와의 털에 가만히 얼굴을 묻었다.

"네가 하나를 키우고 싶다면 내가 엄마한테 부탁해볼게. 작으니까 다세대주택에서 몰래 키울 수 있을지도 몰라."

교텐이 뭔가 말하고 싶은 듯 다다를 보았다. 다다도 자신이 엉터리없는 소리를 한다는 것쯤은 알고 있다. 사세의 집에서는 아마 개를 키울 여유가 없을 터다. 하지만 마리와 치와와를 위해 어떻게든 해주고 싶었다.

마리는 다다가 생각하는 것보다 훨씬 더 어른스러웠다. 안고 있던 치와와를 다다의 품에 안겨준다.

"하나를 키워줄 착한 사람을 찾아주세요."

"그래도 괜찮아?"

마리는 단호하게 고개를 끄덕였다.

"알겠다. 그럼 마호로에 올 일이 있으면 꼭 전화해." 다다는 점퍼 주머니에서 명함을 꺼내 마리에게 건넸다. "그때까지는 하나의 새 주인을 찾아줄게. 그리고 마리한테 꼭 알려줄게."

"고맙습니다."

마리가 말했다.

마리네 집 문이 열리고 마리의 엄마가 걱정스러운 듯이 "마리, 어디 있니? 선생님은 어디 계시니?" 하고 부르는 소리가 났다. 다다는 치와와를 안고 일어섰다.

"선생님은 벌써 가셨어." 마리는 담 그늘 안에서 엄마에게 대답했다. 그리고 치와와를 향해 조그맣게 말했다. "바이 바이."

다다는 블록 담에 기대 마리가 다세대주택 통로를 달려가 엄마와 함께 집으로 들어가는 소리를 들었다. 그 소리는 모든 것을 받아들이고, 또한 살기 위해 체내 기관을 연소시키는 심장 고동과 같은 떨림이라는 걸 느꼈다.

교텐은 트럭 운전석의 문 앞에서 다다를 기다리고 있었다.

"신발 돌려줘" 하고 다다가 말하자 "자동차 키 줘봐" 하고 교텐이 오른손을 내밀었다. "가는 길은 내가 운전할게."

"면허는 있냐?"

"응." 교텐은 코트 안주머니에서 꺼낸 운전면허증을 다다의 얼굴에 들이밀었다. "골드."

다다는 저항할 힘조차 없어 건강 샌들을 신은 채 조수석에 올라앉았다. 배가 고프고 졸음이 몰려왔다. 오늘 일은 이것으로 끝이다. 사무실까지 무사히 갈 수만 있다면 아무래도 좋다.

운전석에서 좌석 높낮이를 조절하던 교텐은 익숙하지 않은 우주선을 조종하는 듯한 어설픈 동작으로 차 열쇠를 돌리고 사이드브레이크를 내렸다.

"교텐." 다다는 불안해졌다. "너, 정말 골드냐?"

"응. 운전하는 게 몇 년 만인지."

"잠깐."

다다가 입을 여는 것과 동시에 트럭은 갈 듯 말 듯한 속도로 천천히 움직였다.

"자, 갑시다." 교텐이 말했다.

다다는 모든 것을 체념했다. '어디로?'라고 묻는 것도 어리석다.

마호로 시로!

지역 밀착형 심부름센터를 운영하는 다다와 갑자기 굴러 들어온 수수께끼투성이 교텐 그리고 새 주인을 찾아야 할 치와와에게는 달리 돌아갈 곳이 없었다.

태어나서 자란 동네, 도쿄 교외에 위치한 인구 30만 명의 마호로 시 이외에는.

교텐에게는 수수께끼가 있다

마호로 시민은 애매하다.

지도를 보면 마호로 시는 도쿄 남서부에서 가나가와현 쪽으로 불룩 튀어나와 있다. 도쿄 구부(區部)에 사는 친구가 놀러와서 마호로 시에 도지사 선거 포스터가 붙어 있는 것을 보고 "마호로 시가 도쿄였어?" 하고 놀란 적이 있다. 지방에 사는 할머니는 몇 번을 말해도 '가나가와현 마호로 시 나가초 1가 23, 다다 게이스케'라는 주소로 편지를 보낸다.

16호 국도와 JR 하치오지선이 마호로 시의 외곽을 더듬듯이 뻗어 있고, 민영 철도 하코네 급행선은 마호로 시를 종단하며 도심부로 이어진다. 마호로 시민은 이 철도 길을 '양키 운송로'라고 부른다.

마호로의 밤은 양키들로 넘쳐난다.

도쿄와 가나가와 주변에 사는 양키들은 "도쿄에 놀러 가자" 하고 훔친 오토바이로 16호 국도를 질주하거나 혹은 하치오 지선과 하코네 급행 전철(줄여서 하코큐)을 타고 곧장 마호로로 향한다. 마호로 시민은 '16호 국도는 롯폰기로 이어지고, 하코큐는 시모기타자와를 통과하잖아. 마호로에 눌러앉지 말고 좀 더 멀리 가서 놀아줘!'라고 생각한다.

다다는 가끔 미국 국경 부근에 사는 멕시코인을 상상한다. 그리고 의미도 없이 "할라페뇨! 사우사!" 하는 소리를 중얼거린다. 그럴 때마다, 사무실 소파에 뒹굴고 있던 교텐이 "캬캬캬" 웃는다.

"넌 참 알 수 없는 녀석이야."

교텐은 캬캬 웃으며 담배 연기를 하늘로 뿜어 올린다.

다다 심부름집은 지난 일주일 동안 일거리가 없었다.

소네다 할머니는 어떻게 지내고 있을까? 하필 이럴 땐 병문안을 가달라는 의뢰조차 안 들어오네.

여유가 생길 때마다 일하고 있는 이 지역을 깊이 연구해두어야 한다. 그래야 의뢰가 꼬리에 꼬리를 물고 연결되는 법이다.

사실은 할 일이 없어서 가까이 있던 지도를 펼쳐보는 것뿐이지만, 다다는 그럴싸한 이유를 붙이고서 다시 마호로 시를 살펴본다.

거창하게 말하자면 마호로 시는 국경지대다. 마호로 시민은 두 개의 나라로 마음이 갈린 사람들이다.

외부에서 마호로 시로 편입된 사람들을 경계하면서도, 내심 조금 더 가까이 도심으로 다가서고 싶은 사람들의 갈망도 십분 이해한다. 마호로 시민이라면 누구나 한 번쯤 이런 감정을 느껴봤을 것이다.

갈등 끝에 마호로 시민은 자폐를 택했다. 외압에도 내압에도 흐트러지지 않도록 마음을 굳게 다잡으며 결국 마호로 시내에서 자급자족할 수 있는 환경을 구축하여 안정을 찾았다.

마호로 시는 도쿄 도 남서부에서 가장 규모가 큰 주택가이자 환락가다. 전자제품 상점과 서점 수가 가장 많다. 학생 수도 엄청나다. 슈퍼마켓도, 백화점도, 쇼핑몰도, 영화관도 있다. 복지와 간병 보험제도도 탄탄하다.

요컨대 요람에서 무덤까지 마호로 시내에서 모든 것을 충족할 수가 있다.

마호로 시민으로 태어난 사람은 좀처럼 마호로 시를 떠나지 않는다. 한 번 떠났다가도 돌아오는 사람이 많다. 다다나 교텐처럼.

외부의 다른 공기를 받아들이면서도 굳게 문을 닫아건 낙원. 유행이 지난 문화와 오갈 데 없는 사람이 맨 마지막에 찾아드는 곳. 그 질척한 자기장에 이끌리면 두 번 다시 벗어나지 못하는 곳.

그곳이 마호로 시다.

마호로 시는 바다에서 떨어져 있지만, 산간지대라고 할 수는 없다. 애매하다. 그 때문인지 일기예보는 항상 빗나간다.

텔레비전에서 뉴스가 나온다. 기상예보관이 우산을 들고 길에 서서 날씨 상황을 보도한다. "오늘 도쿄에는 하루 종일 진눈깨비가 내렸습니다. 이곳 긴자도 평소보다 사람들의 왕래가 적고, 봄에 내리는 진눈깨비 때문인지 귀가하는 사람들의 발걸음이 빨라지고 있습니다."

다다는 텔레비전을 끄고, 지도를 접은 뒤 창밖을 내다보았다. 낮부터 내리기 시작한 눈이 지붕에도, 길에도 하얗게 쌓여 있다. 사위가 고요하다.

"여기도 도쿄는 도쿄인데 말이지."

요즘 혼잣말이 늘었다. 혼잣말에도 대답을 해주는 이가 생겼기 때문이다.

교텐은 벌써 두 달이 넘도록 다다의 사무실에 빈대 붙어 있다. 다다는 왠지 모르게 이렇게 되리란 걸 예감했지만, 함께 산다고 특별히 방해가 될 일도 없어서 그냥 내버려두었다.

다다에게 작업 의뢰가 들어오면 교텐도 따라나선다. 다다가 방충망을 바꿔 갈거나 정원을 청소하거나 차고에 전등을 설치하는 동안 교텐은 옆에 멍청히 서 있다. 가끔 다음에 바꿔 달

방충망을 뜯어서 가져오기도 하고 쓰레받기를 들고 옆에 서 있거나 차고 배선을 건드려 감전이 되기도 한다. 그다지 도움이 되지는 않는다. 그래도 일하러 갈 때는 언제나 씩씩하게 따라나선다.

다다는 교텐이 하는 일에 따라 급료를 주급으로 주었다.

"됐어." 다다가 처음으로 하얀 봉투를 내밀었을 때 교텐이 말했다. "여기 살게 해주는 게 어디냐. 게다가 식비며 광열비며……."

"그런 거 다 뺀 거야."

"미안한데." 교텐은 봉투를 살짝 들여다보더니 "애개, 초등학생 용돈이냐?" 하고 어이없어했다.

"필요 없으면 줘."

다다가 봉투를 뺏으려고 하자 교텐은 잽싸게 자기 주머니에 찔러 넣었다.

그럭저럭 시간이 지나는 사이 교텐의 신발은 건강 샌들에서 흰 바탕에 빨간 줄이 들어간 스니커즈로 바뀌었다. 돈을 모아서 산 것 같았다. 건강 샌들은 사무실 소파 밑에 가지런히 놓여 있다. 그 옆에는 어디서 찾아냈는지 작은 과자 깡통이 있다. 흔들어보니 동전 소리가 났다. 청소를 하다가 그것을 발견한 다다는 '꼭 개 같군' 하고 생각했다. 보물을 소중히 감춰두는 개.

개 이야기가 나왔으니 말이지만, 치와와 또한 다다에게 빈

대 붙어 살고 있다. 치와와를 예뻐하던 소녀를 생각하니 새 주
인을 정하는 기준이 점점 엄격해진다.

아기를 키우느라 바쁜 젊은 엄마. 물건 부수기 대마왕 같은
천방지축 아이가 셋이나 있는 집. 치와와보다 먼저 죽을 확률
이 높은 노부부. 업무상 여러 집을 방문하지만, 치와와 이야기
를 꺼내고 싶은 생각이 드는 대상이 아직 없었다.

곤혹스러워진 다다는 치와와를 맡아줄 사람을 더 적극적으
로 찾자고 교텐에게 말했다. 닷새 전 일이었다. 치와와는 교텐
을 더 잘 따랐다. 교텐이 치와와와 하루에 두 번씩 산책하기 때
문이다. 같이 지내면서 치와와의 특성을 파악한 교텐이 개와
어울리는 주인을 찾아줄 거라고 예상했다.

그러나 오산이었다.

"내가 왜? 네가 찾아봐. 어차피 너도 할 일 없잖아." 교텐은
귀찮은 듯이 말했다.

"할 일이 없는 게 아냐. 잠시 틈이 난 것뿐이지." 다다는 반박
했다. "개인 사업 하다 보면 파리 날릴 때도 있어. 난 그동안에
원기나 회복해둘 참이야. 됐고, 네가 치와와 키울 사람 찾아봐."

교텐은 투덜거리면서 사무실을 나갔다. 다다 혼자 태평스럽
게 치와와와 공을 가지고 놀았다.

한 시간 정도 지났을 때 사무실 전화가 울렸다. 작업 의뢰인
가 하고 신이 나서 수화기를 들었더니, 웃음을 참는 소리가 들

린다. 장난 전화인가? 어떤 녀석이야. 다다는 화가 나서 수화기를 내동댕이쳤다.

몇 차례 연거푸 전화가 왔다. 거의 말 없는 전화였다. 그중 어떤 사람은 치와와가 나오는 광고 노래를 불렀다. 젊은 남자가 노래를 부르면서 다다의 반응을 살폈다. 주위에 사람이 많은지 혼잡한 소음과 역의 안내 방송이 남자의 노랫소리와 함께 들려왔다.

다다는 그제야 사태를 파악했다.

사무실에서 뛰쳐나가 역을 향해 달렸다. 아니나 다를까, 교텐은 사람들이 오가는 역 앞 남쪽 출구 로터리에 서 있었다. 추위에 대비해 코트에다 목도리까지 두르고, 손에는 나무 막대기 끝에 종이 상자를 뜯어 붙인 플래카드 같은 것을 들고 있다.

플래카드에는 매직으로 '치와와를 드립니다'라는 문구와 사무실 전화번호를 휘갈겨 써놓았다.

교텐 옆에는 비디오방 간판을 든 중년 남자가 서 있었다. 이 우스꽝스러운 커플에게 길 가는 사람들이 흘끗흘끗 시선을 던졌다. 하지만 교텐은 전혀 개의치 않았다.

남자는 간판을 드는 일에 익숙한 것 같았다. 간판 손잡이 부분에는 재떨이로 쓸 종이컵을 압정으로 붙여놓았다. 교텐은 다 피운 담배를 남자의 종이컵에 넣었다.

다다는 가능하다면 모르는 척하고 싶었다. 하지만 이대로 내버려두면 사무실로 걸려 오는 장난 전화가 끊이지 않을 터. 실제로 "뭐야, 저건. 전화 한번 걸어볼까?" 하고 고등학교 남학생들이 낄낄거리면서 다다 옆을 지나갔다.

다다는 고개를 푹 숙이고 재빨리 로터리를 가로질러 교텐에게 다가갔다. 가까이서 보니 교텐이 항상 입고 다니는 검은 코트 위에 두른 것은 목도리가 아니라 다다의 저지 바지였다. 확실히 요즘 다시 추워지긴 했다. 겨울이 되돌아온 건가 싶을 정도로 춥다. 아무리 그렇다고 남의 바지를 허락도 없이 목도리로 사용하다니.

"교텐."

다다가 조용히 부르자 새 스니커즈에 시선이 머물러 있던 교텐이 고개를 들었다.

"어쩐 일이야? 그새 치와와를 키우고 싶다는 전화가 온 거냐?"

교텐은 기쁜 듯이 물었다.

"전화가 왔지. 엄청 많이."

다다는 낮은 목소리로 대답하며 교텐의 팔을 잡아끌고 사무실로 돌아왔다. 교텐은 끌려오면서 간판을 든 남자한테 빌렸는지 100엔짜리 라이터를 그에게 던져주었다. 남자는 상황을 알아차린 듯 다다의 행동에 참견하지 않고 끌려가는 교텐을 물끄러미 지켜보았다.

"저 아저씨가 간판 드는 방법을 친절하게 가르쳐줬어."

자랑스럽게 보고하는 교텐에게 다다는 제발 사무실에서 전화나 받으라고 말했다.

교텐과의 동거는 결국 다다의 체념 위에서 이루어진 것이다. 적어도 다다는 그렇게 생각했다. 교텐은 자신의 예상이 빗나간 듯 걸려 오는 장난 전화를 받고 난 후에 약간 기분이 언짢아 보였다.

"다른 방법으로도 사람을 찾을 수 있지 않겠냐?"

다다가 그렇게 말해도 교텐은 이해하지 못했다.

"방법이라니, 예를 들면 어떤?"

"믿을 수 있는 가까운 사람한테 부탁할 수도 있고, 개 사진을 넣은 전단을 붙일 수도 있고……. 여러 가지 많잖아."

"그럼 네가 하면 되겠네." 교텐의 한쪽 뺨에 가볍게 경련이 일었다. 웃는 것이라고 알아채기까지는 잠깐 시간이 필요할 정도로 그늘진 표정이었다. "애초에 이 개는 네 거야. 감당 못 하겠으면 갖다 버리든가. 그런다고 아무도 뭐라 하지 않아."

두 달 동안 살면서 파악한 것이지만, 대화의 스위치 버튼을 누르지 않는 한 교텐은 기본적으로 온화하고 조용했다. 무엇을 생각하는지 알 수 없는 무표정한 얼굴로 하루 종일 혼자 지냈다. 아마 아무 생각도 하지 않을 테지만.

그 때문에 다다는 교텐이 날카롭게 반응하는 모습이 신기하게 느껴졌다. 무엇이 교텐을 건드렸는지 생각하다가, 지인이라곤 있을 것 같지 않은 교텐에게 무리한 방법을 제시했기 때문이라고 결론 내렸다.

타인의 속마음을 추측해보는 것은 참으로 오랜만이었다. 다다는 타인과 함께 생활하면서 겪는 번거로움과 낯간지러운 작은 기쁨을 동시에 느꼈다.

"미안하다." 다다는 무신경했던 점을 사과했다. "빈정거릴 생각은 아니었어. 나도 아는 사람이 별로 없어."

교텐은 길에서 바싹 마른 지렁이를 발견한 것 같은 눈으로 다다를 바라보았다. 그리 감정이 담겨 있진 않았지만, 다다의 어리석음을 가련히 여기고 있다는 것만은 확실히 느껴지는 눈빛이다.

"너, 여자들이 처음에는 좋아하다가 이내 질려 하는 타입이지?"

다다는 뜨끔했으나 속마음을 들키지 않으려고 애써 담담한 목소리로 말했다.

"……왜 그렇게 생각해?"

"별거 아닌 것 가지고 사과하고 있잖아." 교텐은 코웃음을 쳤다. "잠자코 있으면 상대가 더 몸이 달아 둘러댈 이유를 궁리할 텐데."

"여자 심리를 아주 잘 아시는군."

다다는 대놓고 빈정거렸다.

"여자를 아는 게 아냐. 인간관계가 순조롭지 못한 사람의 심리를 아는 거지." 교텐은 빈정거리는 말투에 개의치 않고 진지하게 말했다. "난 언제나 사람들을 애타게 만들지만, 대개는 침묵으로 잘 넘겨왔어."

뭐야, 자랑하는 거야? 다다는 조금 지나서야 그 말의 의미를 깨닫고서 맹렬히 화를 냈다. "내가 왜 너한테 내 인간관계에 대해 충고를 들어야 해!"

그러나 교텐은 이미 치와와를 가슴에 올려놓고 소파에서 잠들었다. 미동도 하지 않는 것이 마치 쓰러진 지장보살 석상 같다.

혼자 심부름집을 개업한 뒤로 다다는 고객에게 업무에 필요한 사항을 전달할 때 말고는 대화를 하지 않았다. 필요한 말만 간단하게 주고받으면서 느끼는 평온함과 명쾌함은 교텐과 함께 살면서 엉망이 되어버렸다.

대화란 피곤한 것임을 새삼 깨달았다. 상대가 교텐이니 피곤도 배가됐다. 바늘이 튀는 흠집투성이 음반을 상대하는 것 같아서 다다의 대화 회전수까지 이상해졌다. 다다는 쏟아낼 곳 없는 분노를 안고 늦은 밤 사무실에서 치와와의 새 주인을 찾는 전단을 만들었다.

눈이 계속 내리고 있다.

전단을 뿌렸지만 아직 별다른 효과가 없다. 작업 의뢰도 들어오지 않고, 사무실 전화는 완고한 무소처럼 침묵을 지킨다. 다다는 전화선이 빠진 건 아닌지 몇 번이나 확인하고서 산책 나간 교텐과 치와와를 찾으러 나섰다.

눈이 쌓이기 시작하자 교텐은 서둘러 치와와의 목에 줄을 맸다. 평소보다 이른 시간에 오후 산책을 나가더니 여태 돌아오지 않았다. 밖에는 땅거미가 내려앉았다.

교텐이야 어떻게 되든 상관없지만, 몸집이 작은 치와와가 눈 속에서 몇 시간씩 걸어 다니는 것은 좋지 않다.

교텐과 치와와의 산책 코스를 모르는 다다는 무작정 사무실을 달려 나와 정처 없이 거리를 헤맸다.

마호로 역 앞은 네 구역으로 나뉜다. 남북으로 달리는 하치오지선과 동서로 달리는 하코큐 선로가 역을 중심으로 직각으로 교차한다.

다다 심부름집이 있는 곳은 남동쪽이다. 백화점과 쇼핑가가 있는 가장 번화한 곳이다. '남쪽 출구 로터리'라고 불리는 역 앞 광장은 언제나 인파로 넘친다.

남쪽 출구 로터리를 빠져나간 다다는 하치오지선의 마호로 역을 앞에 두고 잠시 망설였다. 하치오지선 선로를 넘으면 '역 뒷골목'이라 불리는 남서쪽 구역이다. 옛날에는 홍등가였던 환락가로 대낮부터 사람들이 서성거린다. 호객 행위를 하는 여자들 등 뒤에는 분위기가 수상한 낡은 목조 단층집들이 즐비하다. 그 너머로 강이 흐른다. 강 건너편이 가나가와현이다.

그곳으로 16호 국도가 뻗어 있다. 국도 변 곳곳에는 미군 기지가 있다. 전쟁이 끝나고 미군이 주둔하면서부터 마호로 역 뒷골목이 환락가로 변했다고 하지만, 자세한 것은 다다도 모른다. 어떤 협정을 맺은 것인지 경찰도 별로 개입하지 않는 그곳은 '시대의 유물'이라고 할 수 있는 장소다.

마호로 시민은 특별한 목적이 없는 한 어지간한 일이 아니면 역 뒷골목에 발을 들여놓지 않는다. 특별한 목적이란 물론 여자를 사는 일이다. 마호로에서 태어나고 자란 남자는 역 뒷골목에서 동정을 던져버렸을 확률이 높다. 고교 시절, 수업을 땡땡이치고 역 뒷골목에 다니던 반 친구들도 있었다.

'교텐은 어땠을까.'

괴짜란 별명을 수없이 들었던 고교생 교텐이지만, 여자를 품었을 거란 상상은 도저히 하기 어렵다. 어른이 된 교텐이 치와와를 데리고 여자를 안는 변태라니, 그런 꼴은 마주치고 싶지 않다.

다다는 역 뒷골목을 뒤지는 것은 관두고, 하코큐 마호로 역 쪽으로 가보기로 했다. 북서쪽 구역에는 작은 주택단지와 강밖에 없다. 단지에 사는 몇몇 이외에는 친분이 거의 없다. 북동쪽 구역, 하쿄큐 북쪽에는 마쓰노유 목욕탕이 있는 쇠퇴한 상점가와 은행과 학원이 입주한 건물이 늘어서 있다.

역 앞 인파는 평소보다 훨씬 적었다. 오가는 사람이 많은 남쪽 출구 로터리는 눈까지 많이 내려서 길이 미끄러웠지만, 북쪽 출구 쪽은 걸어 들어갈수록 아무도 밟지 않은 부드러운 눈길이 이어졌다. 교텐이 치와와를 데리고 간 곳은 분명 북쪽 출구 방향이라는 확신이 들었다.

눈이 어느새 그쳤다.

내뿜는 숨이 하얗게 어둠 위에서 떠돌았다. 북쪽 출구 앞 좁은 도로에는 차들이 정체되어 빨간 미등 불빛이 눈 위에 번졌다.

들뜬 마음으로 눈 위를 걸어가는 연인들, 쇼핑 봉투를 양손에 들고 땅만 보며 조심조심 걷는 중년 여성. 다다는 역으로 향하는 사람들과 스쳐 지나면서 차가운 공기 속을 천천히 걸었다.

북쪽 출구 시계 광장에서 교텐을 발견했다. 정해진 시간이 되면 음악과 함께 인형이 춤을 추며 나오는, 광기를 품은 듯한 커다란 시계. 교텐은 시계를 등진 채 벤치에 멍하니 앉아 있었다.

교텐, 뭐 하는 거야. 다다는 말을 걸려다 주춤했다. 교텐은 무엇을 하는 것도 아니고, 그저 정체된 차 행렬을 멍하니 바라보고 있다.

다다는 광장 바깥에서 담배를 피우며 교텐을 관찰하기로 했다. 점퍼 주머니에서 럭키스트라이크를 꺼냈다. 교텐이 사놓은 담배였다. 급료를 받고 난 뒤로 교텐은 이따금 다다의 담배를 사다 놓았다.

다다는 평소에 담배를 부엌 선반에 두었다. 떨어진 줄 알았던 담배가 선반에 아직 남아 있는 것을 보고 처음에는 자기가 착각한 줄 알았다. 그런 일이 몇 번인가 있고 나서야 겨우 눈치를 챘다. 교텐이 몰래 담배를 사다 놓고 있었다.

개처럼 동전을 모아서 학처럼 은혜를 갚는 남자.

다다는 교텐이 하는 짓을 도무지 종잡을 수 없었다. 돈을 받는 것이 그렇게 불편하다면 사무실에서 나가주면 될 것을. 다다도 그 편이 고맙다. 하지만 교텐은 아무래도 그럴 생각이 없는 것 같다.

갈 곳이 없다는 말은 사실인 듯했다.

다다는 눈 속에서 몇 시간을 보내는 교텐이 측은했다. 동시에 측은함과 경멸은 종이 한 장 차이라는 사실도 깨달았다. 그 경멸은 교텐에게서 반사되어 자기 자신에게 돌아오는 묘한 감정이었다. 며칠 전 플래카드 때문에 소동이 벌어졌을 때 교텐도 측은하다는 눈빛으로 다다를 바라보았다.

결국 교텐도 나도 혼자다. 혼자라는 무게를 견디지 못하는 자신이 부끄럽다.

눈이 수북이 쌓인 광장에는 교텐의 발자국만 새겨져 있다. 다다는 그 발자국을 더듬듯이 걸어 벤치로 다가갔다.

"교텐, 뭐 하냐?"

다다는 또렷한 목소리로 물었다. 갑작스럽게 말을 거는데도 교텐은 놀라는 기색 없이 길가에 붙박인 시선을 천천히 다다에게로 옮겼다.

"뭐 별로, 아무것도."

다다도 교텐 옆에 앉았다.

"치와와는 어쨌어?"

"여기 있어."

교텐이 코트 단추를 풀자 옷 속에서 치와와가 조그만 얼굴을 내민다. 개를 주머니 난로 삼아 앉아 있었나? 다다는 치와와를 받아 들고 목도리를 풀어 감쌌다. 치와와는 파르르 떨고 있었다. 추워서가 아니라 늘 하는 버릇이다. 치와와는 목도리 속에서 힘차게 꼬리를 흔든다.

저지 바지를 뺐었기 때문인지 교텐의 목덜미가 추워 보인다. 교텐은 코트 주머니에서 손을 꺼내 담배를 피우기 시작했다. 검은 털실 장갑을 왼쪽에만 꼈다.

"왜 한 짝뿐이야?"

말뜻을 못 알아들었는지 교텐은 다다의 신발을 보고 광장을 휘둘러보다가 겨우 자기 손을 내려다보았다.

"아아, 주웠어."

교텐은 말했다.

남이 버린 장갑 좀 끼지 마라. 잠시 생각했지만, 다다는 잠자
코 있었다.

"근데 너 뭐 하고 있냐?"

"……산책." 교텐은 흐응 콧소리를 내더니 곧바로 벤치에서
일어섰다. "그만 갈란다."

이렇게 같이 돌아가면 내가 바보가 된 것 같잖아? 다다는 품
속에 있는 치와와를 위해서라고 핑계를 대고 교텐의 뒤를 따
라 걸었다.

교텐은 크게 숨을 들이마셨다가 내뱉었다.

"이렇게 하면 밤의 냄새를 느낄 수 있지."

다다도 따라 해보았지만, 바람을 타고 날아온 교텐의 말보
로 냄새밖에 느껴지지 않았다.

"귀여워라!"

루루라고 자신을 소개한, 나이를 짐작할 수 없는 여자는 치
와와를 보더니 자지러졌다.

사무실 소파에 엉덩이만 걸치고 앉은 다다는 표정이 굳어
있었다. 맞은편 소파에서는 루루가 치와와를 무릎에 올려놓고
어루만지고 있다. 치와와도 그다지 싫지 않은 듯 코를 킁킁거
리며 루루의 손바닥에 몸을 비볐다.

"며칠 전에요오, 남쪽 출구 로터리에서 치와와 준다는 플래

카드 봤는데요오." 눈이 내린 다음 날 아침, 낯선 여자에게서 전화가 왔다. "전화번호밖에 적혀 있지 않아서어 뭐언가 수상하다고 생각했지만, 그래도 치와와 너무 키우고 싶어서 걸어봤어요오. 혹시 누가 가져갔나요오?" 여자는 수화기 너머에서 쉬지 않고 재잘거렸다.

다다는 여자가 숨 쉬는 틈을 노려 "아뇨, 치와와는 아직 여기 있습니다" 하고 말했다. 이곳은 '다다 심부름집'이란 심부름센터이며 역 앞에 사무실이 있다는 말을 하자마자, 여자는 "바로 갈게요오" 하고 말했다.

한 시간 후에 여자가 사무실로 찾아왔다. '바로'가 한 시간 후라는 것은 빠른 건지 느린 건지 알 수 없지만, 다다는 사무실 문을 여는 여자를 본 순간, 그 한 시간 동안 몸치장을 하고 왔다는 것을 눈치챘다.

"콜롬비아 매춘부 루루예요오!"

여자는 사무실에 들어오자마자 밝은 표정으로 자기를 소개했다. 아직 점심시간도 되지 않았는데, 원래 얼굴을 알 수 없을 정도로 짙은 화장을 했다. 물결치는 금발에 새빨간 장미 코르사주를 꽂은 루루는 형광빛이 도는 초록색 바탕에 진분홍색 큰 튤립 무늬가 흩어진 얇은 원피스를 입고 있었다. 예의상 문밖에서 벗었는지 팔에는 노란 인조 모피 코트가 들려 있다. '정글에 서식하는 도마뱀이 제 몸의 몇 배나 되는 앵무새를 포획

한' 모습이었다.

"파괴력 있네."

루루를 흘끗 본 교텐이 중얼거렸다.

루루는 교텐의 목소리를 듣고 "저게 뭐에요오?" 하고 물었다.

눈 오는 거리에 장시간 있었던 탓인지 교텐은 밤새 고열이 났다. 움직일 수조차 없는지 교텐은 사무실 소파에서 담요를 둘둘 감고 종일 누워 있었다. 루루가 보기에는 거대한 번데기가 소파에서 뒹굴며 말하는 것처럼 보였을 것이다.

"신경 쓸 거 없어요."

다다는 루루에게 비어 있는 맞은편 소파에 앉기를 권하고, 자신은 교텐의 다리를 약간 밀어내고 앉았다.

"……콜롬비아 분이세요?"

아무리 봐도 콜롬비아인은 아닌 것 같았다. 얼굴을 꾸며놓아서 잘 모르겠지만, 아시아계, 그것도 일본인이 아닐까 생각했다.

"그래요오. 지금 마호로 역 뒷골목은 콜롬비아 매춘부들로 가득하잖아요오."

'매춘부'라는 단어를 굳이 건드리지 않으려고 한 다다의 배려는 헛수고가 되었다.

"빌어먹을 도청에서 '정화 운동'인지 뭔지를 해서어 모오두 가부키초나 이케부쿠로에서 쫓겨나 온 거죠오."

다다도 소문을 들은 적이 있다. 마호로에 흘러 들어온 외국인 매춘부를 찾아 남자들이 시외에서 역 뒷골목으로 대거 몰리고 있다는 소문.

루루는 은색 실로 짠 핸드백에서 박하담배를 꺼내 맛있게 피웠다. 코에서 엄청난 연기가 뿜어져 나왔다.

"어째서 콜롬비아 사람이란 거야?"

교텐이 담요에서 얼굴만 내밀고 루루에게 물었다.

'왜 콜롬비아 사람 행세를 하는 거야?'라는 뜻이 담겼지만, 루루는 다르게 해석했다.

"콜롬비아 여자를 나르는 루트가 있어요오. 나, 우리 나라에서는 매일 담장 너머를 보고 있었죠오. 이걸 넘으면 미국이야 하고. 별이 아주우 많이 보이는 밤, 친구들과 담장을 넘었어요오. 그랬더니 마피아가 기다리고 있다가 컨테이너에 실어 어디론가 보냈는데, 도착하고 보니 일본이었답니다아."

콜롬비아 국경은 미국과 접해 있지 않아. 다다는 말해주고 싶었다. 다다의 허리에 닿은 교텐의 몸이 푸르르 떨렸다. 열이 심해졌나 하는 생각이 들었지만, 실은 웃고 있는 것이다.

"귀여워라."

루루는 무릎에 올려놓은 치와와를 보며 한 번 더 말했다. 짙고 굵은 아이라인으로 둘러싸인 눈이 자비롭게 치와와를 바라보았다.

"미안합니다만." 다다가 입을 열었다. "그 치와와를 갖고 싶어 하는 사람이 한 명 더 있습니다. 오후에 보러 온다고 했으니, 아가씨하고 그 사람 중 누구한테 치와와를 맡길지 나중에 결정해도 될까요?"

교텐은 오므리고 있던 무릎으로 다다의 허리를 힘껏 걷어찼다. 다다는 교텐의 행동을 무시했다.

"그렇군요오." 루루는 다다를 보며 미소 지었다. 포기하는 데 익숙한 표정이었다. "심부름센터는 어떤 일을 하는 데에요오? 언제나 개 키울 사람을 찾는 건 아니죠오?"

"의뢰받는 일이면 무슨 일이든 합니다. '무엇이든 맡겨주세요' 센터죠."

"우리 집 방문이 잘 안 열려서요오. 함께 사는 동생은 손톱이 부러졌어요오. 얼마 주면 고쳐줘요오?"

"한 시간에 2천 엔입니다."

"난 20분에 2천 엔인데."

루루는 웃으며 다다가 내민 메모지에 주소를 적었다.

"언제가 좋으신가요?"

"내일. 5시쯤 오세요오." 루루는 치와와를 조심스레 바닥에 내려놓고 "또 보자" 하고 말했다.

"왜 거짓말 했어?" 루루가 나가자마자 교텐이 담요 속에서 입을 열었다. "하나는 착한 사람이 새 주인이 되길 원했잖아.

저 콜롬비아 아가씨 어디가 마음에 안 드는 거야?"

다다는 일어서서 맞은편 소파로 걸음을 옮기며 담배에 불을 붙였다.

"교텐. '하나'는 치와와 이름이야. 치와와 주인이었던 아이는 마리고."

"그랬나?"

"그래. 그리고 저 루루니 뭐니 하는 여자는 콜롬비아 사람이 아냐."

"어느 나라 사람이든 개는 키울 수 있잖아." 교텐은 담요에서 손을 내밀었다. "나도 담배 줘."

"열은 내렸냐?"

"어질어질하지만 어젯밤보다는 나아. 담배."

다다는 일어나지 못하는 교텐에게 담배와 라이터를 건네주었다. 먹을 것이라고 생각했는지 바닥을 어슬렁거리던 치와와가 교텐의 손에 코끝을 비볐다. 담뱃갑을 쥔 교텐은 손등으로 힘없이 치와와를 쓰다듬었다.

다다는 루루가 준 메모를 보았다. 주소를 보아 그녀의 집은 역 뒷골목에 있는 공동주택 같다.

"나는 마리를 새 주인한테 소개해주겠다고 약속했어. 그 애 앞에서 '콜롬비아 매춘부 루루예요오!' 해봐. 초등학생 여자아이한테 어떻게 설명할 거야."

"직업에는 귀천이 없다고 들었는데."

교텐이 말했다.

"그건 추락한 적 없는 인간들이나 하는 허울 좋은 소리야. 너도 알지 않냐?"

"글쎄다……."

교텐은 조금 피우다 만 담배를 재떨이에 비벼 끄고 눈을 감았다. 희미하게 웃고 있는 것 같았다.

오후가 되어 햇살이 따뜻하게 비쳐 들었다.

교텐은 자고 있다. 얼음 봉지를 목과 턱 사이에 올려놓고 미동도 하지 않는다. 장례식이 거행되길 기다리며 부패를 늦추려고 얼음을 올려놓은 시신처럼.

다다가 사무실을 뒤져 찾아낸 약은 유통기한이 3년이나 지났다.

"약이라고 생각하고 먹으면 밀가루라도 듣는다잖아."

"관둬. 밀가루라고 믿고 먹었더니 독이었을지도 모르잖아."

"약 사 올까? 밥은?"

"네가 내 마누라냐? 내버려둬."

그리고 보니 교텐은 평소에도 음식을 별로 먹지 않았다. 칼로리 대부분을 술로 섭취하는 것 같다. 그렇지만 언제까지나 사무실 소파를 점거하고 있는 것은 곤란하다. 교텐은 다다의 생각을 읽었는지 담요로 파고들면서 "푹 자면 나아" 하고 말했다. "우리 엄마는 늘 그렇게 말했어."

감기로 열이 펄펄 나는데 밥도, 약도 안 먹이고 잠만 재웠다는 건가. 다다는 교텐의 인격이 형성된 과정을 조금 엿본 듯한 기분이 들었다.

"너희 어머니는 원시인이었냐?"

농담처럼 물었지만, 교텐은 아무런 대답이 없었다. 뭐, 잘 수 있을 만큼 체력이 있다면 괜찮은 거겠지.

다다는 사무실 전화벨 소리를 낮추고 밖으로 나갔다. 차를 주차하기 위해 걸어서 2분 거리에 있는 주차장을 빌려 쓰고 있었다. 다다는 오랜만에 트럭을 세차할 생각을 했다. 일이 한가할 때에는 주변을 빈틈없이 정돈해두어야 한다. 의뢰인에게 신용을 얻는 계기가 될지 모르니까.

점퍼를 입지 않고도 땀에 흠뻑 젖을 만큼 열심히 세차를 했다. 작은 트럭은 왕족이 타는 마차처럼 번쩍거렸다.

"좋았어."

다다는 만족스럽게 애마를 바라보다 사무실로 돌아왔다. 어느새 해가 지면서 석양이 하늘을 붉게 물들이고 있다. 먼지로 더러워져 흙과 구분이 되지 않는 눈이 갓길에 조금 남아 있다.

그 풍경을 바라보고 있자니 다다는 뭔가 아쉬운 생각이 들었다. 마지막으로 뭔가를 아쉬워한 때가 언제였더라. 다다는 떠오르는 기억을 이내 지워버렸다.

교텐은 코트를 입고 소파에 앉아 있었다.

"어디 가려고?"

"치와와 산책."

산책이라는 말을 알아들었는지 치와와는 신이 나서 교텐에게 달려간다. 교텐은 천천히 몸을 구부려 치와와의 목에 줄을 매달았다.

"몸은?"

"도중에 쓰러질지도 몰라." 교텐은 심각한 얼굴로 말했다. 그럼 누워 있어. 다다가 말하기도 전에 교텐은 비틀거리며 일어나 사무실 문을 열었다. 교텐은 한 번 더 말했다. "아, 쓰러질 것 같네."

다다는 뒤늦게 속은 것을 깨달았다. 교텐은 조금 전까지 아파서 누워 있던 사람이라고는 믿을 수 없는 발걸음으로 치와와를 끌고서 역 뒷골목을 향해 걸어갔다.

남쪽 출구 로터리에 비해 역 뒷골목은 어두컴컴하다. 네온도 없고, 창백한 가로등 불빛만 젖은 아스팔트를 비추고 있다. 쓰레기가 든 비닐봉지가 전신주 아래 쌓여 있다. 봉지 몇 개는 기울어져서 내용물이 길에 쏟아져 나왔다.

사과 심지, 사용하고 버린 콘돔, 물에 불어 토사물처럼 변한 잡지 표지. 축축한 길에는 깊은 바닷속 세계처럼 채도도 없고

윤곽도 불확실한 잡동사니가 여기저기 흩어져 있다.

역 뒷골목을 찾아가는 남자들은 하나같이 빠른 걸음으로, 가로등 아래 서 있는 여자들을 품평하면서 몇 번이나 같은 길을 왕복하고 있었다. 그런 남자들에게 다가가 말을 거는 여자가 있는가 하면, 단층집 처마 끝에 내놓은 의자에 앉아 담배를 꼬나물고 있는 여자도 보였다.

"넌 이렇게 귀여운 개를 데리고 지금껏 이런 델 산책한 거냐?"

다다는 역 뒷골목 입구에 멈춰 서서 교텐에게 물었다.

"이 치와와, 사람 나이로 치면 우리보다 많아."

교텐은 가드레일에 걸어둔, 누군가 잃어버린 것 같은 장갑을 보면서 대답했다. 꽤 좋아 보이는 노란 가죽 장갑이었지만, 왼쪽밖에 없었다. 교텐은 잠깐 생각하더니 가죽 장갑을 뒤집어서 오른손에 꼈다.

"이제 두 짝 다 생겼어."

교텐은 장갑을 낀 자신의 손을 보며 말했다.

어디가 두 짝이냐?

"나 간다."

"여긴 처음 왔는데 뭔가 어둠의 도시 같아. 이런 곳이 아직 있었구나."

교텐은 치와와를 재촉해 골목 안으로 발을 들이밀었다. 다다는 걸음을 되돌리려 했지만, 움직일 수 없었다. 교텐이 다다의 점퍼 자락을 꽉 쥐고 놓지 않았다.

"놔."

"인마, 좀 같이 가."

"싫어. 내가 왜? 대체 이런 곳에 무슨 볼일이 있다는 거야."

"마호로 남자가 역 뒷골목에 왔다. 목적은 뻔하잖냐!"

"그래. 시원하게 하고 나면 열도 말끔히 떨어질지 모르겠네. 너나 가."

"그러지 말고 같이 좀 가자."

개를 사이에 두고 옥신각신하는 두 남자는 확실히 주위 풍경과 동떨어져 보였다. 하지만 교텐은 전혀 개의치 않았다. 저항하는 다다를 끌고 골목 끝까지 걸어가더니, 다시 역 쪽으로 걸음을 돌렸다. 교텐은 되돌아오는 중에 작고 마른 여자 앞에서 걸음을 멈추었다. 그 여자는 처마 끝 의자에 걸터앉아 호기심에 찬 눈으로 다다와 교텐을 바라보았다.

"안녕?"

교텐이 인사를 건넸다. 여자는 옆집 사람에게 인사를 받은 것처럼 자연스럽게 고개를 돌려 교텐을 바라보았다. 너무 어리다. 다다는 교텐의 손을 떼어내려고 안간힘을 쓰면서 이런 타입이 취향이라니 하고 약간 의외라는 생각을 했다.

"오늘은 루루가 나오지 않았나 보네."

"좀 있으면 오긴 올 건데……." 여자는 경계하는 눈빛을 띠었다. "루루 언니 손님?"

"응." 교텐은 항상 태연하게 거짓말을 한다. "너 루루랑 친해?"

"오빠들, 경찰이야?"

"이 개가 경찰견으로 보이냐?"

여자는 발치에 있는 치와와를 흘끗 보더니 다시 교텐을 올려다보았다.

"루루 언니하고는 자주 얘기를 나누는 편이긴 한데……."

"그렇구나. 그럼 너로 하자."

교텐은 그제야 다다를 놔주고 코트 주머니에서 지갑을 꺼냈다.

"그거, 내 지갑이잖아!"

다다가 소리쳤다.

"20분에 2천 엔이지?"

교텐은 아랑곳하지 않고 여자와 흥정을 했다.

"셋이서?"

"네가 상대할 남자는 하나야."

교텐은 망설이는 여자를 안심시키려는 듯 미소 지으며 얼른 2천 엔을 지불했다.

"잠깐, 잠깐, 잠깐!"

다다는 홀쭉해진 점퍼 주머니를 확인하면서 돈을 주고받는 모습을 멍하니 바라보았다.

"왜? 여긴 영수증은 안 끊어줘."

"그게 아냐." 다다는 여자에게서 조금 떨어진 곳까지 교텐을 끌고 와 작은 목소리로 따졌다. "왜 내 지갑에서 꺼내!"

"초등학생 용돈으론 여자를 살 수 없으니까." 교텐은 당연하다는 투로 말했다. "자, 그러니까 다다, 다녀와."

"내가?"

"그래. 돈이 나온 건 네 지갑이잖아."

다다는 확 열이 치밀어 오르면서 현기증을 느꼈다. 그리고 신음했다.

"왜, 왜 내가 그래야 돼?"

"난 치와와의 새 주인으로 콜롬비아 아가씨가 좋다고 생각해. 하지만 넌 싫다고 했어. 공정하게 결론을 내리려면 콜롬비아 아가씨의 정보를 동료한테서 수집할 필요가 있거든."

"난 탐정이 아냐. 뒷조사 같은 건 안 해."

"저기 오빠들, 누가 할 건지 결정했어?"

등 뒤에서 여자가 초조한 듯 목소리를 높였다.

"이 남자." 교텐이 다다를 가리키고 자연스러운 동작으로 담배에 불을 붙였다. "치와와를 위해 파이팅."

"웃기지 마. 네가 가."

"섹스가 싫어?"

"그럴 리 있냐. 아니, 그게 아니라……."

"흐음. 그럼 됐잖아." 교텐은 음미하듯이 폐까지 들이마신 연기를 천천히 토했다. "난 한 적 없어. 그러니까 네가 해."

"뭐?"

'저 녀석이 뭔가 가슴에 담아둔 말을 지금 한 것 같은데……' 하고 혼란스러워하는 다다를 의자에서 일어나 바싹 다가온 여자가 잡아끌었다.

"오빠, 그럼 빨리 하자."

한 적이 없다. 이 나이가 되도록 한 번도? 업소도 많은데, 그럴 리가. 젊은 시절, 그 욕구란 억제하고 싶다고 해서 억제되는 게 아니잖아. 잠깐만. 혹시 여자하고 한 적이 없다는 건가? 그런 남자와 한 지붕 아래에서 살고 있다면 정말 큰 문제잖아? 아니, 아니야. 편견이야. 남자와 여자가 함께 있다고 해서 반드시 섹스를 하는 것도 아니고, 내가 교텐의 취향에 맞지 않을 수도 있잖아. 다행이다. 앗. 아니, 그런 게 아니잖아! 저 녀석, 분명히 자식이 있다고 말했어! 또 속았구나. 어째서 저 녀석은 표정 하나 안 바꾸고 거짓말을 하는 거지. 그럼, 그렇지. 이 나이 되도록 한 번도 한 적이 없다는 건 있을 수 없어. 업소가 얼마나 많은데…….

다다는 세탁기 속에서 빨래 더미에 눌린 양말처럼 뇌수가 탁류 속으로 빨려 들어가는 기분이었다. 여자는 다다 앞에서 코트와 슬립 드레스를 벗었다. 여자가 몸에 걸친 옷은 그 두 가지뿐이었다.

"내가 껴줘? 아니면 오빠가 낄래?"

"아, 내, 내가 할게."

다다는 대답을 하고 나서야 정신을 차렸다.

건물 구조는 방이 다닥다닥 붙어 있는 나가야(단층으로 길게 늘어선 공동주택)식으로, 방마다 현관이 따로 있다. 도로 쪽으로 난 미닫이를 열면 겨우 신발 한 켤레 벗을 수 있는 공간이 나온다.

천장에 작은 원형 형광등이 달린 실내는 세 평도 못 되는 다다미방으로, 그 안에는 습기 차 보이는 얇은 이불과 전신 거울, 바느질 용품을 담아두었음 직한 작은 플라스틱 상자가 하나 있을 뿐이다.

여기서 사는 건 아니구나. 십대 시절 다다가 호기심과 욕구를 품고 처음 뒷골목에 들어와봤을 때 이 비좁은 나가야는 몸을 파는 여자들의 작업장이자 집이었다.

그러나 루루도, 다른 여자들도 사는 집은 따로 있는 것 같다. 요즘은 매춘 사업도 더 조직적이고 효율적으로 운영하려고 아가씨들을 나가야까지 출퇴근시키며 관리하는 모양이다.

"자." 보풀이 인 다다미에 똑바로 앉은 다다에게 전라의 여자가 콘돔을 건넨다. "시간 되면 끝나니까 서둘러."

여자는 이불에 벌러덩 누워 다리를 활짝 벌렸다. 앙상한 다리뼈가 도드라졌다.

오랜만에 보는군. 다다는 감개무량한 눈빛으로 여자의 사타구니를 응시했다. 여자의 베갯머리에는 뚜껑이 열린 병이 있었다. 잼병을 재활용한 병에는 투명한 풀 같은 것이 들어 있다. 여자는 오른손으로 병을 잡고 수상한 성분의 젤을 조금 어색한 손짓으로 떠내더니 자기 성기에 깊숙이 발랐다. '왼손잡이 여자아이' 하고 머릿속으로 유행가를 떠올린 다다는 문득 무엇인가 부자연스럽다는 생각이 들었다. 뭔가 마음에 걸린다. 그러나 여자가 "어서" 하고 재촉하는 바람에 퍼뜩 정신을 차리고 그제야 눈앞에서 벌어진 사태를 파악했다.

"아, 미안. 잠깐만."

"왜? 안 설 것 같아? 그래도 시간이 되면……."

"그게 아냐. 말릴 타이밍을 잡지 못했어. 난 안 해도 돼."

여자는 이불에서 몸을 일으켰다.

"돈은 돌려줄 수 없는데?"

"괜찮아."

반드시 녀석의 주급에서 깔 거야. 결심하면서 다다는 고개를 끄덕였다.

"루루가 어떤 사람인지 말해줄래?"

다다는 베갯머리에 놓인 티슈 통에서 휴지를 두세 장 뽑아 여자에게 건넸다. 여자가 손가락을 닦았다. 난방이 안 되어서 실내는 춥다.

"역시…… 경찰이에요?"

"왜 자꾸 경찰이냐고 묻는 거야? 경찰이 찾아올 만큼 루루가 나쁜 짓을 한 거야?"

여자는 코트를 끌어당겨 어깨에 걸치고 한쪽 무릎을 팔로 감싸 안더니 발가락 끝을 덥히듯이 비벼댄다.

"루루 언니에 대해서 뭘 알고 싶은 거예요?"

"별거 아냐."

그래, 전혀 별거 아냐. 그런데 왜 이 지경에까지 온 거지. 다다는 교텐을 저주하면서 걸치고 있던 무릎 덮개를 여자 앞으로 밀어주었다.

"루루가 개를 귀여워해주고 돌봐줄 사람인가, 그걸 알고 싶을 뿐이야."

"개?" 여자의 눈동자에 처음으로 다다의 앞모습이 비친다. "아까 그 사람이 데리고 있던 치와와?"

다다가 끄덕이자 여자는 "우아" 하고 목소리가 들뜬다.

"루루 언니하고 항상 얘기했어요. 개를 키우면 좋겠다, 집에 돌아갈 때마다 개가 우릴 반겨주면 얼마나 좋을까. 다세대주택에 사니까 작은 개가 아니면 안 되거든요. 작은 개들이 인기

88

도 많고 비싸서 도저히 엄두가 나지 않았어요."

"너, 그런데 이름이……?"

"하이시."

"하이시. 루루하고 같이 살아?"

"룸메이트예요."

다다는 새삼스럽게 하이시의 손가락을 보았다. 오른쪽 검지 끝에 반창고가 붙어 있다.

왠지 모르게 자연스럽지 않다고 생각한 이유를 이제 확실히 알 수 있었다. 수상한 젤이 들어 있는 병도, 티슈 통도 모두 오른쪽으로 집기 쉬운 위치에 있었는데 계속 왼손을 사용했다. 하이시는 오른손 손톱이 깨진 것이다. 잘 열리지 않는 방문 탓에.

하이시가 루루의 룸메이트라면 애초부터 '공정한 결론'을 이끌어낼 수 없다. 교텐이 하이시에게 말을 걸 때부터 다다에게 불리한 게임이 전개되고 있었다. 야성의 후각을 지닌 것인지, 제대로 여자를 관찰한 것인지……. 쉽게 상대할 수 없는 교텐.

"내일 문을 고치러 가기로 했어. 루루가 부탁했거든."

"오빠가 루루 언니 새 애인이에요?"

"아냐." 무시무시한 착각을 한 하이시에게 무안을 주지 않으려고 애쓰면서도 단호하게 부정했다. "난 심부름센터에서 일하는 사람이야."

"그렇구나." 하이시는 이불 커버의 보풀을 뜯었다. "루루 언니도 이제 그만 그 남자하고 헤어져야 할 텐데."

그 남자는 또 누구야. 하지만 다다는 더 묻지 않았다. 역시 인정에 얽매여 치와와를 맡기기에는 루루도, 하이시도 삶이 너무 불안정한 것 같았다. 다다는 바로 일어섰다.

"하이시, 미안한데 치와와는 다른 사람한테 주기로 했어. 내일 내가 루루한테 말하겠지만……."

"그래요? 왜요?" 하이시는 다다를 올려다보았다. "오빠는 루루 언니에 대해서 듣고 싶어 했잖아요. 언니는 정말 개를 귀여워할 거예요. 언니는 주위 사람들도 잘 돌봐주는 착한 사람이에요. 나도 귀여워해줄 거고요."

그럴지도 모르지만 여건이 좋지 않다. 다다는 하이시 앞에 쭈그리고 앉았다.

"루루가 정말 콜롬비아 사람이야?"

"들은 적은 없지만, 아마 아닐 거예요. 여기선 콜롬비아 여자가 인기 있으니까 그렇게 말했을 거예요."

"거짓말쟁이한테 치와와를 줄 순 없어. 치와와는 특별하게 부탁받은 소중한 개야."

다다는 일어서서 신발을 신고 현관 미닫이를 열었다.

"그럼 애초에 오지를 말았어야죠."

하이시가 말했다. 맙소사. 할 말이 없었다.

교텐은 치와와를 무릎에 올려놓고 처마 끝 의자에 앉아 있었다.

"들었냐?"

"들렸어."

교텐이 대답했다.

교텐은 치와와를 바닥에 내려놓았다. 치와와가 다급하게 발을 움직여 앞으로 걸어갔다. 치와와의 엉덩이를 보면서 둘은 나란히 걸었다.

"지갑 내놔." 교텐은 다다의 가슴팍을 향해 지갑을 던졌다. 다다는 지갑을 받아 점퍼 주머니에 넣었다. "너, 어디…… 몸이 안 좋냐?"

"열은 벌써 떨어졌는걸."

"아니, 그런 게 아니라……."

다다가 말끝을 흐리자 교텐은 그제야 알아차린 듯 슬며시 웃었다.

"안 좋은 덴 없다. 다만 잘 모를 뿐이지."

그런가. 다다는 왜 그런지 납득이 갔다. 방금 본 하이시의 몸이 고스란히 되살아났다.

신기했다. 왜 예전에는 주저 없이 누군가와 부둥켜안을 수 있었을까? 왜 포개지는 것만으로도 욕망이 채워지고, 상대를 알 수 있다고 믿었던 걸까.

열심히 배운 외국어도 한동안 사용하지 않으면 차츰 잊어버린다. 다다는 자신에게서 예전 같은 열정과 희망을 찾을 수 없었다.

마리가 실수한 거야. 나 같으면 이런 남자한테 소중한 개를 맡기지 않아. 신뢰할 수 있는 사람도 아니고, 하루하루 벌어먹고 사는 처지에 값싼 동정으로 하마터면 매춘부한테 개를 건넬 뻔한 남자.

하지만 교텐의 진면목을 간파하지 못한 건 어쩔 수 없는 일이다. 그 아이는 초등학생이다. 실망과 슬픔은 맛보았다 해도, 아직 허무함은 모를 나이.

약속 시간에 맞춰 다다는 루루와 하이시가 사는 공동주택을 찾았다. 교텐도 따라왔다. 체온은 정상에 가깝게 내렸지만, 콧물이 멈추지 않는다고 두루마리 화장지를 옆구리에 끼고 있다. 치와와는 사무실에 그대로 놔두었다.

"다다, 비닐봉지 없냐? 코 푼 화장지가 주머니에 꽉 찼어."

"없어."

문이 열리자 조형(造型) 작업이 한창인 루루의 얼굴이 나타났다. 석고로 본을 뜨는 중인가 싶을 정도로 얼굴에는 파운데이션이 질척하게 묻어 있다. 눈썹도 없고 눈가의 화장도 아직 완성되지 않았지만, 목소리와 말투만 듣고도 루루라는 것을 금방 알 수 있었다.

"어서 오세요오. 들어와요오."

현관으로 들어가니 판자가 깔린 좁은 부엌이 보인다.

그 안에 있는 세 평 남짓한 서향 단칸방. 루루는 방금 일어난 모양이다.

루루는 신발을 벗는 다다를 향해 "이거예요오" 하고 부엌과 단칸방 경계에 있는, 합판을 덧댄 미닫이를 가리켰다. 뒤따라 들어오는 교텐이 자꾸 두루마리 화장지를 코로 가져가자 "어머나, 코가 새빨개" 하고 말했다. "하이시는 벌써 출근했어요오. 어젯밤, 만났다면서요오."

루루는 방에 놓인 화장대 앞에 앉아 화장을 다시 시작했다. 광기에 젖어 붓질을 하는 화가처럼 대담하게 눈썹을 그린다.

"저렇게 휙휙 그려도 괜찮은 거야?"

교텐이 코를 훌쩍거리면서 다다에게 속삭였다. 다다는 자기 눈썹은 고사하고 남의 눈썹도 그려본 적이 없었지만, 좋지는 않을 거라고 생각했다.

"루루 씨, 치와와 말인데요."

"알고 있어요오." 루루는 다다의 말을 밝은 목소리로 가로막았다. "하이시한테는 확실히 결정될 때까지 잠자코 있으려고 했어요오. 그 아이, 나보다 어려서 좀 툴툴거렸을 거예요, 이해해주세요오."

속눈썹을 붙이고 눈꺼풀에 고정되기를 기다리는 동안 루루는 거울에서 시선을 떼고 다다를 바라보았다.

"그래, 어때요오? 고칠 수 있어요오?"

속눈썹이 눈꺼풀 한가운데에 붙어 있었다. 거기까지 눈이라고 우길 생각인가. 대체 어떻게? 속마음을 들키지 않으려고 다다는 상체를 숙여 고개를 돌리고 문 상태를 확인했다.

공동주택이 낡아서 문턱도 일그러져 있었다. 문 아랫부분을 조금만 깎아내면 문짝은 맞겠지만, 습도 때문에 나무의 부피가 줄어들 때 덜컹거리게 될지도 모른다. 다다는 루루에게 설명해주었다.

"깎아도 돼요오." 루루는 속눈썹에 마스카라를 듬뿍 바르면서 말했다. "어차피 여기저기 외풍이 들어오는 걸요오."

루루는 계약서에 '루루'라고 사인하고, 2천 엔을 지불했다. 그 곰팡내 나는 단층집에서 루루가 20분 동안에 버는 금액을 받는다. 다다는 준비한 영수증과 지폐를 주고받은 다음 작업을 시작했다.

바닥에 몸을 대고 문턱과 문이 아귀가 맞는지 확인했다. 몇 밀리미터를 깎아내면 좋을지 신중히 쟀다. 다다가 연장통을 뒤져 대패를 고르고 날 끝을 조정하는 동안 교텐은 문지방에서 문을 떼어냈다.

대패는 시간을 깎는 도구다. 날을 대고 밀 때마다 단단한 시간의 층들이 얇게 깎여 나가고 잠들어 있던 나무 향이 부드럽게 퍼진다.

한 번 깎을 때마다 거듭 문을 끼워보고, 다시 매끄러운 정도를 확인한다.

"대단하네요오."

작업을 지켜보는 루루의 눈은 아이라인 때문에 두 배는 더 커졌다.

매끄럽게 열리고 닫히도록 만든 다음 문턱에 초를 칠하면 작업은 끝이다. 다다는 너무 많이 깎으면 안 된다는 것을 경험을 통해 알고 있다.

"교텐, 초 좀 칠해줘."

그 정도라면 교텐도 할 수 있을 것이다. 문을 끼웠다 빼는 작업 외에 아무 일도 하지 않고 부엌에서 우두커니 서 있는 교텐에게 조금이라도 보람을 느끼게 하고 싶었다.

"그 전에 화장실 좀 써도 될까?"

교텐은 또 한 차례 코를 풀더니 루루에게 물었다. 너, 진짜 뭣 때문에 매번 따라오는 거냐. 다다는 말을 해봐야 소용없을 것 같아서 잠자코 문턱에 초를 칠했다. 화장실에서 엄청난 물소리가 들렸다. 코를 푼 화장지를 한꺼번에 버리는 것 같았다.

"저 사람 특이하네요오. 친구예요오?"

"설마요."

다다는 톱밥을 치우고 도구를 챙겼다. 일어서서 문을 열고 닫아보며 "이 정도면 됐죠?" 하고서 방 안을 들여다보았을 때 그만 몸이 얼어버렸다. 루루는 알몸이었다.

"어머나, 미안해요오. 옷을 갈아입어야 할 시간이라서어."

루루는 광택이 나는 파란색 슬립 드레스를 뒤집어쓰면서 "어디, 정말 다 됐나요오?" 하고 다다에게 가까이 다가왔다. 적당하게 살이 오른 하반신은 아직 알몸이다.

나를 시험하는 걸까. 교텐은 아무리 콧물이 많이 나와도 그렇지, 화장실에 너무 오래 있는 거 아냐? 아무라도 좋으니 좀 도와줘.

다다가 속으로 비명을 지르고 있을 때 현관문이 기세 좋게 열리면서 "그거 가지러 왔어, 루루" 하는 목소리가 들렸다. 돌아보니 누가 봐도 양아치 똘마니가 분명한 젊은 남자가 서 있다. 남자의 눈은 초점이 맞지 않았다.

"누구야, 너!"

남자가 소리를 질렀다.

"신 짱!"

루루는 드레스에서 목만 내민 상태에서 말했다.

그 남자란 게 이 남자야? 최악의 상황이었다. 다다가 루루의 드레스를 가슴 위까지 걷어 올린 것처럼 보인다. 아니나 다를까 신 짱이라고 불린 남자는 구둣발로 방 안까지 들어왔다.

"잠깐 비운 사이에 벌써 새 남자냐?" 남자는 곁눈으로 다다를 노려보면서 낮게 신음했다. "그건 어딨어, 루루. 버린 건 아니겠지?"

말릴 사이도 없었다. 남자는 "신 짱, 그 사람은……" 하고 말하는 루루의 얼굴을 힘껏 후려갈겼다. 루루는 문에 등이 부딪히더니 부엌 바닥에 쓰러졌다.

"루루!"

다다는 남자를 밀어젖히고 달려가 루루를 일으키려고 했다. 여자에게 폭력을 휘두르는 남자를 처음 봐서 분노 이전에 경악스러웠다.

"괜찮아요오."

루루가 얼굴을 들었다. 왼쪽 눈이 충혈됐다. 싱크대에 처박혀 있던 남자가 몸을 일으키는 기척이 났다. 다다는 바닥에 무릎을 꿇고 있다가 돌아보는 남자의 배를 손바닥으로 세게 밀었다. 유치원생처럼 서툴게 대처하고 있다는 생각이 들었지만, 싸움에 익숙하지 않아서 어떻게 해야 좋을지 몰랐다. 남자가 균형을 잃은 틈에 루루를 감싸 안고 일으켜 세웠다.

"오해하지 마." 소용없을 줄 알면서도 남자에게 말했다. "나는 심부름센터에서 나왔어. 문을 고치러 왔을 뿐이야."

남자가 다다에게 덤벼들었다. 다다는 버티지 못하고 남자와 함께 방바닥에 쓰러졌다. 이런 소동이 벌어지고 있는데, 어째서 교텐은 화장실에서 나오지 않는 걸까? 허리에 일격을 맞은 다다는 눈을 감고 신음했다.

별안간 남자가 짧게 비명을 지르며 다다의 몸에서 굴러떨어 졌다. 발치에서 남자의 목덜미에 들이댔던 담배를 다시 자기 입으로 가져가는 교텐이 보였다.

"이 뽕쟁이는 누구야?"

교텐은 남자의 배를 힘껏 발로 걷어차며 부엌 바닥에 웅크 리고 있는 루루에게 물었다.

"내 남자 친구예요오."

루루가 대답했다.

"흐음."

상체를 숙인 교텐은 들고 있던 담배를 신음하는 남자의 눈 앞에 들이댔다.

"왜 이렇게 늦게 나왔어?" 다다는 바닥에서 몸을 일으켰다. "이제 그만해, 교텐."

"변기가 막혔어."

교텐은 담배를 치웠다.

남자는 곁에 있는 교텐의 존재에 겁을 먹었는지 얌전하게 누워 있다. 방 안에는 다시 고요가 찾아왔다.

"이렇게 하면 어떨까, 콜롬비아 언니." 교텐이 루루에게 말했 다. "언니는 이 남자하고 깨끗이 관계를 끊어. 그 대신 귀여운 개를 키우는 거야."

루루는 퉁퉁 부어오른 얼굴을 들었다. 다다는 "왜 그렇게 해야 하는 거야?"라고 중얼거리는데, 남자는 "이 새끼는 뭐야?" 하고 욕설을 뱉었다.

"네가 원하는 게 이거 아냐?"

교텐은 화장실에서 가지고 나온 두루마리 화장지 심에서 투명한 비닐봉지를 꺼내 남자의 면전에 흔들어 보였다. 단단히 봉해놓은 그 속에는 밀가루처럼 하얀 가루가 들어 있다.

"어떻게 된 거야, 그건……?"

다다는 어리둥절해하며 물었다.

"변기 물탱크에 들어 있었어."

교텐은 별일 아니란 듯이 대답했다.

들어 있으면 있는 거지 왜 꺼내 오는 거냐고. 설마 이걸 복용하거나 팔 생각은 아니겠지? 다다는 어쩐지 그런 일에 굉장히 익숙해 보이는 교텐에게 의혹의 눈길을 던졌다.

"내놔!"

교텐은 악을 쓰는 남자의 배 위에다 담뱃재를 털었다.

"자, 어떻게 할까, 언니?"

"헤어질래요오. 하이시도 더 이상 신 짱을 만나지 말라고 했어요오. 치와와를 키울 수만 있다면 헤어질래요오."

"웃기지 마."

남자가 말했다.

"웃기는 건 네놈이야."

교텐이 되받아쳤다. 말을 하다 콧물이 주르르 흘러내리자 두루마리 휴지로 문지른다.

"이 언니한테 다시 접근하면 그땐 네 눈을 지져버릴 테다." 교텐은 작은 비닐 꾸러미를 남자 손에 쥐여주었다. "가도 좋아."

남자는 분한 듯이 바닥을 쳤지만, 원하던 것을 손에 넣는 데 만족했는지 거칠게 발소리를 내며 방을 나갔다.

현관문이 닫혔다.

"정말로 치와와를 줄 거예요오?"

그제야 슬립 드레스를 잡아 내리면서 루루가 걱정스러운 듯이 물었다.

"줄게."

교텐은 방에서 나와 부엌 싱크대에 담배를 버렸다.

"네 멋대로 결정하지 마."

다다가 말했지만, 교텐도 루루도 듣지 않았다.

"지금부터 일해야 되지? 내일 사무실로 와. 치와와를 줄 테니까." 교텐은 연장통을 들고 딜렁딜렁 다다를 보았다. "자, 가야지?"

다다는 아픈 허리를 감싸고 밤거리를 걸었다.

"루루가 신 짱인지 뭔지하고 정말로 헤어질 거라고 생각하냐?"

"어렵지 않을까 싶긴 해."

교텐은 순순히 인정했다.

"그렇게 생각하면서 왜 치와와를 주니 어쩌니 한 거야?" 다다의 목소리가 거칠어졌다. "언젠간 치와와 먹이에 마약 같은 게 섞일지도 몰라."

"다다, 개는 말이야. 키우고 싶은 사람 품에서 자라는 게 가장 행복해."

"치와와가 그렇게 말하더냐?"

교텐은 역 앞에서 일회용 휴지를 나눠주는 여자아이에게 다가갔다. 다다는 씩씩거리며 앞서 걸었다.

"너한테 치와와는 의무였잖아." 일회용 휴지를 잔뜩 받은 교텐이 뒤쫓아 와서 나란히 걸었다. "하지만 그 콜롬비아 아가씨는 달라. 그 아가씨한텐 치와와가 희망이야."

교텐은 한 손으로 일회용 휴지를 뜯어 코를 풀려고 했다. 다다가 연장통을 들려주었다. 한동안 두 사람은 조용했다.

남쪽 출구 로터리를 빠져나오면서 교텐이 조용히 입을 열었다.

"누군가한테 필요한 존재라는 건 누군가의 희망이 된다는 의미야."

이 기묘한 남자를 희망으로 여기는 사람이, 이 기묘한 남자의 도움이 필요한 사람이 이 넓은 세상 어딘가에는 존재할까? 다다는 도저히 믿을 수 없었다.

치와와와 보내는 마지막 밤, 다다는 할인 마트에 들러서 최후의 만찬에 어울리게 제일 비싼 도그푸드 통조림을 샀다.

"생색은 있는 대로 내면서 정가로 사지는 않는군."

"얹혀사는 주제에 업소까지 달려간 녀석 덕분에 돈이 없다."

교텐은 콧물을 들이마시고는 "슬슬 일을 하는 편이 좋을 거야" 하고 말했다. 진심으로 충고하는 것 같았다.

문득 먼 옛날부터 교텐과 이런 식으로 실없는 대화를 주고받은 듯한 기분이 들었다. 물론 착각이다. 누군가가 필요했고 누군가에게 자신이 필요하다는 사실을 전혀 의심하지 않았던 시절에는 교텐과 한 번도 말을 나눈 적이 없었다.

"계속 궁금했던 건데, 너 정말 천하태평이더라. 장사 안 되면 광고를 내든가 일일이 전화를 걸어 영업을 하든가 전단을 돌리든가 해야 하는 거 아냐?"

그렇게 말하면서 교텐은 사무실로 통하는 계단을 올라갔다. 다다는 뒤따라가려다 말고 멈춰 서서 건물 앞 보도에서 밤하늘을 올려다보았다.

우뚝 솟은 백화점의 검은 그림자. 그 옥상 모퉁이에 작은 불빛들이 걸쳐 있다. 기지로 돌아가는 비행기일 것이다. 그러나 불빛은 꼼짝하지 않고 반짝거린다.

하늘에 별.

다다는 크게 숨을 들이마셨다. 축축한 봄밤 냄새가 풍긴다.

만신창이가 된 트럭

트럭은 조금 전부터 좀체 앞으로 나아가질 못했다.

교텐이 열어놓은 조수석 창으로 마호로 역 앞을 오가는 사람들이 내뿜는 기운이, 번쩍거리는 네온사인 아래에 선 호객꾼들의 경쾌한 목소리가, 비명처럼 연이어 울리는 클랙슨과 건널목을 지나가는 차 소리가, 그리고 금방 폭우를 쏟아낼 것 같은 무더운 바람이 스며든다.

"아, 배고파."

옆을 스쳐 가는 하코큐의 굉음에 지지 않으려는 듯이 다다가 큰 소리로 교텐에게 말했다.

"그러냐?"

교텐은 창턱에 팔꿈치를 괴고, 차창 밖으로 담배 연기를 뱉어냈다. 트럭 옆을 걸어가던 회사원이 하얀 유해 물질을 뒤집어쓰고 돌아보면서 욕을 하는 모습이 백미러에 비쳤다.

다다와 교텐은 자질구레한 의뢰들을 완수하기 위해 종일 마호로 시내를 뛰어다니다가 이제야 역 앞으로 돌아오는 참이었다.

정원에 고양이 시체가 있으니 치워달라, 벽장 안의 봉이 빠져서 옷을 걸 수 없으니 다시 달아달라, 야반도주한 세입자의 짐을 처분해달라.

하기야 '그런 것쯤은 네가 해' 하고 쏘아주고 싶은 마음이 울컥 치솟는 의뢰 때문에 심부름센터가 존재하는 것이다.

치와와가 있던 시절에는 저녁 시간에 맞춰 일을 마무리하고 사무실로 돌아가려고 애썼다. 치와와에게 먹이를 주면서 식사를 챙겨 먹었다. 밤에는 치와와와 산책을 하기도 했다.

자칭 콜롬비아 사람이라는 루루에게 치와와를 맡기고 난 뒤부터 다다와 교텐의 생활 리듬은 대책 없이 흐트러졌다. 의뢰에 따라 아침에는 세월없이 늦잠을 자는가 하면, 밤늦도록 일을 하기도 했다.

다다는 이래서는 안 된다고 생각했다. 다다는 치와와를 맡기 전으로 돌아간 것뿐이니까 생활이 불규칙해도 상관없다. 그러나 교텐이 문제였다. 치와와라는 족쇄를 잃어버린 교텐은 내버려두면 밑도 없는 늪에 빠진 사람처럼 하루하루를 흘려보냈다.

음식을 씹어 삼키는 일을 거의 하지 않았다. 밤낮을 불문하고 졸리면 무조건 잤다. 이런 것까지는 원래 그랬다 치더라도, 세수도 안 하고 목욕도 하지 않는 것은 심하다. 교텐은 치와와와 산책하는 길에 공중목욕탕에 들렀던 것 같은데, 치와와가 떠나간 순간부터 공중목욕탕의 존재까지 뇌리에서 깨끗이 지워진 것 같다.

처음에는 먹이에 이끌려 "앉아" 하면 앉는 법을 배우는 개도 나중에는 먹이를 주지 않고 명령만 내리면 앉게 된다. 그러나 교텐은 먹이가 없어지면 모든 걸 잊어버리는 것 같다. 이 녀석은 개보다 못한 바보다.

다다는 교텐의 일상을 조금만이라도 보통 사람에 가깝게 바꾸려고 이런저런 궁리를 했다. 그래서 "저녁으로 뭐 먹고 싶은 거 없나?" 하고 운을 띄웠다. 조수석에 앉은 교텐은 아무 생각이 없는 듯 "별로. 아무거나 상관없어" 하고 대답할 뿐이다.

배도 고프고 길도 막혀서 점점 초조해지기 시작했다.

하코큐 방면에서 역 앞으로 들어가려 했던 게 실수였다. 길이 좁아서 늘 붐비는 곳인데, 평소처럼 버스 길을 택하는 게 나았을 것이다. 그랬더라면 지금쯤 사무실에 도착했을 텐데. 주차장에 트럭을 세우고, 밥 먹고, 터덜터덜 걸어 공중목욕탕에 들르고…….

"생각해봤는데 말이지." 교텐의 말에 다다는 몽상에서 깨어났다. "요즘 우리, 대화가 줄지 않았냐?"

'요즘'이고 뭐고 대화가 줄었네 늘었네 운운할 만큼 우리가 '사이좋게 이야기'한 적이 언제 있었냐? 애초에 대화가 적은 원인이 누구한테 있다고 생각하는 거야. 나는 눈을 감고 쳐도 홈런을 칠 만한 공을 던져주는데, 너라는 놈은 데굴데굴 굴러 와 주울 마음조차 들지 않는 거지같은 땅볼을 치고 있잖아.

"그런가?"

다다는 크게 심호흡을 하고 물었다.

"그래. 꼭 자식을 떠나보낸 중년 부부 같아."

드디어 자발적으로 말을 하는가 싶었는데, 어떤 유능한 포수도 받아내기 힘든 폭투였다.

"소름 끼치는 비유는 관둬."

다다는 사이드브레이크를 내리고 트럭을 겨우 여자의 보폭 정도 전진한 뒤 다시 사이드브레이크를 당겼다.

"이 길은 왜 막히는 거지?" 교텐은 재떨이에 담배를 비벼 끄고 창문을 닫았다. "밤 9시에 대체 모두 어딜 가는 거야?"

"아무 데도 안 가. 집으로 돌아가는 거지."

다다는 손가락으로 앞을 가리켰다.

마호로 역 하코큐선 북쪽에는 학원들이 입주한 큰 건물이 줄지어 있다. 때마침 학원에서 초등학생으로 보이는 아이들이 거리로 쏟아져 나왔다. 친구와 역으로 가는 아이들, 길가에 주차한 부모의 차를 찾아 올라타는 아이들.

"뭐야, 저건?" 교텐은 재주도 좋게 눈썹을 한쪽만 치켜떴다. "혹시 길이 막히는 게 학원에서 돌아가는 애새끼들 데리러 온 차 때문이냐?"

"정답."

다다가 대답하는 것과 동시에 앞차에 초등학생 여자아이가 올라탔다. 운전석에 탄 엄마가 뭐라고 말을 걸고 있었지만, 여자아이는 대꾸도 하지 않고, 편의점에서 파는 고기만두 싼 종이를 조수석 창밖으로 버렸다.

"야야." 그 광경을 지켜보던 다다가 중얼거렸다. 조수석에 있던 교텐이 핸들까지 팔을 뻗어 클랙슨을 시끄럽게 울렸다.

"야야!" 다다가 이번에는 교텐을 향해 말했다. "그만둬!"

무슨 일인가 하고 앞차에 탄 모녀가 돌아보자, 교텐은 조수석 창문을 내리고 소리쳤다.

"쓰레기 주워, 빌어먹을 애새끼가!"

신호가 바뀌자 차들은 맹렬히 움직이기 시작했다. 교텐의 서슬에 겁먹은 앞차가 재빨리 달려 나갔다. 다다는 사무실 쪽으로 핸들을 꺾었다.

"교텐, 너도 배고픈 거 아니야? 평소 캐릭터와는 너무 다른걸."

"난 버릇없는 애새끼들이 싫어. 학원 보내고, 학원 끝나면 교통체증 일으키며 데리러 가고. 그런 지극정성 쏟기 전에 저 애 새끼한테 먼저 가르쳐야 할 게 있다고 봐."

자기가 아무 데나 버리는 담배꽁초를 다다가 항상 줍고 있다는 사실은 까맣게 잊은 것 같았다. 교텐은 짜증 난다는 듯이 다시 담배를 물었다.

"마호로 사람들은 교육열이 높아."

"금시초문인걸."

"하긴, 우리가 어렸을 땐 학원 같은 게 거의 없었지."

사무실 앞에 도착한 다다는 주차장 지정석에 트럭을 세우고 시동을 껐다.

"시내에 고층 아파트들이 줄줄이 생기고 있잖아. 초등학생 꼬마가 있는 젊은 부부한테는 출퇴근하기에도 편하고, 생활하긴 아주 안성맞춤인 곳이지. 가족 구성이 비슷한 사람들이 같은 아파트에 모여 사니 자연히 교육열이 높아지는 거야."

"어이없어서, 원."

교텐은 트럭에서 내려 빠른 걸음으로 주차장을 가로질렀다.

"어이. 이로리야 도시락 어때?"

다다가 말을 걸어도 교텐은 걸음을 멈추지 않고 사무실이 있는 건물로 혼자 들어가버렸다.

뭘 화까지 내는가 생각하면서, 다다는 단골 도시락 가게인 이로리야에서 김 도시락 두 개와 닭튀김을 한 팩 샀다. 오늘 밤이야말로 어떻게든 교텐을 구슬려 목욕탕에 데려가야 한다. 치와와보다 더 손이 많이 가는 인간.

양육이라는 말이 떠올라 다다는 황급히 지웠다.

교텐 역시 배가 고팠던 모양이다. 도시락을 눈 깜짝할 새 해치우고 기분이 좀 나아졌는지 순순히 목욕탕 가는 길에 따라나섰다. 지금은 젖은 대야를 들고 "이야, 벌써 계절이 이렇게 변했나? 목욕하고 나서도 춥지 않네?" 하면서 다다를 뒤따라오고 있다. 가로등이 만든 교텐의 그림자가 다다의 발치까지 길게 뻗었다. 교텐은 앞머리를 노란 고무줄로 묶었다. 묶은 머리가 정수리에서 달랑거린다.

"내일, 이발소에……."

어째서 머리 깎는 것까지 일일이 말해야 하는 거냐 생각하면서 돌아보았다. 교텐이 보이지 않았다.

"시인 짜앙!"

불 꺼진 하코큐 백화점 뒷골목 부근에 루루의 남자가 멍하니 서 있었다. 신 쨩을 발견한 교텐은 옛 친구를 만나기라도 한 듯 반갑게 부르면서 속력을 내 돌진하고 있었다.

오른손으로 브이 자를 만든 교텐은 달려가는 탄력을 이용해 두 손가락으로 신 쨩의 눈을 찌르려고 했다. 살기에 놀란 신 쨩은 "으악!" 하고 소리를 지르며 아슬아슬하게 피했다. 하마터면 눈을 다칠 뻔했다.

"뭐야!"

신 짱은 악을 쓰다가 눈앞에 나타난 사내가 바로 교텐이라는 것을 알아차린 모양이었다. 천적을 본 것처럼 바짝 얼어버린 신 짱은 눈과 입을 다물었다.

"너야말로 뭐 하는 거야?" 교텐은 신 짱의 뺨을 브이 자를 한 손가락으로 쿡쿡 찔러댔다. "아직도 마호로에 있었냐? 설마 콜롬비아 아가씨한테 가진 않았겠지?"

"가지 않았어."

"눈을 보고 말해."

신 짱이 머뭇머뭇 눈을 뜨는 순간, 교텐이 팔을 휘두르면서 또다시 눈을 찌르려고 했다. 신 짱이 반사적으로 눈을 감는 바람에, 교텐의 손가락 끝은 눈꺼풀에 막혀 멈췄다.

"아얏!" 신 짱은 비명을 지르고, 교텐은 "아, 아깝다" 하며 웃었다.

"콜롬비아 아가씨 귀찮게 하면 눈알뿐 아니라 뇌수도 파내버릴 거야."

교텐이 부드럽게 속삭이며 신 짱을 놓아주었다. 신 짱은 뭐라고 한마디 내뱉고 갈 기세였지만, 교텐을 자극하는 것이 좋지 않다고 판단했는지 끝내 아무 말도 하지 않고, 거리의 인파에 섞여 총총걸음으로 사라졌다.

"……그래서? 너 아까 뭐라고 하지 않았냐?"

교텐이 다다 옆으로 다가오며 물었다.

"아니." 조금 떨어진 곳에서 처음부터 끝까지 지켜보고 있던 다다가 대답했다. "내일은 전화 당번이나 해. 사무실에 얌전하게 있으라고. 알았지?"

다다는 끊임없이 투덜거리는 교텐을 사무실에 남겨두고 부족한 비품을 사러 나갔다.

전구, 셀로판테이프, 개집을 고쳐달라는 의뢰가 들어와서 철망도 사둬야 했다. 다다는 머릿속에 장부를 펼쳐놓고 필요한 것을 찾아 마호로 역 앞에 있는 도큐핸즈 백화점 계단을 오르락내리락했다.

다다는 회사 다니던 습관이 남아, 문서 다루는 일이나 자재 발주 하는 일에 능숙했다. 사전 준비도 꼼꼼하게 하고, 직접 몸을 움직이는 것도 좋아했다. 덕분에 장부 정리는 언제나 빈틈이 없었다. 이렇게 낭비 없이 비품을 구입해야 고객의 신뢰와 더불어 명랑 회계를 유지할 수 있다.

"나한테 사각(死角)이란 없어."

다다는 스스로 쇼핑에 만족하며 구입한 물건들을 트럭 짐칸에 실었다. 쇼핑을 하면 도큐핸즈 주차장은 두 시간까지 무료다. 아직 시간이 충분하다. 다다는 치와와를 보러 역 뒷골목 루루네 공동주택으로 걸음을 옮겼다.

점심때가 갓 지난 역 뒷골목은 사람 왕래가 거의 없다. 이곳 주민들은 아직 꿈나라에서 놀고 있을 시간이었다. 콜롬비아 아가씨도 아직 자고 있을지 모른다고 생각하며 공동주택 문을 두드렸는데, 뜻밖에 바로 응답이 왔다.

"예에."

"다다 심부름집입니다."

"어머나, 어서 오세요오."

아지랑이처럼 하늘거리는 네글리제를 입은 루루와 하이시가 화장기 없는 얼굴 가득 미소를 지으며 맞아주었다. 발밑에서는 치와와가 감기듯이 바싹 달라붙어 꼬리를 떨어져라 흔들고 있다. 사무실에 있을 때보다 털도 윤기 나고, 귀에는 조그맣고 빨간 리본이 달려 있었다.

"들어오세요" 하고 권했지만, 다다는 현관 앞에서 선물로 들고 온 통조림만 건네주었다. 치와와가 예쁨을 받으며 건강하게 지내는 것을 확인했으면 됐다.

다다가 신발을 벗으려 하지 않자, 하이시는 아쉬워하며 물을 끓이고 있던 가스 불을 껐다.

"차라도 마시고 가면 좋을 텐데요."

치와와를 안아 들고 하이시가 말했다.

"심부름센터 아저씨는 근무 중이야아." 루루가 타일렀다. "오늘은 왜 그 특이한 친구하고 같이 안 왔어요오?"

"사무실 지키고 있어요."

다다는 손이 하이시의 가슴에 닿지 않도록 주의하면서 그녀의 품속에 안긴 치와와의 머리를 쓰다듬었다.

"루루 씨, 요즘 신 짱 만나세요?"

"아뇨, 전혀." 루루는 통통 부은 눈으로 다다를 올려보았다. "나아, 약속은 지켜요오."

"그렇군요. 미안합니다."

다다는 미소를 지었다. 역시 이 여자들에게 개를 맡기길 잘했다는 생각이 들었다.

"신 짱은 왜요오?"

"아뇨, 어젯밤, 역 앞에서 그 친구를 봐서요. 아직 이 주변에 있는 거 같길래⋯⋯."

"그 남자 요즘 장사가 잘 안 되는 것 같아."

치와와의 리본을 고쳐주면서 하이시가 말했다. '쌤통이야'라고 말하고 싶은 눈치였다.

"장사?"

"네. 애들한테 약을 팔아요. 그 남자 항상 역 앞에서 어슬렁거리는데, 요새는 더 안전하게 약을 파는 조직이 생겼대요. 그래서 신 짱은 장사가 잘 안 된다는 소문이 돌던데."

"안전한 방법이라니, 어떤?"

루루가 태평스럽게 물었다.

"글쎄. 그걸 알면 신 짱도 만회할 기회가 생기겠지만…… 뭐 우리하고는 상관없는 얘기 아냐, 언니?"

어차피 마호로에서 파는 약은 양이 일정하다. 조직은 신 짱이건 새로운 조직이건, 돈만 제때 바치면 판매를 어느 쪽에 맡겨도 좋다고 생각할 것이다. 어쩐지 신 짱이 위기에 놓인 것 같군. 다다는 미소를 참느라 애먹었다. 그 녀석 때문에 한동안은 재채기를 하는 데도 용기를 내야 했다. 다다는 요통의 원한을 잊지 못했다.

"사무실에도 가끔 놀러 오세요."

"네. 또 봐요오."

다다는 공동주택의 녹슨 바깥 계단을 내려와 뒤를 올려다보았다. 루루와 하이시가 문 앞에 서서 다다를 바라보고 있었다. 하이시의 팔에 안긴 치와와가 앞다리를 들고 '바이 바이'를 한다.

여자들도, 치와와도 행복해 보였다.

거기에 비하면 내 생활은 어떤가. 사무실로 돌아온 다다는 희미하게 통증이 번지는 관자놀이를 문질렀다.

교텐은 늘어지게 몸을 젖히고 소파에 앉아 재떨이에 담배꽁초로 산을 만들어놓았다. 사무실은 보물 상자를 연 것처럼 하얀 연기가 가득하다. 다다는 사 온 비품들을 말끔히 선반에 정리하고, 창을 열어 환기했다.

"나 없는 동안 의뢰 들어온 건 없었어?"

교텐은 묵묵히 새 영수증 책자를 던졌다. 영수증 뒤쪽에 알아보기 힘들 정도로 볼펜으로 휘갈겨 쓴 글씨가 보인다.

"왜 여기다 쓴 거야?"

"메모지가 없었어."

"전화기 아래 서랍에 있잖아!"

"그러냐?"

심술이다. 집을 지켜야 할 개가 집 안에 오줌을 싸대는 것과 같다. 다다는 짜증을 내며 사용할 수 없게 된 영수증을 뜯어냈다.

"……뭐라고 써놓은 거야, 이건."

"제초 작업이 한 건. 개집 수리가 한 건."

"개집 수리는 오후에 간다고 전하랬잖아. 나카무라 씨지?"

"그랬던 것 같군."

자동응답기를 켜놓고 나가는 게 나을 뻔했다.

"제초 작업은 누구야?"

"글쎄……. 집이 풀로 뒤덮이기 전에 필요하면 또 전화하겠지."

다다는 전화기에 남은 착신 기록과 고객 명부를 대조하여 의뢰인을 찾아냈다. 제초 작업 일정을 정하고, 나카무라에게 오후 약속을 확인하고 나서야 수화기를 내려놓았다.

"기록을 보니 전화가 두 건 더 왔는데?"

한 건은 발신자 번호가 없었고, 다른 한 건은 신규 고객 같았다. 교텐은 담배를 문 채 소파에 무릎을 안고 있다.

"하나는 죽이고 싶은 사람이 있다는 의뢰였어. 1천만 엔 준대. 너, 살인 청부도 하냐?"

"말도 안 돼." 다다도 담배에 불을 붙이고 한숨을 크게 토했다. "가끔 있어. 심부름센터를 청부업자로 착각하는 사람들이. 그래서 뭐랬어?"

"'우리 집보다 실력 좋은 심부름센터를 알고 있습니다' 하고 마호로 경찰서 번호를 가르쳐줬지."

"너답잖게 잘했구나."

다다가 칭찬하자 노란 고무줄로 묶은 앞머리가 자랑스러운 듯 달랑거린다.

"또 하나는 애 교육에 극성인 아줌마한테서 왔어."

"뭐야, 그건?"

"학원에 다니는 아들을 마중해달라는 건데, 오늘 밤까지 집에 면접 보러 오래."

"집이 어딘데?"

"써놨잖아."

교텐은 피우던 담배를 재떨이에 찔러 넣고, 소파에서 일어섰다.

"알아볼 수 없으니까 묻는 거잖아."

"점심 사 올게."

"술은 관둬, 교텐. 야!"

교텐은 이미 사무실을 나갔다. 다다는 영수증 뒤에 휘갈긴 글씨인지 숫자인지 모를 글자를 해독하기 시작했다.

오후에는 나카무라 씨 집 정원에서 개집을 수리했다.

어린아이 정도는 너끈히 들어가서 살 수도 있을 만한 큰 개집에 사나운 도베르만이 두 마리나 있었다. 망가졌다기보다 물어뜯긴 것 같은 개집 철망에 손을 대자 안에 있던 개들이 흥분해서 코를 킁킁거리며 다가왔다.

"교텐."

"왜?"

"개집에 들어가서 개들 신경 좀 딴 데로 돌려봐."

"싫어."

하는 수 없이 나카무라 씨에게 개들을 조금 일찍 산책시켜 달라고 부탁했다. 그사이에 다다는 교텐과 함께 개집에 새 철망을 둘렀다. 만일을 대비해 이중으로 단단히 달고, 개가 다치지 않도록 뾰족하게 나온 부분이 없는지 구석구석 확인했다.

생각보다 시간이 걸렸다. 작업을 마쳤을 때는 7시가 가까웠다.

"'극성 아줌마' 면접이 7시 반부터였던가."

서두르지 않으면 약속 시간에 맞추지 못할 상황이다. 다다가 해독한 바로는 영수증 뒤에 '7시 반. 모리다초 2-13 파크힐스 1214. 다무라'라고 적혀 있었다. 모리다초는 최근에 쇼핑몰이 생기고 대형 아파트가 잇따라 건설되고 있는 지역이다. 하지만 마호로 시에서도 외진 곳이라는 사실은 변함없다.

"얼른 타, 교텐."

재촉하던 다다는 조수석에 앉은 교텐을 보며 "아아, 참. 그렇지……" 하고 절망하듯 핸들에 고개를 묻었다. 전화는 자동 응답기에 맡기고 교텐은 이발소에 보내야 했다. 푸석푸석하게 자란 앞머리를 묶은 모습은 아무리 봐도 의뢰인의 신뢰를 얻기 힘들 것 같다.

"그 머리, 어떻게 좀 안 되겠냐?"

"이상하냐?"

교텐은 백미러를 들여다보며 의아한 듯이 물었다.

"가서 입이나 다물고 있어줘."

다다는 교텐을 포기하고 모리다초를 향해 액셀을 밟았다.

교텐은 '교육에 극성인 아줌마'라고 빈정거렸지만, 다다는 의뢰를 맡긴 여자를 만나보고 다른 인상을 받았다.

고층 아파트에 사는 다무라 씨 가족은 부부와 초등학교 4학년 아들이 하나 있었다. 다무라 씨는 아직 귀가하지 않았고, 밤은 거실에는 어머니로 보이는 여자와 아들만 있었다.

"얘가 역 앞에 있는 학원에 다녀요." 여자는 담담하게 의뢰할 일을 설명했다. "일주일에 세 번, 월수목 밤 9시까지 수업하는데요. 학원이 끝나는 시간에 유라를 마중 나갔다가 집까지 데려다주시면 됩니다."

"그건 가능합니다만." 다다는 부러질 듯이 가는 손잡이가 달린 찻잔을 조심스럽게 들었다. "실례입니다만, 왜 이런 일을 부탁하시는지……?"

"요즘 이 아파트 근처에서 아이들한테 말을 거는 수상한 남자가 있대요. 제가 평일에는 일 때문에 늦게 귀가해서요. 애가 걱정돼서 그래요."

그러나 여자의 목소리에는 걱정스러운 기색이 느껴지지 않는다. 수상하게 생각하자면 전화번호부에 이름만 덜렁 올려놓은 심부름센터 역시 충분히 수상하다. 심부름센터에서 왔다며 나타난 두 남자는, 한 사람은 지저분한 작업복 차림이고 다른 한 사람은 상투처럼 묶어 올린 머리를 달랑거리고 있다. 나라면 소중한 아들을 이런 남자들한테 맡길 생각이 들까? 다다는 내심 고개를 저었다.

이름이 유라인 아들은 대화에 전혀 끼지 않고, 거실에서 만화가 나오는 텔레비전을 보고 있다.

"유라야, 내일부터 여기 이 심부름센터 아저씨들이 마중 나가실 거니까 인사해."

엄마가 부르자 유라는 화면에서 눈을 떼고 다다와 교텐을 향해 "안녕하세요" 하고 말했다. 유라가 보고 있는 것은 DVD 같았다.

"잘 부탁한다. 나는 다다고, 이쪽은 교텐이야."

유라는 머리를 꾸벅 숙였다. 다다가 지시했다는 이유로 일부러 입을 꾹 다물고 있는 교텐보다는 태도가 훨씬 어른스러워 보인다. 다다는 유라와 친해지기 위해 텔레비전 화면으로 시선을 옮겼다.

"옛날 애니메이션을 보고 있구나. 이런 거 좋아하니?"

"네……." 유라는 흘끗 제 엄마를 보았다. "마지막에 어떻게 되는지 궁금해서요."

"울게 돼."

교텐이 느닷없이 말했다.

"그럼 내일 보자."

다다는 서둘러 대화를 끊고 집을 나왔다.

"저 꼬마는 보통 아이가 아닌 것 같아." 아파트 엘리베이터 안에서 교텐이 말했다. "애들은 보통 자진해서 명작 극장 DVD 같은 거 보지 않는데."

"확실히 묘한 느낌이더군." 다다도 동의했다. "그 여잔 '교육에 극성인 엄마' 같진 않아. 오히려 애한테 별로 관심이 없어

보였어."

"애를 학원에 보내는 엄마들은 모두 극성 엄마야."

교텐은 교통체증에 휘말리고 나서부터 학원에 다니는 것을 악이라 규정했다.

논밭 속에 서 있는 고층 아파트들은 지평선으로 향하는 처량한 공룡 무리 같았다. 옥상에 설치된 빨간 점멸등이 마치 다른 별로 곧 이동한다는 신호처럼 어두운 밤하늘에서 깜박였다.

"그러고 보니 교텐, 너도 울었냐?"

다다는 트럭 문을 열다 문득 생각이 나서 놀리듯 물어보았다.

"당연하지." 교텐은 진지한 표정으로 말했다. "마지막 회에서 울지 않는 사람은 없어."

유라가 보고 있던 것은 〈플란다스의 개〉였다.

유라가 보통 아이가 아니라는 것은 이내 밝혀졌다. 약속한 날 학원 앞에서 기다리고 있는데, 아이는 좀처럼 나타나지 않았다.

"제멋대로 돌아간 거 아닐까?"

"나공하는 거 아냐?"

교텐은 그렇게 말하고 주변을 돌아다녔다. 다다는 '나공'이 뭔가 생각하면서 유라가 건물에서 나오기를 기다렸다. 아하, '나머지 공부'라는 말이군. 오랜만에 듣는걸.

"찾았어." 교텐이 유라의 귀를 잡아끌고 돌아왔다. 퉁퉁 부은 유라는 편의점에서 파는 닭튀김을 손에 들고 있다. "업무용 엘리베이터를 타고 우리 눈을 피해 밖으로 나갔던 모양이야."

교텐의 설명을 듣고, 다다는 유라에게 미소를 지었다.

"우리가 힘들지 않게 좀 도와주겠니?"

"난 마중 같은 거 부탁 안 했어요."

유라는 닭튀김 봉지를 길에 버렸다. 다다는 교텐의 손등에 힘줄이 드러나는 것을 보고 얼른 봉지를 주워 주머니에 찔러 넣었다.

"자자, 돌아갑시다. 유라 도련님."

"뭐예요, 도련님이라니?" 유라는 교텐의 손을 뿌리치며 다다가 가리키는 소형 트럭을 보았다. "이걸 타라고요? 이런 똥차에 타는 걸 알면 친구들이 놀려요."

"왜?"

"촌스럽잖아요."

"일을 하는 차가 얼마나 멋진지 모르는군, 아직 한참 어리네."

다다는 얼른 운전석에 앉아 안전띠를 맸다. 교텐이 유라를 거칠게 안아 올려 조수석에 억지로 포개 앉았다.

"이거 2인승이잖아요."

몸의 반쪽은 교텐의 무릎에 걸친 꼴이 된 유라는 몸을 비틀었다.

"너는 아직 '1인'으로 치지 않아."

트럭이 움직이자마자 교텐은 담배를 피우기 시작했다. 유라의 얼굴을 향해 연기를 내뿜는다. 이 녀석, 아이한테 괜히 심술부리고 있네.

"늦게까지 고생이 많구나." 다다는 우호적인 마음을 표현하려고 유라에게 말을 걸었다. "원래 버스로 다니니?"

"네."

역 앞에서 모리다초까지는 차로 30분 남짓 걸린다. 그 길을 초등학생이 일주일에 세 번씩 버스로 오가는 걸 보면, 상당히 장래가 유망한 녀석인가 보다.

"유라 도련님은 공부해서 뭐가 되고 싶어?"

"적어도 심부름센터는 안 할 거란 건 확실해요."

우호 조약은 체결되지 못했다. 다다는 "밉상스러운 녀석" 하고 중얼거렸고, 교텐은 조금 웃었다. 차 안은 조용해졌다.

신호에 걸려 트럭이 멈추자 교텐은 유라가 부딪히지 않도록 왼손으로 유라의 배를 잡고 오른손으로 재떨이를 당겼다.

"우아, 이 흉터 좀 봐." 유라가 말했다. "뭐예요, 그거? 잘 붙어 있는 거예요?"

교텐보다 다다가 더 빨리 반응했다. 다다는 핸들을 주먹으로 내리쳤다. 교텐과 유라가 놀란 표정으로 다다를 바라보았다.

"이 아저씨 손가락에 대해서는 말하지 마."

입술 사이로 낮게 말을 밀어냈다. 유라는 겁을 먹고 조용해졌다. 그러고는 말이 없었다.

아파트 현관문까지 유라를 데려다주었다. 유라는 열쇠로 현관문을 열더니 뒤도 돌아보지 않고 다다와 교텐의 코앞에서 문을 닫았다. 얼핏 보이는 방에는 온기 하나 없는 고요한 어둠만 감돌았다.

"개구쟁이 녀석한테 진지하게 화내지 마." 돌아가는 차 안에서 교텐이 말했다. "손가락은 이제 원래대로 움직이니까."

한번 잘린 것이 원래대로 회복될 리 없다.

교텐은 그날도, 지금도 다다를 책망하지 않았다. 그러나 다다는 알고 있다. 손가락이 절단된 원인이 자신한테 있다는 것을.

유라와는 여전히 험악한 관계가 지속됐다.

어느 날 밤, 유라는 업무용 엘리베이터 앞에서 기다리고 있는 다다와 교텐에게 말했다.

"저기요, 나 혼자 갈 수 있거든요. 지금까지도 그렇게 해왔어요. 엄마한텐 '심부름센터 아저씨가 데려다줬다'고 말할게요. 그럼 됐죠?"

"그럴 순 없어."

다다는 유라가 멘 가방을 들어주었다. 초등학생이 들기에는 꽤 무겁다. 틈새로 두꺼운 참고서가 몇 권 들어 있는 것이 보였다.

"엄만 유라 도련님을 걱정하셔. 나쁜 아저씨들이 장난치거나 잡아가지 않을까 하고."

"나쁜 아저씨란 누굴 말하는 건데요?"

"적어도 난 아니야."

유라는 흥 하고 콧방귀를 뀌었다.

"타." 다다는 유라를 쿡쿡 찌르며 트럭에 타라고 재촉했다. "난 '유라 도련님을 무사히 집까지 데려다드리겠습니다' 하고 엄마와 약속했어. 약속은 반드시 지켜야 하는 거야."

유라는 교텐의 무릎에 엉덩이를 걸친 채 말없이 차창 밖만 내다보았다. 흘러가는 어두운 풍경을.

"엄마는 날 걱정하지 않아요. 나한텐 관심조차 없으니까." 문득 유라가 입을 열었다. "같은 아파트에 사는 애들은 엄마나 아빠, 아니면 도우미 아줌마가 학원까지 데려다주고 데려오거든요. 엄마도 그걸 알고 과시하고 싶은 거예요. '우리도 아들 마중 시킬 돈은 있다', 이렇게 보이고 싶은 거라고요."

"살벌하네."

다다는 감탄했다. 내가 초등학생 때 이런 날카로운 생각을 했던가? 못 했던 것 같은데. 초등학생 때 다다가 생각했던 것이라곤 '오늘 저녁 반찬은 뭘까'와 '내일 급식은 뭘까'뿐이었다. 바보 같았다. 아니, 바보였다.

"뭐, 실컷 고민해라."

다다는 차창을 열고 럭키스트라이크를 피웠다. 비가 소리 없이 내리기 시작했다. 본격적인 장마철로 접어들었다.

"어린이 앞에서 담배를 삼간다거나, 피우고 싶어도 조금 참아주는 배려 같은 건 없나요?"

유라가 따지듯이 물었다.

"없는데." 다다는 차창 밖으로 연기를 뱉었다. "아름다운 폐를 연기로 더럽혀라, 소년이여. 그게 삶이란다."

"한심해!"

유라는 계기반을 걷어찼다. 그때까지 말이 없던 교텐이 물었다.

"개 나오는 애니메이션은 어디까지 봤냐?"

"할아버지가 죽었어요."

"흐음, 그럼 이제 곧 끝이네." 교텐은 다시 부드럽게 물었다. "그 애니메이션 어디가 좋니?"

"네로한테 부모가 없다는 거요."

유라가 대답했다.

헤어질 무렵, 교텐은 언제 다다의 바지 뒷주머니에서 슬쩍했는지 심부름센터 명함을 유라에게 건넸다.

"무슨 일 있으면 꼭 전화해."

교텐이 먼저 누군가에게 다가서다니, 신기한 일이다. 명함을 흘끗 본 유라는 바로 신발주머니에 던져 넣었다.

유라는 잘 가라는 인사도 없이 평상시처럼 쌀쌀맞게 현관문을 닫았다.

"언제까지고 마음을 열지 않을 녀석이야."

유라의 차가운 모습에 질린 다다는 사무실로 돌아가는 길에 푸념을 늘어놓았다.

"건전하고 좋잖아."

교텐이 말했다.

"건전?"

"어린애가 수상한 어른들한테 속마음을 털어놓지 않는 건 건전한 거야."

듣고 보니 그럴듯하네.

"너도 아이가 있다고 했지? 난 안 되겠어. 애 보는 건 체질에 안 맞아."

다다는 한숨을 쉬었다.

"아이라…… 난 씨를 준 것밖에 없는데. 애 키우는 게 내 체질에 맞을라나?"

교텐은 고개를 갸웃거렸다.

"최악이구나, 너."

아이들에게는 부모의 사랑과 보호가 필요하다. 이 세상에 먹을 것이라곤 그것밖에 없는 것처럼, 언제나 허기진 듯 탐욕스럽게 그것을 원하고 있다. 그런데 교텐도, 유라의 어머니도 자기 자식을 없는 듯이 취급하며 부모가 지녀야 할 최소한의 관심도 기울이지 않고 있다.

다다는 그 사실이 짜증스러웠다. 그러나 이내 '내가 삐딱한 건 아닐까' 하고 고개를 갸웃거렸다.

예전에는 다다에게도 애정을 쏟을 기회가 있었다. 그런데 부주의해서 그 기회를 날려버렸다. 그 주제에 남들에게 뭐라고 말할 입장은 아니다.

이번 의뢰를 받을 때까지는 미처 깨닫지 못했지만, 다다는 아이가 두려웠다. 엉망으로 망쳐버린 그 일을 떠올리지 않을 수 없었다.

"나도 개처럼 생각한 적이 있어." 교텐이 불쑥 말했다. "그 애니메이션을 보고 부모가 없다는 건 정말 멋진 일이라고 생각했지."

다다는 '그래서 너는 자식을 만나려고 하지 않는 거냐?' 하고 물으려다가 이렇게 말했다.

"루벤스 그림 앞에서 개와 함께 죽게 돼도?"

"해피 엔딩이지."

유라에게서 사무실로 연락이 오는 일은 없었다.

다다는 우연히 요중 버스에서 유라를 발견했다.

슬슬 장마가 끝나가고 있지만, 습도와 고온 때문에 버스 바닥이 끈적거렸다. 구름 낀 날에 맞춰 제초 작업을 마치고 오던 참이었다. 저녁 무렵 버스는 역 앞에 쇼핑 가는 사람들로 붐볐다.

트럭은 학원에 마중 나가지 않는 시간에 맞춰 점검을 맡겼다. 오늘 교텐이 찾으러 갔을 것이다. 다다는 교텐에게 운전을 맡기는 게 불안했다. 기껏 점검을 받았는데 폐차해야 할 일이 생길지도 모른다. 하지만 다다 심부름집은 일손이 부족하다. 밤에 유라를 마중 나가려면 트럭이 필요해 어쩔 수 없이 교텐에게 부탁할 수밖에 없었다.

모리다초에서 역 앞으로 가는 버스에 오른 다다는 뒤쪽 1인석에 앉아 있는 유라를 발견했다. 유라는 낯익은 학원 가방을 무릎에 놓고 얌전히 앉아 있다.

다다는 다가가서 말을 걸려다 말고 서 있는 승객들 속으로 얼른 몸을 숨겼다.

유라는 천연덕스럽게 주위를 둘러보더니 자신을 주목하고 있는 시선이 없다는 것을 확인하고 가방에 손을 찔러 넣었다. 그리고 손가락만 한 뭔가를 꺼내 들고 상체를 조금 구부려 그것을 의자 밑에 집어넣었다. 다시 자세를 고쳐 앉았을 때 손에는 아무것도 들려 있지 않았다.

'뭐 하는 거야, 저 녀석.'

다다는 미간을 모았다. 어두운 직감이 번쩍였다.

버스가 마호로 역 앞에 도착하자 다다는 유라의 눈에 띄기 전에 얼른 내렸다. 건물 뒤에 숨어 승객들이 모두 내리기를 기다렸다. 유라는 학원 앞에서 만난 친구와 밝게 웃으면서 건물 안으로 들어갔다.

'무코사카 단지'로 행선지 표지판을 바꿔 단 버스는 출발 시각을 기다리며 그 자리에 서 있었다. 다다가 문을 두드리자 모자를 벗고 쉬고 있던 운전기사가 자동문을 열어주었다.

"죄송합니다. 아까 이 버스에 뭘 놓고 내린 것 같아서요. 좀 찾아도 될까요?"

"그럼요."

허락을 받은 다다는 버스에 올라탔다. 운전사가 보고 있지 않다는 것을 확인하고, 유라가 앉았던 자리 옆에 앉아 상체를 숙였다.

의자 뒤에 뭔가가 붙어 있는 것이 손끝에 느껴졌다. 다다는 그것을 떼어내서 자세히 보았다.

'칼로리 오프'라는 막대 사탕이다. 커피숍이나 패밀리 레스토랑에 있는 흔한 사탕으로, 조그만 양면 테이프가 붙어 있었다. 의자 뒤에 붙일 수 있도록 장치해놓은 것이다.

유심히 막대의 주둥이 부분을 보았다. 한 번 뜯었다가 다시 봉한 것이 분명했다. 다다는 막대 사탕을 원래대로 의자 뒤에다 붙여놓았다.

"찾으셨습니까?"

마음씨 좋아 보이는 운전기사가 버스에서 내리는 다다에게
말을 걸었다.

　"네, 감사합니다." 다다가 말했다.

　어떻게 된 일일까 생각하면서 사무실까지 걸어왔다.

　"어서 와."

　교텐은 벌써 돌아와 다다가 사다 놓은 컵라면을 제멋대로
먹고 있다. 다다도 기계적으로 물을 끓여 수프를 넣고 3분 동
안 기다렸다.

　"액상 수프는 나중에 넣는 거야."

　"어."

　"무슨 일 있냐?"

　"어." 다다는 제대로 익지 않은 면을 입으로 가져갔다. "트럭
은 어떻대?"

　"문제없음."

　교텐은 다다의 말이 끝나자마자 대답했다. 다다는 다 먹은
컵라면을 치우고, 주차장으로 트럭을 보러 갔다. 조수석 문에
커다란 흠집이 보였다.

　"교텐, 잠깐 여기 좀 앉아."

　사무실로 돌아온 다다가 교텐을 불렀다. 놀랍게도 화장실
을 청소하고 있던 교텐은 다다의 맞은편 소파에 얌전하게 앉
았다.

"길이 좁아서 돌아 나오질 못했어. 그래서 블록 담에 쾅."

교텐이 말했다.

"네 의견을 듣고 싶다."

"급료에서 제해도 돼."

"범죄에 가담한 녀석을 발견하면 넌 어떻게 하겠냐?"

"내버려두지."

"그러냐."

"응."

대화가 끊겼다. 교텐이 머뭇머뭇하며 물었다. "그것뿐이야?"

"어." 다다는 시간을 확인했다. "슬슬 유라를 데리러 가야겠군."

트럭에 올라탄 유라는 힘이 없어 보였다. 여느 때 같으면 차의 흠집을 보고 밉상스러운 소리를 했을 텐데, 축 늘어진 몸을 교텐에게 기대고 있을 뿐이다.

"너 어째 열이 있는 거 같다?"

교텐은 안고 있던 유라의 머리에 턱을 얹고, 아이의 몸을 흔들었다.

"하지 마요. 머리가 아파서 그래요."

유라가 귀찮다는 듯이 몸을 비틀었다.

다다는 핸들에서 한 손을 들어 유라의 이마를 짚었다. 열이 있었다. 아이들은 쌩쌩하다가도 저녁 무렵에 갑자기 열이 오르기도 한다. 일단 걱정은 뒤로하고, 다다는 속도를 올려 아파트까지 달려갔다.

유라는 현관 앞에서 다다와 교텐을 쫓아내려고 했지만, 다다는 억지로 방까지 들어갔다.

"부모님은 아직 안 오셨니?"

"보통 11시쯤에 와요."

거실과 주방은 깨끗이 정돈되어 있었다. 열심히 돈을 벌고 집안일까지 잘해내는 부모. 의무만 다한다고 그걸로 끝나는 게 아닐 텐데.

아무래도 유라는 애정이 부족한 부모를 속으로 원망하는 것만으로는 만족하지 못하는 것 같다. '제 나름대로 변명거리가 있겠지만, 엉뚱한 짓을 저지르고 다니는 걸 보니 어쩌면 녀석은 저만 할 때의 나보다 더 멍청할지도 모르겠군' 하고 다다는 생각했다.

유라의 부모가 돌아올 때까지 조금 더 기다려보기로 했다. 다다는 유라를 눕혔다. 냉동고에서 얼음 팩을 찾아내 세면실에 있는 수건에 싸서 목덜미에 대주었다.

"밥은 먹었니?"

침대 옆에서 무릎을 구부린 채, 벌겋게 달아오른 유라의 얼굴을 들여다보았다.

"학원 가기 전에 먹었어요."

"그래? 그래도 배고프면 이걸 먹어."

토끼 모양으로 껍질을 깎은 사과를 접시에 담아 침대 빈자리에 내려놓았다.

"남의 집 사과 멋대로 깎지 마요."

"아플 땐 사과를 먹어야 돼. 거실에 있을 테니 필요하면 불러."

다다는 자리에서 일어섰다.

교텐은 남의 집 거실에 편히 누워 〈플란다스의 개〉 DVD를 보고 있었다.

"어때?"

"꽤 열이 있네. 곧 내릴 것 같긴 하지만."

교텐은 마지막 회를 틀어놓은 것 같았다.

"너, 갑자기…… 이건 아니지, 정신적 타격이 너무 큰걸."

"새삼스럽게 무슨 소리야. 오프닝곡 영상에서 이미 결말은 암시돼 있었다니까."

바닥에 나란히 앉아 그 집 휴지를 쉴 새 없이 사용하고 있을 때 유라의 어머니가 돌아왔다. 울어서 눈이 통통 부은 다다의 인사를 받고 여자는 깜짝 놀란 표정이었지만, 유라가 열이 난다는 말을 듣고도 아들의 방에 가보지 않았다.

"그러세요? 어머나, 폐를 끼쳐서 죄송합니다."

여자는 억양 없는 어조로 말하고 홍차 끓일 준비를 했다.

"저희는 그만 돌아갈 거니까 신경 쓰지 마십시오."

유라가 "엄마는 나한텐 관심조차 없으니까"라고 한 말은 사실일지도 몰랐다. 이상한 엄마다. 하지만 부모와 자식 관계는 집마다 다를 테니 괜한 참견은 할 수 없다.

"돌아가기 전에 유라 얼굴을 한 번 보고 가겠습니다."

다다는 양해를 구하고 아이의 방문을 열었다. 어두컴컴한 방 안에서 교텐이 등을 돌리고 우두커니 서 있었다.

"교텐, 너 언제……."

유라의 어머니가 돌아오는 것과 거의 동시에 교텐은 도마뱀처럼 스르륵 모습을 감췄다. 잠이 들었는지 유라의 숨소리가 고르게 들렸다. 사과는 몇 조각 먹은 것 같았다.

"이 녀석, 당분을 너무 많이 섭취하는 거 아냐?"

교텐은 방문 쪽을 돌아보며 손에 들고 있던 투명한 비닐봉지를 다다에게 들어 보였다. 비닐봉지 안에는 막대 사탕이 잔뜩 들어 있다.

"그거, 어디 있었어?"

놀라서 묻는 다다에게 교텐은 묵묵히 책상 맨 아래 서랍을 가리켰다.

"남의 물건 뒤지지 마."

다다는 비닐봉지를 빼앗아 서랍에 도로 넣었다.

"괜찮냐? 내버려둬도."

"너도 말했잖아. 내버려두라고."

"당뇨병 걸릴 텐데."

"안심해. 사탕이 아니니까 괜찮아."

"알고 있어."

다다는 신경질적으로 교텐의 팔을 잡아당기며 밖으로 나가려고 했다.

"무슨 말을 하고 싶은 거야, 너?"

"별로. 아무것도."

교텐은 히죽거렸다.

역 앞으로 돌아오는 트럭 안에서 다다는 혼잣말로 중얼거렸다.

"바보 같은 꼬마 녀석한테 엮이고 싶지 않아."

"흐음."

교텐은 여전히 히죽거린다.

그래, 절대로 상관하지 않을 거야.

다음 날 점심때쯤 유라가 사무실로 전화를 걸어 왔다. 다다의 결심이 흔들리기 시작했다.

교텐이 전화를 받았다. "다다 심부름집."

소파에 누운 채 싹싹하지도 않고 의욕도 없는 목소리로 "아, 너냐? 몸은 어때" 하고 물었다.

그 말에 전화한 사람이 누군지 눈치챈 다다가 전화를 바꿔 달라고 손짓했지만, 교텐은 무시했다.

"그러냐. 큰일이네. 뭐? 음, 오늘은 바빠서 무리야. 아이들 의뢰는 받지 않을 뿐만 아니라……. 어, 끊겼네."

교텐은 팔을 뻗쳐 수화기를 내려놓았다.

"오늘 우리한테 바쁜 일이 뭐가 있나?" 다다가 물었다. 교텐은 대꾸 없이 소파 위에서 동그랗게 몸을 말았다. "무슨 일 있으면 전화하라고 유라한테 말한 건 너잖아. 유라가 뭐래?"

"상관하고 싶지 않다고 한 건 너야."

"교텐!" 다다는 교텐의 묶은 머리를 잡아당겼다. "다다 심부름집의 경영방침은 의뢰인의 연령과 성별을 불문하고 적극적으로 의뢰를 맡는다는 거야."

교텐은 마지못해 소파에서 몸을 일으키더니 흐트러진 앞머리를 다시 묶었다.

"열이 내리지 않아 밖에 나가질 못한대. 뭐라더라, '나 대신 버스 좀 타주세요'라고 한 것 같은데?"

"큰일이네!"

사무실 책상에서 의뢰서가 든 바인더를 꺼냈다. 서둘러 유라의 집 번호를 찾아 전화를 걸었지만, 아무도 받지 않았다.

직접 타러 간 건가. 학원에 가는 날만 막대 사탕을 붙이는 게 아니었나. 만약 거래에 구멍이 뚫리면 유라는 어떻게 되는 거지?

다다는 사무실 안을 왔다 갔다 어슬렁거렸지만, 해결책이 없었다. 교텐은 잠시 다다를 바라보다가 시시하다는 듯 하품을 하고 다시 소파에 누웠다.

"어제는 왜 그랬어?"

다다는 유라가 트럭에 올라타자마자 물었다.

"왜 그러다니, 뭘요?"

"얼버무리지 마. 난 네가 버스 의자에 사탕 붙이는 걸 알고 있어."

뒤에서 클랙슨을 울려대는 바람에 다다는 일단 복잡한 역 앞 도로에서 트럭을 뺐다.

유라는 잠자코 있었다. 유라를 무릎에 안고 있는 교텐은 재미있어하면서 번갈아 둘을 지켜보았다.

"네가 무슨 일을 하는지 모르겠지만, 한순간에 돌이킬 수 없는 상황으로 내몰릴 수도 있어."

트럭은 마호로 시 교외를 향했다. 도로 양쪽으로 밭이 펼쳐진 완만한 내리막길이다. 가로등이 없어서 길은 몹시 어두웠다. 저 멀리 모리다초의 아파트 그림자가 우아한 탑처럼 하늘 높이 떠올라 있다.

헤드라이트도 켜지 않은 하얀 세단이 등 뒤에서 맹렬한 속도로 달려왔다. 웬 폭주족이야? 다다는 트럭의 속도를 조금 늦췄다. 세단은 반대 차선으로 끼어들어 추월해 갔다.

"어제 의자에 사탕 붙였지?"

"아저씨하고 상관없잖아요."

그 순간, 앞 유리에 거미줄처럼 하얗고 가는 금이 수없이 생겼다. 조금 뒤에야 뇌 한구석에 엄청난 파열음이 울렸다.

"뭐……."

앞이 보이지 않았다. 다다는 반사적으로 힘껏 브레이크를 밟았다. 트럭은 밭길 한가운데 멈춰 섰다.

"뭐야, 이건?"

다다가 어안이 벙벙하여 중얼거리자, "그건 누구 흉내냐? 전혀 안 닮았는걸" 하고 교텐이 웃었다.

"누굴 흉내 내는 게 아냐. 솔직한 내 심정이야." 다다는 조수석을 향해 버럭 소리 질렀다. "이 상황에서 그런 소리가 나오냐, 넌? 대체 네 머릿속엔 뭐가 든 거야!"

"침착해." 교텐은 조수석 바닥에 떨어진 금속 알맹이를 주워 들었다. "자동소총 같군."

"실탄이냐?"

"아니. 그렇지만 실탄으로도 쓸 수 있도록 개조한 거 같아."

다다는 무수히 금이 간 앞 유리를 팔로 털어내고, 시야를 확보했다. 총을 쏜 차는 이미 달아났다. 유리가 없는 창으로 축축한 밤바람이 거침없이 들어왔다.

"어이, 유라 도련님. 괜찮아?"

비명도 지르지 않다니 이 녀석 정말 담이 크구나. 다다가 말을 걸자 그제야 긴장이 풀렸는지 유라의 얼굴이 일그러졌다.

"아, 운다, 운다."

교텐이 놀렸다.

"울고 싶은 건 나다. 차 점검 받고 나오자마자 이게 뭐야."

다다가 중얼거렸다.

"창문 여는 수고도 덜고 좋잖아."

교텐은 훌쩍거리는 유라를 무릎에 안고 흔들어 달래면서 담배를 피웠다. 다다도 담배를 피웠다. 담배라도 피우지 않고서는 견딜 수가 없었다.

20분 후, 앞 유리가 없는 트럭을 타고 마호로 시내로 돌아온 세 사람은 패밀리 레스토랑의 박스석에 진을 치고 앉았다.

"여기가 마호로 시에서 가장 안전한 곳이야."

다다의 말에 교텐과 유라도 고개를 끄덕였다. 패밀리 레스토랑은 마호로 경찰서 바로 앞에 있고, 박스석에서는 긴 경찰봉을 들고 경계 태세를 갖추고 서 있는 경찰관의 모습도 보인다.

"자, 유라 도련님. 무슨 짓을 한 거야? 빨리 다 자백해."

유라는 아직도 파랗게 질린 얼굴이다. 음료를 무제한 리필할 수 있는 주스 컵을 든 채 고개를 숙이고 있다. 다다는 피로를 느끼며 의자 등받이에 몸을 기댔다. 탁자 아래에서 다리를 바꿔 꼬았다.

"너 때문에 사랑스러운 내 트럭이 무참한 꼴을 당했어. 그런데도 말하지 않을 셈이냐?"

"도와달라고 말해봐." 다다 옆에 앉은 교텐이 넌지시 유라를 부추겼다. "다다 아저씨가 어떻게든 해줄 거야. 참견쟁이니까."

쓸데없는 소리 하지 마. 다다는 교텐에게 한마디 하려다가 가게 안에 흐르는 음악에 묻힐 만큼 작은 소리로 "도와주세요" 하고 말하는 유라를 향해 잠자코 시선을 돌렸다.

"이렇게 될 줄 몰랐어요."

"차근차근 얘기해봐."

유라는 다시 울먹였지만, 손등으로 눈가를 문지르며 울음을 참았다.

"지난달에 아파트 근처 공원에서 어떤 아저씨가 말을 걸더라고요. 마호로까지 가는 버스 정기권 있냐고요."

"어떤 아저씨?"

"잘 기억나지 않지만, 젊었어요."

"그래서?"

"있다고 했더니, 아르바이트를 하겠냐고 물었어요. '오후 5시 30분 모리다초에서 출발하는 버스를 매일 타라. 버스 진행 방향에서 볼 때 오른쪽 제일 뒤에 있는 1인석에 앉아. 사람들

눈에 띄지 않도록 하루 한 개, 의자 밑에 이걸 붙여. 그것뿐이다. 어때, 간단하지?' 하면서요. 그래서 막대 사탕이 잔뜩 든 비닐봉지를 건네받았어요."

"몇 개 들었는지 세어봤니?"

"50개였어요. 지금 남은 건 20개 정도."

"얼마 받기로 했어?"

"5천 엔."

"너무 싸!"

다다와 교텐이 동시에 소리쳤다.

"그런가요?"

유라가 억울한 표정으로 말했다.

"판매원도 아주 기발한 생각을 했네." 교텐은 계속 감탄했다. "인건비 싸게 먹히지, 초등학생이니 아무한테도 의심받지 않지……."

"약을 원하는 녀석들은 종점에서 무코사카 단지행으로 바뀐 버스에 올라타 미리 좌석 밑에 붙여둔 약을 손에 넣는다……."

"잠깐." 교텐은 탁자에 턱을 괴었다. "그런 방법이라면 한번 맛들인 손님이 돈을 내지 않고 약만 가져갈 가능성도 있지 않을까?"

"그런 건 불가능할 거예요." 유라가 말했다. "그 아저씨는 '네가 하루라도 빼먹으면 금방 알 수 있다'고 했으니까요. 내가 사탕을 붙이는지 어쩌는지 분명히 누군가가 망을 보려고 탔을 거예요."

모리다초도, 마호로 역 앞도 버스 기점이다. 시간에 맞춰 버스 정류장에 서 있으면 원하는 좌석에 앉을 수 있다.

"그 망보는 역도 초등학생이었을라나."

다다는 농담처럼 말했지만, 유라는 "그럴지도 몰라요" 하고 진지하게 말했다.

"내가 탄 버스가 도착할 무렵에 학원에서 앞 반 수업이 끝나요. 학년은 달라도 그 학원에서는 매일 초등학생이 나오고, 걔네들도 집에 돌아가려고 버스를 타요."

"아르바이트를 하는 초등학생은 약이 붙어 있는 의자에 앉아 암호 같은 걸로 손님인지 아닌지를 확인한다. 초등학생이 내린 후 손님은 그 자리에 앉아 붙여둔 약을 손에 넣는다, 이거로군." 교텐이 약을 건네는 과정을 정리했다. "진짜 야비한 방법을 잘도 생각해냈네."

다다는 바짝 졸아든 커피를 마셨다.

"그래, 유라 도련님은 어제 감기 때문에 아르바이트를 못 나간 거구나."

"네."

"그랬더니 바로 협박이 들어오고."

"네."

"'네'가 아냐, 이 바보 같은 녀석아." 다다는 유라에게 소리치며 탁자를 손바닥으로 내리쳤다. 유라는 어깨를 떨고, 레스토랑 안의 시선이 일제히 모였다. "그냥 사탕이 아니라는 것쯤은 금방 알았을 거 아냐!"

"수상했지만, 재미있을 것 같았어요." 유라는 드디어 눈물을 펑펑 쏟았다. "나, 경찰서에 갈래요."

"됐어, 됐어." 교텐이 태평스럽게 말했다. "상대는 네 얼굴도 알고, 집도 알고 있어. 경찰서에 가봤자 위험한 건 마찬가지야."

"그럼 어떻게 하란 말이에요?"

"남은 사탕을 나한테 건네주면 돼."

"잠깐, 잠깐, 잠깐." 다다가 교텐의 말을 잘랐다. "교텐, 무슨 생각을 하는 거야?"

"용돈 좀 벌까 하고."

"그럼 정말 쫓아낼 거야, 너." 다다는 혀를 차고 다시 유라를 바라보았다. "알겠니, 유라. 내가 어떻게든 할게. 연락할 때까지 집에서 한 걸음도 나오지 마. 학교도 가지 말고, 학원에도 가면 안 돼. 엄마한텐 감기가 도졌다고 말해. 할 수 있겠어?"

"할 수 있어요. 엄마는 신경도 쓰지 않아요."

"약은 집에 있지?"

"네."

"그대로 두고 만지지 마."

"알겠어요."

바람이 쌩쌩 들어오는 트럭으로 유라를 아파트까지 데려다주었다. 유라의 부모는 아직 돌아오지 않았다.

"다녀왔습니다."

유라의 목소리가 문 저편으로 사라지고, 현관문에 체인 거는 소리가 나는 것을 확인하고 나서야 다다와 교텐은 엘리베이터를 타고 지상으로 내려왔다.

"우선 신 짱을 찾아야겠어."

다다가 말했다.

"아, 예, 예."

교텐은 대답하며 가벼운 발걸음으로 뒤를 따라왔다.

역 뒷골목에서 손님을 기다리고 있던 하이시는 "이야기 좀 할까" 하고 밤중에 느닷없이 찾아온 다다에게 화도 내지 않고 정보를 알려주었다.

"신 짱 연락처 알고 있어?"

"휴대전화 번호를 바꿔서 지금은 모르는데……. 급해요?"

하이시는 어쩐지 꺼림칙한 기운이 감도는 집을 향해 "루루 언니, 루루 언니" 하고 불렀다.

"뭐야아?"

거친 숨을 헉헉거리며 루루가 씩씩하게 대답했다.

"신 짱 전화번호 알아?"

"몰라. 헤어진 남자 전화번호 따위이."

"미안, 방해해서." 가려고 돌아서는 다다가 어지간히 처량해 보였는지 하이시가 등 뒤에서 급히 덧붙였다. "잘은 모르겠지 만, 신 짱은 보통 하코큐 백화점 뒷골목에서 어슬렁거려요."

요전에 교텐이 신 짱을 만나 눈을 찌른 장소도 하코큐 백화 점 근처였다.

"고마워, 도와줘서."

다음 날, 다다와 교텐은 하루 종일 하코큐 백화점 뒷골목에 서 망을 보았다.

거리에서 싸구려 은반지를 파는 백인. 길 가는 중학생에게 말을 걸며 보세 옷을 파는 흑인. 싹싹하게 젊은 여자의 어깨에 손을 얹는 캐치 세일즈(판매 목적을 숨기고 설문조사 등을 빙자해 물 건을 파는 행위) 남자. 정체 모를 설문지를 손에 들고 어슬렁거리 는 중년 여자.

마호로의 대로는 인종도, 연령도 다양한 사람들로 활기에 넘치고 있다.

다다와 교텐은 길가 화단에 걸터앉아 신 짱이 나타나기를 하염없이 기다렸다. 교대로 백화점 화장실에 가고, 식사는 이 로리야의 김 도시락을 사 와서 해결했다.

147

저녁 무렵 '오늘은 실패인가' 하고 포기하려는 참에 드디어 신 짱이 백화점 뒷골목에 나타났다.

"가자, 교텐."

다다의 말에 교텐은 사냥감을 발견한 사냥개처럼 신 짱에게 달려갔다. 저 녀석, 이러니저러니 하면서도 신 짱이 맘에 드는 거 아냐.

다다가 가까이 갔을 때 교텐에게 어깨를 잡힌 신 짱은 "뭐야?" 하고 반쯤 울상으로 말했다.

"좀 묻고 싶은 게 있다."

"당신들, 어째서 날 미행하는 거지?" 신 짱은 코를 훌쩍거렸다. "시킨 대로 루루하고도 손 끊었어. 이제 그만 놔줘."

"쓸데없이 산소를 소비하는 건 관두자."

교텐의 말에 신 짱은 입을 다물었다.

"최근 네 영역을 침범한 판매원이 있지? 연락처 알고 있나?"

"그건 왜 묻는 거야?"

"지금은 효과적으로 산소를 사용할 때야."

"알아." 신 짱이 순순히 대답했다. "건방진 녀석이 어떤 방법으로 약을 파는지 절대로 말을 안 해."

"내가 처치해줄게." 다다가 나섰다. "그러니까 이름하고 연락처만 가르쳐줘."

"호시(星)라고들 부르는데 본명인지 뭔지는 몰라. 휴대전화번호는…… 이거."

신 짱은 주머니에서 휴대전화를 꺼내 화면에 번호 하나를 띄웠다. 다다는 재빨리 자기 휴대전화에 그 숫자를 찍었다.

다다가 눈짓을 보내자, 교텐이 신 짱에게서 손을 뗐다. 신 짱은 흐트러진 셔츠를 신경질적으로 바로잡았다.

"정말 처치해줄 거야?"

"맡겨. 그게 내 특기니까." 다다가 건성으로 손을 흔들었다. "가도 돼."

다다는 멀어지는 신 짱의 뒷모습을 지켜보았다. 그리고 호시의 전화번호를 누르며 화단에 걸터앉았다. 다섯 번 정도 신호음이 울리고 젊은 남자의 목소리가 들려왔다.

"누구야?"

"당뇨병에 걸렸는데요, 약 때문에 상담할 게 좀."

다다가 말했다. 옆에서 교텐이 소리 없이 웃었다.

"웃기지 마." 호시는 부드러운 어조로 말했다. "너, 그 꼬마 녀석 따라다니는 심부름센터지?"

"신세를 졌습니다. 우리 트럭 앞 유리를 빙수처럼 만들어주셨더군요."

"네 뼈다귀를 설탕 가루로 만들어줄까?"

다다가 들고 있는 휴대전화에 귀를 대고 있던 교텐이 "좋아, 좋아" 하고 중얼거리며 끼어들었다. "이봐요, 호시 씨. 거래하지 않겠습니까?"

"거절한다."

전화가 끊겼다. 다다는 물러서지 않고 다시 걸었다.

"약은 내가 갖고 있단 걸 잊지 마세요." 호시가 전화를 받자, 다다는 일단 상대의 마음을 흔들었다. "서로 손님 장사 하고 있지 않습니까? 무엇보다 신용이 제일. 그렇죠?"

"내가 꼬마 녀석 신원을 알고 있다는 걸 명심해."

호시가 차갑게 말했다.

"물론이죠. 난 고객을 잃고 싶지 않고, 당신은 사탕을 되찾고 싶은 거잖아요. 이해관계가 딱 일치하는데요."

"조건은?"

"그 아이한테서 손 떼요. 그런다고 약속하면 나머지 사탕은 그대로 돌려줄 겁니다."

"싫다면?"

"신 짱한테 버스를 타면 반드시 의자 밑을 확인하라고 말해 줘야죠. '요중 버스는 당뇨병의 온상'이라고 경찰에 신고해도 좋겠지요."

"꼬마 녀석한테서는 손을 떼겠다. 쓸데없는 소리 하지 않도록 교육이나 잘 시켜."

호시는 웃고 있는 것 같았다.

"물론이죠."

"사탕은 30분 후 역 앞 시영 주차장으로 가져와."

"그건 싫은데요." 초조함이 목소리에 배어 나오지 않도록 주의하면서 말했다. "마호로 경찰서 앞에서라면 만나도 좋습니다."

전화는 다시 끊겼다. 그러나 다다는 다시 전화를 걸지 않고 교텐에게 의견을 물었다.

"어떻게 건네주는 게 좋을까?"

"그런 것도 생각 안 했냐?"

교텐이 어이없다는 표정으로 고개를 저었다. 전화가 울렸다.

"호시 씨, 성격이 너무 급한 거 아닌가요? 피곤해서 그런가. 당분 좀 섭취하는 게 좋겠습니다."

"결정했냐?"

어디에서 보고 있는 게 아닐까 싶을 만큼 호시에게는 여유가 있었다. 동요하면 지는 거라고 생각하며 다다는 배에 힘을 주었다. 교텐이 손에 들고 있던 도시락 가게의 비닐봉지를 가리켰다. 과연! 다다가 고개를 끄덕였다.

"역 앞 큰길에 있는 이로리야 알죠? 내일 낮, 거기서 김 도시락 열여덟 개와 연어구이 도시락 스물세 개를 사세요."

"너무 많아."

교텐이 작은 소리로 중얼거렸지만 다다는 상관하지 않고 계속 말했다. 있는 대로 심술을 부리고 있었다.

"그러면 사탕도 함께 드리라고 수배해놓겠습니다."

"알겠다." 호시의 목소리는 기분 나쁠 만큼 담담했다. "서로 영업 방해 하지 말고 앞으로도 사이좋게 지내자, 심부름센터."

"정말이죠? 그럼, 안녕."

"교섭 성립?"

교텐이 물었다.

"어."

다다는 다무라의 집에 전화를 걸어 연락을 기다리고 있던 유라에게 지시를 내렸다.

"지금 그리로 갈게. 현관 앞에서 다시 전화할 테니까, 그때까지 누가 와도 문 열어주지 마."

어느새 캄캄한 밤이 됐다. 다다와 교텐은 트럭을 타고 모리다초로 향했다. 정신없이 돌아다니는 동안 그새 장마가 끝났는지 비가 내리지 않아 그나마 다행이었다.

"그 꼬마는 이제 살아났겠지만." 조수석에 들어오는 바람에 교텐이 눈을 가늘게 뜨며 말했다. "아르바이트하느라 바쁜 다른 초등학생은 어떡하지?"

"거기까지 신경 써줘야 하냐." 다다도 거의 눈을 뜨지 못한 채 운전하고 있었다. "네가 범죄에 가담한 녀석은 내버려두라고 말했잖아?"

"넌 정의의 편은 되지 못하는구나."

"괜찮아. 난 심부름센터니까."

초등학생인 유라는 아프지도 않은데 하루 종일 혼자 집 안에서 지내는 것이 답답해 미칠 지경이었던 모양이다. 봉지에 든 막대 사탕을 다다에게 건네면서 "DVD 보는 것도 이제 질렸어요" 하고 말했다.

"내일부터는 학교에 가도 돼."

"〈플란다스의 개〉, 마지막 회는 봤니?"

교텐이 물었다.

"봤어요."

"울었지?"

"아뇨. 창피하게 왜 울어요?"

유라는 평소처럼 약간 건방진 소년으로 돌아와 있었다.

"이상하네. 정말 안 울었어?"

"그럼, 유라 도련님. 월요일에 또 학원으로 마중 갈게."

다다는 구시렁대는 교텐을 끌고 집을 나왔다. 유라가 현관문을 닫을 때 "조금 울 것 같아지기는 했지만요" 하는 말소리가 들려왔다.

"뭐야, 이 사탕은. 다다, 골치 아픈 거 아니겠지?"

처음에 이로리야의 주인은 떨떠름한 표정을 지었다. 하지만 도시락을 많이 사러 오는 손님이 있을 거라는 말에 태도가 급

변하여 "좋아, 맡겨둬" 하고 비닐봉지를 받아 들었다.

김 도시락 열여덟 개와 연어구이 도시락 스물세 개를 사러 온 손님은 초등학생 여자아이 두 명이었다고, 다다는 나중에 이로리야의 주인에게서 전해 들었다.

목숨도 아깝고 정의의 편도 아닌 다다는 그 사실을 가슴에 담아두지 않기로 했다. 교텐은 "흐응"이라고만 했다.

주말에 유라의 어머니에게서 전화가 왔다.

"부탁드린 일은 이제 한 번만 더 하고 끝내주세요."

"무슨 일이 있었습니까?"

호시가 몹쓸 짓이라도 한 건가? 다다의 예상과는 달리 유라의 어머니는 대수롭지 않게 답했다.

"옆집에 사는 애가 같은 학원에 다니게 돼서 그 집 엄마가 유라도 함께 데려다주겠다고 해서요……. 그런데 무슨 일이라니요?"

"아뇨, 그럼 됐습니다."

월요일이 유라와 만나는 마지막 날이 됐다.

유라는 평소처럼 조수석 교텐의 무릎에 앉았다.

"아직 유리 안 끼웠어요?"

"돈이 없어. 여름이니까 한동안 이렇게 지내도 돼."

"촌스러워."

유라는 흥 하고 콧방귀를 뀌었다.

아파트 앞에 도착했지만, 유라는 트럭에서 내리지 않고 머뭇거렸다.

"작별 인사라도 생각하고 있는 거냐?"

교텐이 들뜬 모습으로 물었다.

"아니에요." 놀림을 당한 유라가 화를 내며 대답했다. "〈플란다스의 개〉에 대해 생각했어요."

"오호. 어떤 걸?"

다다와 교텐은 담배를 피우면서 유라의 말을 기다렸다. 유라는 한참 망설이다가 작은 소리로 말했다.

"부모가 처음부터 없는 것과 부모한테 계속 무시당하는 것, 어느 쪽이 나을까 생각했어요."

"너희 엄마는……" 하고 다다가 입을 열었다. "널 무시하고 있는 게 아냐. 다만 너와 엄마는 관심사가 서로 다를 뿐이야."

유라는 잠자코 트럭 밖으로 나갔다. 엘리베이터 안에서도 세 사람은 입을 꼭 다물고 있었다.

다다는 현관문을 여는 유라의 손을 물끄러미 바라보다 말했다.

"유라 도련님, 그 애니메이션이 해피 엔딩이라고 생각해?"

"아니요." 유라가 돌아보았다. "죽어버리잖아요."

"나도 그렇게 생각해." 다다는 유라 앞에 허리를 굽히고 앉았

155

다. "죽으면 전부 끝이니까."

"살아 있으면 다시 할 수 있다는 말을 하고 싶은 거예요?"

유라는 무시하는 듯한 미소를 지었다.

"아니. 다시 할 수 있는 일은 거의 없어."

다다는 눈을 감았다. 뒤에서 자신과 유라를 바라보는 교텐의 차가운 시선이 느껴졌다. 다다는 다시 고개를 들어 유라를 똑바로 바라보았다.

"아무리 기대해도 너희 엄마는 네가 바라는 모습으로 사랑해주시는 일은 없을 거야."

"그렇겠죠."

유라는 문을 열고 들어가려 했다.

"들어봐, 유라." 다다는 그 손을 잡아 세웠다. "하지만 아직 누군가를 사랑할 기회는 있어. 네가 받지 못했던 걸 네가 원하는 모습 그대로 새롭게 누군가한테 줄 수가 있다고. 아직 그 기회는 남아 있어."

유라의 손이 다다에게서 떨어졌다. 닫히는 문에다 대고 다다는 말을 이었다.

"살아 있으면 언젠가는 기회가 있어. 그걸 잊지 마."

문이 완전히 닫히기 직전, 유라가 뒤를 돌아보고 고개를 가볍게 끄덕이는 것 같았다.

"좋은 얘기네."

교텐이 말했다.

"폼 좀 잡아봤어. 가자."

다다도 일어섰다.

트럭은 신나게 밤거리를 달렸다. 교텐의 묶은 머리가 바람에 흔들린다.

"아이고. 새 유리를 끼우려면 얼마나 들려나?"

"이번에는 방탄으로 하자."

"차액을 낼 거라면 마음대로 하시지. 조수석 문 수리비도 제하기로 한 거 잊지 말고."

"살아 있으면 언젠가는 다 낼 수 있겠지."

교텐은 즐겁게 웃었다.

달려라, 심부름집

모두 나중에 들은 이야기다.

그날, 교텐은 사람을 죽일 생각이었다고 한다.

다다는 늘 눈치가 없다.

꿈속에서는 분명히 눈물을 흘렸는데, 깨어보니 눈물이 말라 있었다. 다다는 땀으로 범벅이 된 얼굴을 손바닥으로 쓸어내리고 침대에서 몸을 일으켰다. 더운 계절이 돌아오면, 평소에는 잠들어 있던 기억들이 되살아난다.

거리의 가로등 불빛이 스며드는 밤의 사무실은 기이한 물고기가 헤엄치는 바닷속처럼 푸르스름했다. 열어놓은 창을 통해 큰길가에서 밤새 떠들어대는 사람들의 목소리가 미지근한 바람을 타고 들려왔다.

사무실 앞 도로를 지나가는 차들의 헤드라이트가 실내를 핥 듯이 벽에서 천장까지 비추었다. 다다는 그 하얀 빛의 띠를 눈으로 좇았다. 응접 공간과 주거 공간으로 실내를 나눈 커튼은 조금이라도 바람이 잘 통하게 하려고 위로 걷어 올렸다. 빛을 따라 시선을 옮긴 다다는 소파에 앉아 있는 교텐의 실루엣을 발견했다.

"내가 잠을 깨운 거냐?"

다다는 잠깐 망설이다가 물었다.

몸을 기대고 앉아 있던 교텐이 다다에게로 얼굴을 돌렸다.

"잠이 오겠냐? 이렇게 더운데." 교텐은 귀찮다는 듯이 담배에 불을 붙였다. "왜 에어컨이 없는지 솔직히 말해봐. 너, 무슨 수행 중이냐?"

"돈이 없어."

다다가 한마디로 대답했다.

"가난은 마음을 황폐하게 만들지."

교텐은 코와 입으로 엄청난 연기를 뿜어냈다. 가위눌린 다다 때문에 깼다는 말은 하지 않았다.

다다는 침대에서 일어나 작은 냉장고를 열었다. 흘러나오는 냉기를 잠깐 쐬다가 캔 맥주 두 개를 꺼냈다. 돌아보니 교텐은 벌써 담배를 끄고 소파에 누웠다. 가까이 다가가서, 늘 그렇듯 지장보살처럼 엄숙하게 눈을 감고 있는 모습을 가만히 내려다보았다. 타월 이불 아래로 교텐의 가슴이 규칙적으로 조용히 뛰고 있다.

"그새 자네."

중얼거리며 교텐의 오른쪽 목덜미에 밀어 넣듯이 캔 맥주 하나를 살짝 올려놓았다. 다다는 맥주를 단숨에 비우고 다시 침대로 돌아왔다.

오늘 밤에는 꿈을 꿀 것 같지 않았다.

"왜 이렇지? 이상하게 이쪽만 결리네."

아침이 되어 잠에서 깬 교텐은 오른쪽 어깨를 돌리면서 이상하다는 듯이 말했다. 틀림없이 냉증이 원인이야. 하지만 다다는 잠자코 있었다. 다다는 발끝으로 바닥에 굴러다니는 캔 맥주를 응접용 탁자 밑에 밀어 넣었다.

"오늘 일 말인데, 교텐. 아무래도 너 혼자 안내하는 게 좋겠다."

치와와의 전 주인인 사세 마리에게서 전화가 왔다. 친구를 만나러 마호로에 가는데, 가는 길에 하나의 새 주인을 보고 싶다고 했다.

세상은 여름휴가가 한창이다. 1년 내내 여름휴가인 교텐은 물론 "에이" 하고 불평했다. "어째서 내가 그 애를 데리고 개를 구경시켜줘야 하냐? 넌 뭐 하고?"

"난 오전에 볼일이 좀 있어. 그 일 끝나면 곧장 야마시로초에 사는 오카 씨한테 가야 돼."

"볼일이라니?"

교텐이 물었다.

다다는 세수를 하고, 수염을 깎고, 빨아놓은 티셔츠로 갈아입었다.

"루루한테는 연락해뒀어. 마리를 잘 돌봐줘. 그 일 끝나면 사무실 잘 지키고. 알았지?"

다다는 여전히 "에이" 하고 투덜대는 교텐을 버려두고 사무실을 나왔다. 트럭을 타고 마호로 시 교외의 구릉지를 달렸다.

매미 소리. 앞 유리를 스치고 지나가는 진초록 나무들의 그림자. 파란 하늘에 뜬 성채 같은 구름.

꾸고 싶지 않다고 아무리 기도해도 매일 밤 꿈을 꾸는 것처럼 올해도 어김없이 여름은 찾아왔다.

다다는 시영 묘지 주차장에 트럭을 세웠다. 타이어가 자갈을 튕겨내자 가느다란 뼈가 부서지는 듯한 소리가 난다.

오봉(한국의 추석에 해당하는 일본 명절) 휴가철이라 여기저기에 가족 단위로 찾아온 사람들의 모습이 보였다. 활기차네. 다다는 매년 이곳에 올 때마다 그렇게 생각했다. 그러다가 묘지인데 '활기차네'라는 표현이 이상한 것 같아서, 역시 매년 그러는 것처럼 그 느낌을 지웠다. '활기차다'를 대신할 말은 전혀 떠오르지 않는다. 머릿속도, 가슴속도 백지처럼 하얗다.

다다는 들통도, 향도, 꽃도 들지 않고 묘비가 죽 늘어선 완만한 언덕을 올라갔다. 햇빛을 가릴 만한 게 아무것도 없어 흘러내리는 땀이 그대로 관자놀이에서 턱을 지나 티셔츠 옷깃까지 적셨다. 묘비 위에 드리워진 검은 그림자가 다다가 갈 방향을 지시하듯 한 곳을 가리키면서 대지를 달구고 있다.

가리키지 않아도 다 알고 있어.

다다는 조그만 묘석 앞에 다다랐다. 모서리가 둥글고 매끄러운 뽀얀 묘석이다. 다다가 고른 것이다. 묘석 표면에는 아무것도 새겨져 있지 않다. 다다가 새기지 않아도 된다고 했다.

좁은 묘 주위에 난 여름풀은 그다지 무성하지 않았다. 묘석 양쪽에 꽂힌 꽃은 시들어서 색이 바랬다.

다다는 1년에 한 번 이곳에 온다. 하지만 다다는 그녀가 지난달에도 다녀갔다는 것을 알고 있다. 이번 달에도 내일이면 그녀가 올 것이다. 아마 다음 달 내일도.

묘 주위의 풀을 뽑고, 망설이다가 시든 꽃을 뽑아 들었다. 다다는 자신이 이곳에 왔다는 흔적을 되도록 남기고 싶지 않았다. 기일마다 죄의식과 마주 서려고 오는 그녀에게, 그녀와 마찬가지로 과거를 잊지 못하고 사는 자신의 기척을 느끼게 하기 싫었다.

아니, 거짓말이다. 그렇다면 어째서 난 그녀가 이곳에 자주

온다는 걸 알고 안도하는 건가. 오래된 편지를 잠그지 않은 서랍에 언제까지나 넣어두듯, 어째서 여봐란듯이 묘를 깨끗하게 다듬는 건가.

다다는 자신의 본심이 무엇인지 알 수 없었다.

잊자, 그건 사고였어. 누구의 잘못도 아니라는 건 너도 알고, 나도 알잖아. 나도 나를 용서할게. 그러니 너도 너 자신을 부디 용서해.

그렇게 말하고 싶은 게 진심이다. 하지만 아직도 매달 묘지를 찾는 그녀를 생각할 때마다 어두운 기쁨을 느끼는 것도 사실이다.

자신과 마찬가지로 두 번 다시 행복을 느끼지 못하고 살아갈 한 여자가 있다.

이 땅 아래 잠든, 작은 용기에 담긴 하얀 뼈. 잊지 마라. 영원히 용서하지 마라. 너도, 나도.

다다는 합장도 하지 않고, 고개도 숙이지 않고 해가 중천에 뜰 때까지 한참 동안 묘석 앞에 서 있었다.

그러고 있는 사이에 교텐은 마호로 역 남쪽 출구 앞 로터리에서 마리와 만났다고 한다. 마리의 증언에 따르면 교텐은 주름이 지지 않은 물색 티셔츠를 입고 머리도 깔끔하게 빗고 나왔다고 한다. 언제나 제대로 털지도 않고 말려서 주름투성이

인 셔츠를 걸치고, 까치집 지은 머리를 손질도 하지 않고 다니는 평상시 모습을 생각한다면 기적 같은 일이다. 고객을 만난다는 생각으로 옷매무새에 신경을 썼던 모양이다.

마리는 해 질 녘에 한 번 봤을 뿐인 교텐을 금방 알아보았다. 교텐은 마리를 기억하지 못해 혼잡한 로터리에서 한동안 바라보고만 있었다. 하나가 처음으로 마리의 집에 왔을 때와 같았다. 경계심과 의문부호가 다닥다닥 붙어 있는 얼굴. 마리는 우스워서 일부러 모른 척했다.

로터리 끝과 끝에서 서로 멀거니 서 있는 상황에서 마리가 슬쩍 시선을 보내자 교텐은 '좋아' 하는 말을 들은 개처럼 용기를 내 다가왔다.

"……하나?"

교텐은 마리에게 말을 걸었다.

"그건 치와와 이름이에요."

마리가 대답했다.

두 사람은 역 뒷골목을 향해 나란히 걸었다. 교텐은 말이 없었지만, 초등학생의 보폭에 맞춰 천천히 걸었다. 마리는 "이상한 사람이지만, 무섭지는 않았다"고 한다.

모두 나중에 들은 이야기다.

다다는 트럭을 몰고 오후가 되어서야 야마시로초에 있는 오카의 집에 도착했다.

"더 이상 참을 수 없어." 오카의 대머리에서 땀이 번질거렸다. "요전에는 몇 분이나 버스를 기다렸는지 알아? 23분이야. 길이 막혔던 것도 아닌데, 23분! 요중은 분명히 운행 횟수를 속이고 있어!"

그걸 왜 요코하마 중앙교통 주식회사가 아니라 나한테 말하는 거야. 왜 봄이나 가을같이 선선할 때가 아니라 몹시 춥거나 더운 날에 말하는 거냐고. 운행 실태를 조사하려면 설날이나 오봉 말고 평일에 하는 게 확실하다는 걸 왜 눈치채지 못해?

이런저런 생각이 가슴속에서 소용돌이쳤지만, 다다는 묵묵히 바인더를 받아 들었다. "정원은 손질할 필요 없고 버스나 잘 지켜봐." 이것이 오늘 할 일이었다.

다다는 뙤약볕이 내리쬐는 버스 정류장 벤치에 앉아 몽롱한 상태로 도로를 바라보았다. 눈치 있는 오카의 아내가 2리터짜리 우롱차와 밀짚모자를 가져다주었다. 병에다 직접 입을 대고 수분을 보충했다. 아무리 마셔도 모두 땀으로 빠져나오는지 소변이 마렵지 않았다.

버스 몇 대가 다다 앞에 멈춰 서서 문을 열었다. 운전기사는 밀짚모자를 쓰고 벤치에서 꼼짝하지 않는 다다를 이상한 듯 바라보더니 문을 닫고 떠나갔다. 다다는 손에 든 용지에 통과 시간을 기입했다. 종이는 완전히 땀범벅이다.

길 반대편에 마호로 역에서 온 버스가 섰다. 두세 살짜리 여자아이가 엄마 같아 보이는 여자에게 안겨 버스 발판을 내려왔다. 여자가 앞서 걸어가려고 하는 여자아이의 손을 잡았다. 버스에서 아이를 보호하려는 듯 차도 쪽에 내려선 여자는 아이 손을 잡고 주택가로 접어들었다.

즐겁게 재잘거리는 모녀. 어린 딸에게 드리워진 양산 그림자. 꼭 잡은 손과 느릿한 걸음. 다다는 모녀의 모습을 눈으로 좇았다.

달궈진 아스팔트 위에서 투명한 파도가 흐늘흐늘 물결친다. 밀짚모자 밑으로 열기가 모여 정수리가 뜨겁다.

"아, 신기루가 다 보이네."

다다는 혼잣말을 했다. 혹시 난 지금 생명이 위태로운 상황에 처해 있는 게 아닐까. 그런 생각을 하는데 의식이 몽롱해졌다.

"일사병이군요."

여자의 목소리가 멀리서 들려왔다.

"정신 차려, 심부름센터!"

곧이어 노인의 목소리가 들리더니 차가운 물이 얼굴에 쏟아졌다.

정신이 번쩍 든 다다는 놀라서 눈을 떴다. 빈 양동이를 든 오카가 내려다보고 있다가 "정신이 들어?" 하고 다행이라는 얼굴로 고개를 끄덕였다.

다다는 몸을 일으켰다. 수면이 부족한 게 탈이었을까. 버스 정류장 벤치를 독차지하고 뻗었던 모양이다. 아직 해가 그리 기울지 않은 것으로 보아 시간이 많이 지난 것 같지는 않았다.

"이분이 말해주지 않았더라면 햇볕에 타 죽을 뻔했어."

오카는 다다가 조금 전에 본 그 여자를 가리켰다. 마흔 살쯤 됐을까. 화장을 거의 하지 않은 수수한 분위기의 여자였지만, 피부가 무척이나 깨끗했다. 유치원에 다니기에는 아직 어려 보이는 딸이 엄마의 다리를 감아 잡고 숨어서 살짝살짝 다다를 엿보고 있다. 어리지만 콧날이 오뚝하고 얼굴도 영리해 보인다.

모녀는 마호로 역으로 돌아가려고 버스 정류장에 왔다가 쓰러져 있는 다다를 발견했다. 응급처치와 물이 필요해서 가까이에 있는 오카의 집에 도움을 요청한 모양이다.

"그만 됐으니 오늘은 그냥 돌아가게." 오카가 말했다. "이런 곳에 뻗어 있으면 내가 혹사시킨 것 같아서 소문이 나빠져."

혹사시킨 거 맞잖아.

"죄송합니다. 그렇게 하겠습니다." 다다는 오카의 제안을 순순히 받아들였다. 벤치에서 일어나 자기를 지켜보고 있는 여자에게 머리를 숙였다. "고맙습니다. 폐를 끼쳤습니다."

"구토 증세는 없나요?" 여자가 물었다. 다다가 고개를 가로 젓자, "그럼 당장 수분을 공급해주세요. 이온 음료가 좋겠군요.

그리고 냉수로 목욕을 하거나 에어컨 바람을 쐬어 체온을 떨어뜨리세요" 하고 여자가 말했다.

어째 의사 같군. 오카도 다다와 같은 생각이 들었는지 여자에게 말했다. "어째 의사 같군요."

"의사입니다." 여자는 조용히 대답하더니 그 어조 그대로 딸에게 주의를 주었다. "하루, 엄마 스커트 너무 잡아당기지 마."

여자가 입고 있는 롱스커트는 허리가 고무로 된 듯, 어린 딸이 매달리는 바람에 미끄러져 내려와 속옷이 살짝 엿보였다. 다다와 오카는 황급히 눈을 돌렸지만, 여자는 태연히 스커트를 끌어 올렸다.

이 여자와 분위기가 비슷한 사람이 주위에 있는 것 같은데…… 딸을 뭐라고 불렀지? '하루'라고 하지 않았던가?

왜 그런지 불길한 예감이 든다. 너무 불길해.

다다는 마음의 준비를 했다.

"큰 탈이 나지 않아 다행입니다." 여자는 다다의 생각을 눈치채지 못한 듯 곧바로 오카에게 물었다. "저, 말씀 좀 여쭙겠습니다. 저 끝에 오래되고 큰 집 있죠? 교텐 씨라는 분이 살고 있었던 걸로 압니다만, 가서 보니 문패가 바뀌었더군요. 그분, 어디로 이사 갔는지 아시나요?"

역시!

하루라는 딸이 "버스 왔쪄, 버스 왔쪄" 하고 도로를 가리켰다. 오카가 서둘러 대답했다.

"그 부부는 갑자기 집을 팔았어요. 작년 12월인가? 노후는 따뜻한 곳에서 보내고 싶다고 하던데, 행선지는 몰라요. 친척인가요?"

"아뇨." 여자가 대답했다. "실례했습니다."

버스가 섰다. 다다는 딸의 손을 잡고 버스에 올라타려는 여자의 등에다 대고 말했다.

"교텐 하루히코."

여자는 발판을 오르다 말고 다다를 돌아보았다.

"당신이 찾는 사람, 교텐 하루히코 아닌가요?"

버스는 다시 아무도 태우지 못하고 떠났다.

같은 시각, 교텐은 루루와 하이시의 집에서 마리와 함께 치와와와 놀고 있었다. 루루의 증언에 따르면 교텐은 방 한구석에서 무릎을 감싸 안고 조용히 앉아 있었지만, 치와와가 교텐에게 재롱을 부리고, 마리가 치와와에게 장난을 쳐서 결과적으로 '함께 노는' 셈이 됐다고 한다.

다다가 단단히 일러놓은 탓에 루루는 "콜롬비아 매춘부 루루예요오!" 하고 자기소개를 하지 않았다. 그래도 마리는 다세대주택으로 가는 길목의 풍경과 여자 둘이 사는 좁은 방에 걸린 옷들을 보며 뭔가 눈치챘을 것이다. 마리는 잔뜩 긴장한 채

방에 들어섰지만, 루루가 내놓은 아이스크림을 먹고 나서는 여자들과 잘 어울렸다.

　루루와 하이시는 며칠 전부터 마리를 환영할 준비를 했다. 평소에는 초등학생 여자아이를 만날 일이 전혀 없는 두 사람은 무엇을 준비하면 좋을지 격론을 벌이다가 "맛있는 아이스크림을 준비하자. 날씨도 더우니!" 하는 결론을 내렸다.

　마호로 시내에는 낙농업을 하는 집이 더러 있었다. 냄새가 새어 나오지 않는 주택가의 하이테크 축사에서 소들이 태평스레 마른풀을 뜯고 있다. 루루와 하이시는 이른 아침부터 출발해 한 시간 반이나 걸어 그 동네에 있는 한 집에서 '마호로표 특제 아이스크림'을 사가지고 왔다. 돌아오는 길에는 아이스크림이 녹지 않도록 요중 버스를 타고 왔다.

　생우유 아이스크림 덕분에 마리는 마음의 문을 열었다. 딸기와 녹차와 초콜릿과 바닐라. 마리, 하이시, 루루 순으로 맛을 선택했다. 교텐은 남은 바닐라 아이스크림을 묵묵히 먹었다. 치와와가 꼬리를 흔들면서 네 사람 사이를 왔다 갔다 했다. 모두 치와와의 시선을 무시했지만, 교텐은 아이스크림을 핥아 먹을 수 있도록 손가락으로 떠주었다.

　"개한테 단걸 먹이다니!"

　하이시가 화를 내자 "어쩌 둘이 수상하네에" 하고 루루가 농담을 건넸다. 하이시가 루루를 때리자 "뭐가요?" 하고 마리의 눈이 동그래졌다. 교텐은 난감해하며 약간 웃었다고 한다.

"편의점에 가서 마실 것 좀 사 올게" 하고 하이시가 집을 나서자 교텐도 따라나섰다. 루루는 마리와 함께 치와와와 놀면서 두 사람이 돌아오기를 기다렸다.

좀 늦는다는 생각이 들 무렵, 교텐과 하이시가 돌아왔다. 루루는 안색이 좋지 않은 하이시를 보고 무슨 일이 있었다는 것을 이내 알아차렸다. 하지만 마리가 있어서 그 자리에서는 아무것도 묻지 않았다. 교텐은 평소처럼 아무 일 없다는 표정으로 2리터짜리 페트병이 세 개나 든 비닐봉지를 내려놓았다.

"좋아하는 걸로 마셔."

교텐은 마리에게 마시고 싶은 음료를 고르게 했다. 루루의 말에 따르면 "심부름센터 아저씨 친구느은, 무뚝뚝하지마안, 다정해요"라고 했단다.

모두 나중에 들은 이야기다.

다다는 에어컨 바람도 쐴 겸 편의점에 가 포카리스웨트를 사서 트럭으로 돌아왔다. '미쓰미네 나기코'라는 여자는 딸 하루를 무릎에 안고 조수석에 앉아 다다가 건넨 명함을 들여다보고 있었다.

"심부름센터 하세요? 의외네요."

나기코가 말했다.

"라면집이 어울리나요?" 다다의 물음에 나기코는 잠자코 있었다. 다다는 에어컨 바람이 하루에게 닿지 않도록 통풍구 방향을 조절했다. "우선 사무실로 가죠."

깜박이를 켜고 마호로 역을 향해 핸들을 꺾었다.

"죄송한데요." 뜬금없이 나기코가 말을 걸었다. "라면집 의미를 잘 모르겠네요."

줄곧 그 생각을 하고 있었다니! 다다는 놀랐다. 과연 교텐이 고른 여자답게 독특하다. '그건 한 귀로 듣고 한 귀로 흘려버리셔도 됩니다' 하고 말해도 나기코에게는 통할 것 같지 않아서, 다다는 대답 대신 되물었다.

"어째서 의외라는 거지요?"

"하루 짱은."

"하루 짱?!"

"아, 교텐 말입니다. 평소 그렇게 불러서 그만……. 이상한가요?"

나기코는 여자아이가 사촌 오빠 이야기를 할 때처럼 수줍어했다.

"아뇨, 전혀."

다다는 가슴이 덜컥 내려앉았지만 무덤덤하게 대답했다.

"하루 짱은 피곤한 걸 싫어해서요." 나기코는 말을 이었다. "심부름센터에서 일하려면 체력이 좋아야 하겠죠?"

"뭐, 그렇죠."

하지만 그 녀석은 체력을 전혀 사용하지 않지.

"게다가 다다 씨 같은 친구가 있다는 것도 몰랐답니다. 의외 군요."

"친구랄 것까지는 아닙니다만, 뭐 어쩌다 보니……."

다다는 우물거렸다. 나기코의 무릎에 얌전히 안겨 있던 하루가 졸린지 칭얼거렸다. 나기코는 딸을 바로 안고 등을 가볍게 두드려주었다. 하루는 매달리듯이 나기코의 목을 꼭 감싸 안고 눈을 감았다.

이 여자가 교텐의 전처. 그리고 이 여자아이가 교텐의 딸……. 일사병의 후유증인지 다다는 머릿속 심지가 희미하게 아파왔다. 어울리는지 어울리지 않는지 제대로 판단이 서질 않았다. 교텐은 가정이라는 것과 거리가 멀 것 같으면서도 장식 사자 상처럼 어디에 두어도 이상하지 않을 것 같은 남자다.

나기코는 침묵을 불편해하지 않는 성격인지 대화가 일단락되자 입을 다물었다. 다다는 조용한 게 불편했다. 교텐이 수다스러워진 이유를 알 것 같은 기분이 들었다. 나기코는 외모도 어조도 평범하고 온화한데, 어딘가 모르게 사람을 긴장시키는 분위기를 풍겼다.

다다는 잠이 든 하루를 의식하면서 말했다.

"지금쯤 교텐도 사무실에 돌아와 있을지 모르겠군요. 전화해보실래요?"

"괜찮아요. 제가 마호로에 온 걸 알면 하루 짱은 또 모습을 감춰버릴지도 몰라요."

다다는 침묵하기로 했다. 헤어진 부부에게는 여러 가지 사연이 있는 법이다.

사무실 창으로 해 질 녘 바람이 들어왔다.

하루는 교텐의 보금자리인 소파에서 타월 이불을 덮고 자고 있다. 나기코는 하루의 발치에 걸터앉아 인스터트커피를 마셨다. 다다는 맞은편 소파에서 두 사람을 바라보며 안절부절못했다.

"늦네, 이 녀석. 어딜 싸돌아다니고 있는 거지?"

중얼거리는 소리를 들은 나기코가 커피 잔에서 시선을 들었다. 다다는 야단맞는 듯한 기분이 들어 황급히 설명했다.

"그게, 저기 교텐한테요, 개를 맡아 기르는 집에, 저기 초등학생 여자아이를 데려다주라고, 부탁해놔서요……."

좀체 의미를 알 수 없는 설명이다. 교텐은 분명 자기 딸도 만난 적이 없을 텐데, 그런 상황에서 '초등학생 여자아이'라는 말을 꺼낸 것도 눈치 없는 행동이다. 다다는 머릿속이 혼란스럽고 혼미해져서 어쩔 줄 몰랐다.

"달라졌네요, 하루 짱." 나기코는 컵을 탁자에 내려놓았다.

"아이들을 싫어했는데."

"지금도 싫어할 겁니다." 말을 하자마자 실언을 했다는 생각이 들어 또 다급하게 둘러댔다. "뭐 남자들은 보통 아이를 좋아하지 않죠."

나기코는 잠든 하루의 통통한 다리를 가만히 쓰다듬었다.

"그 사람은 아이를 무서워해요. 자기가 아이였을 때 얼마나 상처받고, 얼마나 고통받고 살았는지 잊지 못해서……."

다다는 나기코가 무슨 말을 하는지 알 수가 없었다. 교텐이 없는 곳에서 교텐 이야기를 듣는다는 사실에 마음이 불편했다. 바꿀 만한 화젯거리가 없을까 하고 사무실 안을 둘러보다 하루의 얼굴에서 시선이 멈췄다.

눈을 감은 저 고요한 표정.

"교텐을 닮았네요."

본심에다 공치사를 곁들여 한 말이었다. 그러나 이번에도 다다는 화제를 잘못 선택한 것 같았다.

"그래요?"

나기코가 물었다. 설마 그럴 리 없다는 듯한 어조여서 다다는 당황했다. 교텐의 아이가 아닌가?

"아무래도 교텐한테 연락해봐야겠어요." 다다가 말했다. 너무 지쳤다. "행선지는 알고 있으니까요."

"괜찮습니다." 나기코의 대답은 변화가 없었다. "사실 하루 짱을 만나려는 건 계약 위반이거든요."

"계약?"

할리우드 스타도 아니고, 부부 사이에 무슨 '계약'이 필요한 거야. 하루가 잠결에 소파에서 내려와 "쉬!" 하고 말했다. 다다가 화장실이 있는 곳을 가르쳐주자, 나기코는 하루와 함께 칸막이 커튼 너머로 사라졌다.

사무실 전화가 울렸다. 교텐이었다.

"어디야?"

"그건 말할 수 없는걸."

교텐이 대답했다. 역의 안내 방송이 들려왔다. 마호로 역은 아닌 것 같았다. 아이 돌봐주고 개 보여주는 건 어떻게 됐어? 너는 언제쯤이나 부탁한 일을 제대로 할 거야. 다다는 화가 났지만, 불평은 나중에 하기로 했다.

"하루 짱." 화장실 쪽을 엿보면서 다다는 작은 소리로 말했다. "부탁이니 빨리 좀 와줘."

수화기 너머 교텐의 침묵이 전해졌다.

"……나기코 씨가 와 있어? 왜?"

"몰라. 우연히 만났어. 네 딸도 와 있어. 어떻게 좀 해."

"곤란한데." 교텐은 별로 곤란해하지 않으며 말했다. "좀 성가신 일이 생겼어. 늦게 돌아갈 것 같으니까 네가 나기코 씨 이야기를 들어줘."

"도망가지 마, 야!"

"그럼."

통화는 끊겼다. 수화기를 내동댕이치고 돌아보자 기척도 없이 나기코가 서 있다.

"하루 짱인가요?"

"네."

숨 막히는 느낌. 엄격한 여선생님과 방과 후 상담실에서 둘만 마주 앉아 있을 때와 비슷하다.

"교텐은 늦게 돌아온다는군요. 전하실 말씀이 있으면 저한테 하라고 합니다만."

나기코가 뭔가 말했다. 돌아가달라는 말을 빙 둘러서 한 걸로 생각한 걸까? 그런 거 아닌데……. 다다는 열심히 변명을 생각하고 있던 참이어서 "네?" 하고 되물었다.

"돌아온다고 하던가요, 하루 짱이?"

"네."

나기코는 처음으로 미소를 지으며 딸과 함께 다시 소파에 앉았다. 하루는 다다와 눈이 마주칠 때마다 수줍게 웃다가 나기코의 팔에 얼굴을 비볐다. 냉장고에 하루에게 줄 음료수 한 병이 없다는 게 미안했다.

"제 용건은 간단해요. 하루 짱한테 전해주세요. 돈은 이제 그만 보내도 된다고요."

"네."

다다가 대답했다. 아까부터 다다는 거의 "네"밖에 하고 있지 않았다. 그런데 교텐이 헤어진 처자식에게 돈을 보내고 있었다는 사실은 놀라웠다. '초등학생 용돈'이라고 투덜거리던 주제에 그런 여력이 있었다니!

설마 그 녀석, 뭔가 뒤로 수상한 장사에 손대고 있는 건 아니겠지. 아까도 "성가신 일이 생겼어"라고 하던데…….

"3천 엔에서 5천 엔 정도예요." 다다의 의문을 알아차렸는지 나기코가 말했다. "850엔일 때도 있었어요."

"뭔가요, 그건?"

"매달 보내는 돈요."

그야말로 '초등학생 용돈'이다. 송금 수수료를 물면서 보내기에는 한심한 액수다. 다다는 어이가 없었다.

"작년 말에 목돈을 한 번 보내주더니 줄곧 그런 식으로 보내고 있어요. 무슨 일이 있는가 싶어서 하루 짱이 근무하던 회사에 전화를 해보았는데, 갑자기 그만두었다고 하더군요."

그때 교텐은 다다 심부름집에 굴러 들어와 있었다. 교텐의 과거가 서서히 밝혀지고 있다.

"교텐은 무슨 일을 했습니까?"

"모르세요?"

"미쓰미네 씨, 오해가 있는 것 같은데요, 전 교텐과 친구가 아니랍니다." 다다는 소파에서 자세를 바로 했다. "뭘 하며 살아왔는지 확실하지도 않은 녀석이 어느 날 제멋대로 굴러 들어와 빈대 붙어 살고 있는 것뿐이랍니다."

다다는 어영부영 교텐을 떠맡고 있는 자신의 처지를 비통하게 호소할 심산이었는데, 나기코가 "하루 짱이 지금까지 어떻게 살았는지 궁금해요?" 하고 물어와 말문이 막혔다.

궁금한가, 나는? 아니, 누구라도 순수하게 호기심이 생길 것이다. 자신의 아이를 한 번도 본 적이 없다 말하고, 아무리 봐도 다섯 살 이상 연상으로 보이는 헤어진 아내에게 '하루 짱'이라고 불리는 남자가 있다면, 어느 누구라도 그의 과거를 조금쯤 알고 싶을 것이다.

"뭐, 고용주로서는 알고 싶은 마음이 들지요, 당연히."

다다는 자기가 교텐의 과거를 궁금해한다고 결론지었다.

"하루 짱은 제약 회사에 다녔어요."

나기코가 말했다.

생각했던 것보다 괜찮은 직업이어서 깜짝 놀랐다. 어떤 직업이든 교텐이 일을 했다는 사실만으로도 놀라웠지만. 이어지는 나기코의 발언이 다다를 더욱 경악하게 했다.

"영업을 했어요."

"으헉!"

"뭔가요, 그 '으헉'은?"

"……아뇨, 망했습니까, 그 회사는?"

"영업이라고 하지만 약을 파는 것과는 좀 달라요. 하루 짱은 혈액을 모으는 일을 맡았죠."

"아하."

"큰 병원을 돌아다니며 환자한테 혈액 채취 동의를 받는 일이었어요. 저는 내과의사로 일하다가 하루 짱을 만났죠."

혈액이 든 시험관을 한 손에 들고 병원 복도를 헤매고 다니는 교텐의 모습이 뇌리에 떠올랐다.

"혈액을 받아서 뭘 하는데요?"

"연구를 하죠. 신약 개발 연구."

"아하."

이번에는 "아하"밖에 할 수 없었다.

"다만 동의를 얻는 게 어려워요. 환자는 아파서 입원해 있으니 그럴 경황이 없죠. 매일 많은 검사를 받고 채혈도 하는데, 제약 회사에까지 피를 나눠주려는 사람이 많겠어요?"

"그렇겠군요."

게다가 피를 달라고 말하는 사람이 바로 저 교텐이 아닌가. 어렵게 결심을 하고 뽑아준 피를 운반 중에 쏟아버리거나, 자신의 체력 증강을 위해 몰래 마셔버린다 해도 하나도 이상하지 않을 사람이어서 더 싫었을 것이다.

"그런데 교텐은 제대로 피를 모았습니까?"

"아뇨."

나기코는 한숨을 쉬었다.

"그렇겠죠."

다다가 말했다.

"하루 짱은 공공 연구소로 옮기게 됐어요."

처음부터 그랬더라면 좋았잖아.

"혈액 샘플로 병리를 분석하는 연구실이었어요. 저는 박사 학위를 따려고 대학원으로 돌아갔다가, 교수님 사정 때문에 그 연구소를 드나들게 됐어요. 우리는 거기서 다시 만나 결혼하게 됐어요."

"지금 이야기는 굉장히 비약이 심한데요."

나기코의 뺨에 약간 혈색이 돌았다. 하루가 "곰곰!" 하고 보채자 나기코는 가방에서 타월 천으로 만든 토끼 인형을 꺼내주었다.

"곰이 아닌 것 같네."

다다가 하루에게 말했다.

"곰곰은 이 토끼 인형의 이름이에요." 나기코가 인형에 빠져 있는 하루를 대신해 대답했다. "전 아이를 원했어요. 나이로 보나 바삐 움직여야 하는 일로 보나 그곳 연구소에 다니는 동안 이 마지막 기회였죠."

인형을 가지고 무심히 놀고 있는 딸을 보며 나기코가 말했다.

"하루 짱은 '좋아요'라고 했어요. 협력하겠다고."

아직도 이야기에 비약이 있다. 말하지 않고 감추려는 모호한 것. 하지만 다다는 묻지 않고 넘어갔다. 담배를 피우고 싶었지만, 어린아이가 앞에 있어서 참았다.

"교텐이 아직도 안 돌아오네요."

다다가 말했다.

"그래도 돌아올 거예요. 하루 짱이 그렇게 말했다면." 나기코는 미소를 지었다. "다다 씨, 하루는 인공수정으로 생긴 아이랍니다."

"네…… 네?"

"전 같이 사는 파트너가 있어요. 아직 일본에선 결혼한 남녀밖에 인공수정을 받을 수 없지요. 양자를 데려다 키울 수도 없고요. 저하고 파트너는 오랫동안 망설이고 고민했습니다. 둘 중 하나가 적당한 남자와 섹스를 하는 방법도 생각했죠. 해서 안 될 건 없지만, 하고 싶지 않았어요. 하루 짱은 우리 사정을 알고 나서 도와주겠다고 했답니다. ……무슨 말인지 아시겠지요?"

다다는 거대한 파도처럼 밀려오는 나기코의 말을 머릿속으로 음미했다. 나기코는 "둘 중 하나"라고 말했다. 교텐은 전에 "한 적 없어"라고 말했다.

"……알겠습니다."

다다가 어렵게 입을 열었다. 자기가 뱀을 통째로 삼킨 듯한 표정을 지었을 거란 생각이 들었다. 하루가 놀던 손을 멈추고 이상하다는 듯 다다를 바라보았다.

"그런데 왜 교텐을?"

'하필이면'이라는 말은 애써 삼켰다.

"하루 짱은 물을 닮았다고 생각하지 않으세요?" 시의 한 구절을 낭송하듯 나기코의 목소리는 고요하게 잦아들었다. "그 사람을 폭포수처럼 거칠다고 느끼는 사람도 있을 거고, 차갑고 맑은 정취를 가졌다고 느끼는 사람도 있을 거예요. 물이 어떤 영향을 끼치든 생물이 사는 데 빼놓을 수 없는 존재인 것처럼, 하루 짱은 우리한테 더할 나위 없이 소중한 친구랍니다. 설령 두 번 다시 만나는 일이 없다 해도. 그래서 딸아이 이름도 '하루'라고 지었습니다. 소중한 이름이죠."

희망의 빛. 다다는 감동했다. 교텐의 이름을 희망과 함께 부르는 이가 있다. 교텐과 이름이 같은 어린 딸을 기쁨의 구현으로 여기며 껴안고 키우는 여자들이 있다.

"왜 저한테 그런 이야기까지 하세요?"

"서류상이긴 하지만, 결혼 기간 동안 하루 짱이 조금 아까처럼 '돌아간다'는 말을 한 번도 내비친 적이 없기 때문이에요. 저하고 파트너가 내 집이거니 생각하라고 아무리 말해도, 하루 짱은 '가도 돼?' 하고 물었답니다. 그 사람이 세 들었던 다세대주택조차 그저 잠을 자기 위한 공간 같았어요."

이 여자는 뭔가 착각하는 게 아닐까. 다다는 서로를 깊이 알려고 노력할 필요도 없는 교텐과의 건조한 동거가 마음 편한 것뿐이다. 교텐 역시 분명 그럴 것이다. 짐승이 아무것도 없는 움막을 제 보금자리라 여기고 돌아가듯이.

다만 한 가지 걸리는 것이 있었다.

"교텐은 저기…… 게이입니까?"

"글쎄요, 그건 아닐 겁니다." 나기코는 시원스럽게 대답했다. "하루 짱은 여자하고도, 남자하고도 섹스하고 싶어 하지 않는 것 같던데요."

"그럼 동물과?"

"이상한 사람이군요, 다다 씨."

나기코는 소리 내어 웃었다. "그렇지?" 하고 나기코가 하루에게 묻자, 하루는 아무것도 모르면서 "응" 하고 대답했다. '상식'에서 과감하게 벗어난 감각과 생각, 행동을 보여주는 나기코에게서 "이상한 사람"이란 말을 듣고 다다는 적잖이 마음에 상처를 받았다.

"건강 때문에 혹은 자기 신조 때문에 금욕하는 사람들은 얼마든지 있어요. 별로 이상한 거 아니에요."

"그럼 교텐은 지병이 있거나 특별한 신앙이 있나요?"

"내가 아는 한은 없어요." 나기코는 커피 잔을 들고 소파에서 일어섰다. "말했죠, 하루 짱은 피곤한 걸 싫어한다고. 잘 마셨습니다."

다다는 나기코와 하루를 바래다주러 하코큐 마호로 역까지 천천히 걸었다.

"연구소에서는 아무도 제가 하루 짱과 결혼한 사실을 모릅니다. 처음 계약대로 출산휴가를 받는 동안 하루 짱과는 이혼했죠. 하루를 낳고 저는 병원으로 돌아갔고, 그 후 한 번도 하루 짱을 만난 적이 없어요. 하지만 매달 돈만은 보내와요. 저도, 파트너도 금전적으로는 조금도 어렵지 않아요. 두 사람 다 열심히 일하고 있으니까요. 그런 건 보내주지 않아도 된다고 몇 번이나 전화로 말했는데, 하루 짱은 '웅' 하고 웃을 뿐이에요. 그게 하루 짱 나름의 성의라 생각하고, 저하고 파트너는 하루 짱한테 받은 돈을 하루를 위해 저축하고 있어요."

"그런데 왜 지금 와서 '돈은 필요 없다'고 말하러 오셨나요?"

나기코는 한동안 말없이 생각에 잠겼다. 다다는 손에 온기가 느껴져서 아래를 내려다보았다. 하루가 다다의 손가락 끝을 잡고 있다. 그렇게 하는 것이 당연하기라도 한 듯이 한쪽 손은 나기코를, 다른 한쪽 손은 다다를 잡고 있었다. 항상 이렇게 걷는구나. 다다는 평범하지는 않지만 행복한 가족의 모습을 떠올리며 빙그레 미소를 지었다.

"하루 짱 부모님이 어떻게 아셨는지 하루를 데려가겠다고 끈질기게 전화를 하셨어요. 그래서 하루 짱하고 의논했죠. 하루 짱은 '알았어. 내가 잘 말할 테니 나기코 씨는 걱정하지 마'라고 했어요. 작년 11월에 있었던 일이랍니다."

크레이프를 파는 포장마차와 시시 케밥을 파는 포장마차에서 흘러나오는 냄새가 뒤섞여 있다. 마호로 역 앞 거리는 뭔가 답답하게 느껴지는 초저녁의 열기로 가득하다.

"그 후로 더는 하루 짱 부모님에게 연락이 오지 않았어요. 동시에 하루 짱도 회사를 관둬서 연락이 되지 않았고요. 하루 짱이 보내는 돈의 액수가 줄어든 지 반년이 지난 시점에서 저와 파트너는 결론을 내렸답니다. 하루 짱은 아무래도 생활이 곤란한 것 같다. 정말로 이제는 돈을 그만 보내라고 말해야겠다고요. 마호로 출신이라고 들은 적이 있어서 전화번호부에서 본가 연락처를 찾았어요. '교텐'은 드문 성이잖아요."

"그런데 본가와 전화 연결이 안 됐군요."

"돌이킬 수 없는 일이 일어났으면 어떡하나 걱정이 앞섰어요." 꽤나 허풍스러운 표현이군. 하지만 나기코의 표정은 매우 심각했다. "정말 무서웠어요. 하루 짱이 곧잘 말했거든요. '부모한테서 학대받다 죽은 자식은 많은데, 학대한 부모를 죽이는 자식은 왜 별로 없는 걸까' 하고. 뭔가 나쁜 일이 일어났을지도 모른다. 왜 그 생각을 못 했을까 초조했어요. 그래서 오늘

186

간신히 휴가를 얻어 큰맘 먹고 마호로에 와본 거예요."

재회한 날 밤, 멍하니 벤치에 앉아 있던 교텐의 모습이 떠올랐다. 본가에 모르는 사람이 살고 있다고 말할 때의 표정도, 신짱을 너무나 익숙하게 힘으로 제압하던 행동도.

"다다 씨는 언제 어떻게 하루 짱하고 만났어요?"

"원래 고등학교 동창입니다만, 나기코 씨를 만난 곳에서 정말 우연히 만났습니다. 설 연휴 첫날에 바로 그 버스 정류장에서."

"그때 하루 짱은 자기 부모를 죽이려고 했을지 몰라요. 죽이진 않더라도 고통을 주려고 했을 거예요."

나기코가 걷다 지쳤는지 길거리 한복판에 쪼그리고 앉은 하루를 안아 올렸다.

"하루 짱 부모님이 도망친 뒤였던 것 같습니다만."

"양쪽 모두 다행이네요."

"그러게요, 다행이죠."

역이 보일 즈음 나기코는 "다다 씨, 고마워요" 하고 말했다. "아까 하루가 하루 짱 닮았다고 했죠? 그랬으면 좋겠어요. 얼굴도, 성격도."

그러면 큰일인데. 하지만 나기코의 눈에 비친 교텐을 부정할 수도 없어서 "그러시군요" 하고 고개를 끄덕였다.

나기코가 표를 사는 동안 다다는 하루를 안고 있었다. 제법 묵직한 아이는 얌전하게 안겨 있으면서도 눈은 나기코를 좇았다.

"하루가 있어서 정말 너무 행복하답니다."

나기코는 하루를 받아 안으면서 연락처가 적힌 메모지를 다다에게 건넸다.

"하루 짱은 잊어버렸을 거예요." 헤어지기 전에 나기코가 다시 입을 열었다. "하루 덕분에 우리는 비로소 알게 됐어요. 사랑이란 주는 것이 아니라, 사랑하고 싶다는 느낌을 상대한테서 받는 거란 걸요."

다다는 아무 말도 할 수 없었다. 이런 기분을 느껴본 적이 있는 것 같기도 하고, 환상 속에서만 느꼈던 것 같기도 했다.

나기코는 개찰구를 통과하고 나서야 뒤를 돌아보았다. 안고 있는 하루의 손을 가볍게 잡고 다다를 향해 다른 손을 흔들었다.

"하루 짱한테 마음 내키면 전화해달라고 전해주세요."

"네. 푼돈 보내는 건 그만두라고도 전하겠습니다."

나기코는 환하게 웃었다. 정말 아름다운 사람이구나. 다다는 비로소 깨달았다.

"그리고 한 가지 더." 나기코가 말했다. "그쪽으로 가지 말라고 전해주세요. 그럼 안녕히."

다다는 나기코의 모습이 인파 속에 섞일 때까지 그 자리에 우두커니 서 있었다. 이윽고 다다는 나기코에게 들리지 않을 걸 알면서도 "네" 하고 조그맣게 대답했다.

교텐은 다다와 비슷한 공허를 안고 있다. 언제나 마음속에서 두 번 다시 돌이킬 수 없는 것, 얻을 수 없었던 것, 잃어버린 것을 되살려내 폭력의 이빨을 드러내려고 한다. 하지만 그쪽으로 가지 말라고 나기코가 말해줬다. 가서는 안 된다고.

그날 밤, 그 버스 정류장에서 나를 만난 교텐이 지금은 뭔가 달라졌을까. 한때 깊고 깊은 어둠에 잠겼던 영혼, 잠기지 않을 수 없었던 영혼이 다시 구원받는 날이 과연 올까.

다다는 사무실로 돌아오면서 생각했다. 오늘 알게 된 것은 그래도 교텐은 살면서 누군가에게 행복을 준 적이 있지만 나는 없다는 것.

성묘를 다녀오고, 길에서 쓰러지고, 법적으로 교텐의 아내였던 여자의 이야기를 들은 긴 하루다. 다다는 사무실 문에 열쇠를 꽂아 돌렸다. 연 것 같은데, 자물쇠는 어째선지 잠겨버린다. 교텐이 돌아왔나 하고 한 번 더 열쇠를 돌려 문을 열었다. 사무실 안에는 부르지도 않은 고객이 와 있다.

긴 하루는 아직도 끝나지 않았다.

모두 나중에 들은 이야기다.

하이시는 요즘 곤란한 일을 겪고 있었다. 이상한 양아치가 하이시를 자주 찾아와 돈을 처들이는 것이었다.

이십대 초반, 야마시타라는 이름의 그 남자는 처음에는 눈요기나 할 생각으로 뒷골목에 왔던 모양이다.

아직도 나가야에서 손님 받는 시스템을 이미지 클럽으로 인식하는 남자들이 있다. 얼마나 빼어난 여자가 있는지 자신의 무용담 말미에 덧붙일 멋진 사건 하나 만들려고 재미삼아 역 뒷골목을 찾아오는 남자들 말이다. 야마시타가 그런 부류였다.

하이시는 바보 같은 녀석이라고 생각했다.

나가야에 출근하는 여자들은 영업 사원과 같은 처지다. 조직에서 떼어 가는 비율이 높고 규율도 엄격하지만, 매상이 좋으면 입지를 보장받는다. 근무시간도 엄격하게 정해져 있고 보수는 능력에 따른 성과급이다. 조직들은 치열한 경쟁에서 이기기 위해 깜짝 놀랄 만큼 젊고 예쁜 아가씨들을 다양하게 데려다 놓는다.

루루처럼, 나이는 먹었지만 기발한 화장과 패션으로 살아남는 경우는 아주 드물다. 아마 본인은 그 사실을 부정하겠지만. 그런 루루도 빠른 머리 회전과 흐트러지지 않은 몸매, 그리고 숙련된 기술로 꿋꿋하게 밤의 세계를 헤엄쳐 온 여자다.

하이시는 야마시타 같은 손님이 가장 싫었다. 화젯거리나 얻을 생각으로 뒷골목에 온 주제에 그곳에서 일하는 여자들을 보자마자 멋대로 이야기를 만들고, 이런저런 이유를 달아 개인적인 사정을 캐물으면서 할 짓 다 하고 가는 남자들.

하이시는 자기를 가만 내버려두었으면 좋겠다고 생각했다. 20분에 2천 엔. 그것이 하이시의 값인 것과 마찬가지로, 하이시에게도 남자들의 가치가 그 정도뿐이란 걸 왜 깨닫지 못하는지 이해할 수 없다.

처음에 야마시타는 나가야 현관 앞 의자에 앉아 있는 하이시에게 엷은 미소를 지으며 다가왔다. 하이시는 20분 내내 줄곧 내일은 치와와의 용변 패드를 사러 가야겠다고 생각했다.

그날 이후 야마시타는 하이시를 사러 자주 들렀다. 어디서 태어났는지, 언제부터 이런 일을 했는지, 틀에 박힌 진절머리나는 질문을 퍼부어댔다. 하이시는 적당히 대답하면서 어서 빨리 20분이 지나기를 기다렸다.

야마시타는 좋아한다느니, 함께 어디 가자느니 하면서 맛이 간 눈을 하고 20분 동안 억지로 두 번이나 섹스를 시도했다. 하이시는 뭔가 대안을 마련해야겠다고 생각했다. 조직의 감시자에게 야마시타에 관해 알아봐달라고 부탁했다.

야마시타는 호시가 부리던 양아치 중 한 명이라는 사실이 밝혀졌다.

"호시한테 다시는 그런 일 없도록 하라고 말해뒀으니까 괜찮을 거야."

감시자가 말했지만, 하이시는 믿지 않았다. 야마시타가 콘돔에 이상한 약이나 바르지 않는지 조심스럽게 살폈다.

찾아오는 횟수는 줄었지만, 하이시는 언제나 야마시타에게 미행을 당했다. 일을 하러 갈 때나 돌아올 때, 치와와하고 산책하는 중에도 하이시는 항상 어두운 곳에서 내뿜는 시선의 압력을 느꼈다. 착각이라 생각하고 싶었지만 사실이었다.

어느 날 아침, 열 개도 넘는 콘돔이 공동주택 문 앞에 가지런히 놓여 있었다. 새것도 아니고 이미 사용한 것들이었다.

루루는 "어머, 어머" 하면서 고무장갑 낀 손으로 그것들을 주워서 비닐봉지에 담았다. 양동이에 물을 떠다 문 앞을 깨끗이 씻어내고, 주둥이를 단단히 봉한 비닐봉지를 쓰레기장에 버렸다.

"그래애, 짐작 가는 거 없니이?"

루루가 물었다.

하이시는 루루에게 사정을 설명했다. 분노와 불쾌감과 공포로 눈물이 쏟아질 것 같았다.

"무시해." 이야기를 다 듣고 난 루루가 단호하게 말했다. "그래도 안 되면 심부름센터에 상담해보자아."

루루는 "무슨 일이 생기면 이걸로 택시든 뭐든 타고 도망쳐어" 하면서 3만 엔을 주었다. 루루가 알뜰히 모은 큰돈이었다. 하이시는 일단 그 돈을 고맙게 받아두었다.

그런 상황 속에서도 루루와 하이시는 마리와 교텐을 진심으로 환영해주었다. 즐거운 시간을 보내던 하이시는 교텐과 함께 편의점에 마실 것을 사러 갔다가 갑자기 몸을 부르르 떨었다. 문득 고개를 들다 창문 너머로 길 건너편에서 자기를 물끄러미 지켜보고 있는 야마시타를 보았기 때문이다. 지금까지는 몰래 미행만 했을 뿐 모습을 드러낸 적은 없었다.

"왜 그래?"

하이시가 파랗게 질려 있는 걸 보고 교텐이 옆에 서며 물었다.

"스토커가 이쪽을 보고 있어요."

하이시는 야마시타와 눈이 마주치지 않도록 고개를 숙이고 말했다.

"흐음. 어떤 남자?" 교텐은 갑자기 하이시의 어깨를 끌어안았다. "자극해보자."

하이시가 움찔 놀랐다.

"잠깐만요. 자극하는 건 관둬요! 저 남자, 정말 이상한 사람이에요!"

"바퀴벌레는 냉장고 밑에서 완전히 기어 나왔을 때 탁 때려잡아야 하는 거야!"

하이시는 교텐이 무슨 뜻으로 그러한 말을 하는지 알 수 없었다. 후에 이야기를 전해 들은 다다 역시 동감했다.

교텐은 하이시의 어깨를 감싸 안은 채 편의점을 나왔다. 질투로 이글거리는 야마시타 앞을 지나갈 때 일부러 목소리를 높이기까지 했다.

"오늘은 같이 출근하자."

하이시는 자신의 일터에 남자와 같이 출근할 수 없다는 걸 알고 있었지만 잠자코 있었다. 야마시타가 당장이라도 덮칠 것 같아 무서웠다.

교텐은 "오늘은 시노부네 집에서 잘 거예요" 하고 기뻐하는 마리를 역 앞 버스 터미널까지 데려다주었다. 그리고 루루와 하이시의 공동주택으로 돌아왔다. 루루가 걱정할 것 같아서 하이시는 아무 말도 하지 않았다.

"언제부터 그런 사이가 된 거야아?"

루루는 화장을 하면서 하이시와 교텐을 놀렸다. 둘은 나가야로 향했다. 끈적끈적한 표정으로 따라오는 야마시타의 모습이 골목길에 서 있는 커다란 볼록거울에 비쳤다.

"신음 소리 내봐."

나가야에 들어서자 교텐은 포르노 영화 감독처럼 지시했다. 하이시가 신음 소리를 내자, 나가야의 격자문을 세게 두들기는 소리가 들렸다.

"웃기지 마, 하이시는 내 여자야." 제대로 돌아가지도 않는 혀로 야마시타가 소리쳤다.

"연출자의 의욕을 부추기는데." 교텐은 중얼거리며 재빨리 격자문을 열어 야마시타를 잡아들이고 문을 닫았다. "누가 누구 여자라고? 한 번 더 말해봐."

교텐의 목소리는 손에 달라붙는 얼음처럼 차가웠다.

말해보라고 했으면서 말할 틈도 주지 않고 교텐은 야마시타의 멱살을 잡고 얼굴에 주먹을 날렸다. 끈적끈적한 코피가 바닥에 흘렀지만, 교텐은 숙련된 솜씨로 야마시타를 때리면서 앞니 하나 건드리지 않았고, 자기 손등에도 생채기 하나 내지 않았다. 하이시는 갑자기 사납게 돌변한 교텐을 멍하니 바라보았다.

"이봐."

교텐은 말을 건네려다가 남자의 이름조차 모른다는 사실을 깨닫고 하이시에게 눈짓을 했다. 그제야 하이시가 입을 열어 "야마시타"라고 가르쳐주었다.

"이봐, 야마시타. 하이시를 얼마나 원하는지 나한테 말해봐. 난 항상 마호로에 있으니까."

교텐이 손을 떼자 얼굴이 피투성이가 된 야마시타가 힘없이 엉덩방아를 찧었다.

"하이시, 이리 와. 오늘 나랑 데이트하자. 요코하마가 좋을까?"

하이시는 '외출 같은 건 허락되지 않는데'라고 생각했지만, 잠자코 교텐을 따라갔다. 발목을 잡으려고 하는 야마시타의 손을 뿌리치고, 나가야 밖으로 나갔다.

이상한 상황을 눈치챘는지 여자들이 모여들었다. 하이시는 한 여자에게 "루루 언니한테 이야기 좀 해줘" 하고 부탁했다. 정해진 근무시간을 채우지 못했지만, 루루가 알아서 잘 처리해줄 거라고 믿었다.

교텐은 하이시의 허리를 안고 뒷골목을 유유자적하게 걸어 나갔다. 야마시타는 아직 일어서지 못했는지 쫓아오지 않았다. 교텐은 요코하마로 향하는 하치오지선을 타고 나서야 하이시에게서 손을 뗐다.

"어떡해요, 지금부터?"

하이시가 말했다.

"돈 있어?"

교텐이 물었다. 하이시는 루루가 준 돈을 백에 항상 가지고 다녔다. 고개를 끄덕이자 교텐은 "잘됐네" 하고 말했다. "나는 별로 없어서 말이야. 너 한동안 마호로에 들어오지 마."

"당신은요? 아까 요코하마라고 얘기해서 야마시타는 분명히 마호로 역에서 대기하고 있을 거예요."

"녀석이 사건을 크게 만들어서 잡혀 들어가면 오히려 안심이잖아."

"살해될지도 몰라요. 왜 당신이 그렇게까지 해요?"

"너한테 무슨 일이 생기면 치와와를 돌볼 사람은 콜롬비아 아가씨뿐이잖아. 그러면 사료에 흰 가루가 섞일 가능성이 높

아저. 그럼 내가 다다한테 혼난단 말이야."

하이시는 교텐이 자기한테 마음이 있는 것이 아닐까 의심했다. 그러나 교텐의 눈을 보고 그렇지 않다는 것을 깨달았다. 이 사람은 아무렇게나 돼도 상관없구나. 나와 치와와는 물론 자기 자신조차 어떻게 돼든 별로 상관하지 않는구나.

30분 만에 요코하마 역에 도착한 하이시와 교텐은 발매 창구에서 시간표를 살펴보았다.

"침대 특급 이즈모란 게 있네. 이게 좋겠다." 교텐이 말했다. "돗토리에 가."

"왜 하필 돗토리?"

하이시가 물었다.

"사막이 있어."

교텐이 대답했다. 그곳에 있는 건 모래사장뿐이었지만, 하이시는 굳이 정정하지 않았다.

"야마시타 그놈이 요코하마까지 오면 안 되니까 우선 전철을 타." 교텐은 차표를 사서 하이시에게 건넸다. "시즈오카까지 천천히 가서 이즈모를 기다리면 돼."

하이시는 마호로로 가는 표를 든 교텐과 함께 도카이도선 플랫폼에 섰다.

"잠깐 기다려." 교텐이 매점을 향해 걸어갔다. 전화를 거는 듯했다.

돌아온 교텐은 "자, 도시락" 하고 오렌지색 종이로 포장된 상자를 건넸다. "요코하마 하면 역시 기요켄(다양한 만두 종류를 파는 요코하마의 명물 가게)이지."

하이시는 상자를 들고 전철을 탔다. 발차까지 얼마 남지 않은 시간, 열린 문을 사이에 두고 하이시와 교텐이 마주 보고 섰다.

"당신 정말 마호로로 돌아가는 거예요?"

"응."

"위험해요. 함께 가요."

하이시는 자기가 한 말에 놀랐다. 바보 같은 남자가 한 말을 똑같이 하다니.

"사막 보러?" 교텐이 웃었다. "며칠 지나고 콜롬비아 아가씨한테 전화해봐. 그때까지 일을 끝내놓을게."

문이 닫혔다. 전철은 교텐을 플랫폼에 남겨두고 달리기 시작했다.

"보통 때라면 반했을 거예요." 나중에 하이시가 말했다. "그런데 전철 안에서 기요켄 도시락을 열었더니, 만두만 서른 개가 들어 있고 밥은 없는 거예요. 도시락이 아니었던 거죠! 제대로 확인 좀 하고 사지, 정말!"

"어? 어떻게 오셨습니까?"

다다는 사무실에서 마주친 침입자에게 예의를 갖춰 물었다. 남자 둘이 소파에 마주 앉아 있었다.

십대로 보이는 남자는 귀에 피어싱을 잔뜩 했다. 대로변에서 헌 옷 가게 호객꾼인 흑인이 귀찮게 굴 것 같은 타입이었다. 이십대 중반으로 보이는 다른 남자는 다부지고 억세 보였다. 교텐의 보금자리를 점거한 그는 예의 없이 탁자에 양다리를 올려놓고 있다.

"심부름센터, 네 파트너는 어딨어?"

어린 남자가 입을 열었다. 목소리를 듣자마자 그가 호시라는 것을 알아봤다. 어릴 거라고 생각은 했지만, 그래도 십대일 줄은 몰랐다. 다다는 혹시나 하고 체격이 좋은 남자를 응시했다. 그러나 그가 복화술을 하는 것 같지는 않았다.

세상 말세로군. 노인 같은 감회에 젖어 다다는 두 사람에게 다가갔다. 호시가 손가락 끝으로 신호를 보내자 억세 보이는 남자가 말없이 소파에서 비켜주었다.

"앉아."

여긴 내 집이야. 다다는 호시의 맞은편에 앉았다. 일어선 남자는 다다의 등 뒤에 딱 붙어 섰다.

"같은 질문을 두 번 하는 건 좋아하지 않는다."

"파트너 같은 건 없습니다. 연예인을 지망한 적이 없어서." 다다가 말했다.

호시는 다다의 등 뒤에서 움직이려는 남자를 손짓으로 제지하더니 상체를 앞으로 숙이고 무릎 위에서 깍지를 꼈다. 굵은 반지를 여러 개 끼고 있었다.

"상황이 심각하다, 심부름센터. 휴대전화로 지금 당장 파트너를 불러들여."

호시는 정말 초조해하는 것 같았다. 다다는 조금 불안해졌다.

"그 녀석은 휴대전화가 없어요."

"진짜냐? 요즘 세상에 그런 놈이 어디 있어?"

"무슨 일이 있었나요?"

호시가 상체로 원을 그리듯 소파 등받이에 몸을 기대더니 한참 동안 천장을 노려보았다.

"야마시타라는 녀석이 있다. 여자 문제가 복잡해서 슬슬 자르려고 생각하던 놈이야. 그 녀석이 피투성이가 된 채 역을 어슬렁거리고 있다는 연락이 왔어. 신고라도 들어가면 귀찮아진다. 그래서 당장 데려오라고 지시를 내렸지."

"그랬군요."

다다는 이야기가 어느 방향으로 흘러갈지 몰라 호시의 가느다란 목을 바라보았다. 호시가 몸을 일으켰다.

"조금 전, 또 다른 녀석한테서 연락이 왔다. 역 앞 대로에서 야마시타가 누군가를 쫓고 있는데, 놈이 쫓고 있는 대상이 사탕 문제로 귀찮게 했던 심부름센터 놈이라는 거야."

무슨 짓을 하고 다니는 거야, 교텐. 다다는 이마를 긁적였다.

"개똥 처리는 개 주인이 해야지요. 내 알 바 아닙니다."

다다는 그렇게 말하고, 피우고 싶어서 미칠 지경이었던 담배를 흔들어 꺼냈다. 뒤에서 남자의 굵은 손가락이 뻗어 와 다다가 물고 있는 담배를 빼서 두 동강을 내 바닥에 던졌다.

"호시 형님은 담배를 싫어하신다."

남자가 말했다. 다다는 치아 안쪽에 묻은 니코틴을 혀로 핥으며 마음을 진정했다.

"그럼 처리하도록 하지." 호시는 계속 말했다. "경찰에 주둥이를 나불거리게 되면 우리도 곤란하거든. 조직의 미움을 사고 싶지 않아. 소란을 일으킬 거라면 야마시타를 제거할 수밖에 없다."

"요란스럽군요."

"그게 가장 간단하다. 괜한 소릴 떠들고 다니면 성가시니까. 그리고 네 파트너도 같이 처리하겠다."

"잠깐만." 일어서려는 다다를 등 뒤의 남자가 어깨를 눌러 주저앉혔다. "왜 교텐까지 처리하는 거야. 그 야마시타인가 뭔가 하는 놈이 멋대로 쫓아다니고 있잖아. 이쪽은 피해자라고."

"자기 집 앞에 개똥이 떨어져 있으면 어떻게 해야 하지? 매너 없는 주인 대신 처리할 수밖에 없잖아?"

"주우러 가겠다." 다다는 한숨을 내쉬었다. "주우러 갈 테니 좀 기다려."

하지만 다다는 교텐이 지금 어디에 있는지 짐작할 수 없다.

"목줄도 없는데, 연락이 되냐?" 호시는 얇은 입술을 희한하게도 한쪽만 말아 올렸다. "뭐 됐어. 아무런 불상사 없이 우리가 야마시타를 찾으면 그걸로 끝이야. 지금부터 쓸데없이 짖어대지 않도록 네 파트너를 잘 타일러."

갑자기 벨 소리가 울렸다. 호시의 휴대전화였다. 하얗고 얇은 한정 기종인데 전화에 매달린 것은 어울리지 않게 마호로천신 부적이었다.

무병장수? 교통안전? 아니면 학업성취? 다다는 흔들리는 부적에 쓰인 글씨를 읽으려고 애쓰다 호시가 하는 말에 정신이 번쩍 들었다.

"찾았냐? 차 대기시켜. 뭐? 저질렀냐? 찾아, 근처에 있을 거야."

호시는 휴대전화에 대고 재빨리 지시하면서 다다에게는 시선도 주지 않고 사무실을 나갔다. 다다가 뒤쫓아 가려는데, 등 뒤의 남자가 또 잡아 눌렀다.

"놔!"

"넌 여기 있어."

다다는 넌지시 다리를 펴서 발로 탁자 아래를 뒤졌다. 예상대로 발끝에 딱딱한 감촉이 느껴진다. 아침에 발끝으로 굴려

넣은 캔 맥주다. 다다는 두 다리로 그것을 집어 올려, 오른손으로 낚아챘다. 딱! 캔이 남자의 코를 강타하는 둔탁한 소리가 울리자 다다의 어깨에 올렸던 손바닥이 스르르 떨어져 나갔다.

다다는 남자의 손을 뿌리치고 사무실을 뛰쳐나갔다. 콘크리트 계단을 세 칸씩 건너뛰며 굴러 내려가, 마침 휴대전화를 주머니에 넣고 있는 호시의 팔을 등 뒤로 휘어잡았다.

"호시!" 짧은 거리였지만, 전력으로 뛰어온 탓에 숨이 턱턱 막혔다. "무슨 일이야?"

고개를 돌린 호시는 다다의 모습을 보고 픽 웃었다. 나이에 어울리는 웃음이었다. "필사적이네, 심부름센터."

"난 같은 질문을 몇 번이나 해도 힘들지 않다. 무슨 일이 생긴 거냐?"

발소리가 다가왔다. 남자가 쫓아온 것이리라. 호시가 다다의 등 뒤를 흘끗 보자, 발소리가 멈췄다.

"야마시타를 찾았다." 호시는 조용히 자기 팔을 감고 있는 다다의 손을 풀었다. "흥분해서 일을 저지른 것 같다. 네 파트너도 근처에 있을 테니 찾아보라고 지시했다. 야마시타도, 네 파트너도 내 부하가 잘 처리했을 거다."

"어디야?" 다다가 소리쳤다. 호시는 말없이 다다를 바라봤다. "야마시타라면 너 좋을 대로 해. 하지만 교텐은 내가 찾겠다. 경찰에 괜한 소리 하지 않도록 내가 말해두겠다. 야마시타는 어디서 찾았어!"

"버스 터미널. 요중 버스 정기권 매표소 근처." 호시는 턱으로 도로를 가리켰다. "달려라, 심부름센터."

물론 다다는 달렸다.

여름휴가가 한창인 밤. 마호로 역 앞을 오가는 사람들에게 규칙 같은 건 전혀 찾아볼 수 없었다. 사방으로 흩어지는 듯하다가 일순간 정돈된 모습을 보이는가 하면, 한쪽으로 몰리는 듯하다가 변덕스럽게 방향을 확 바꾼다.

다다는 그 속을 헤치며 버스 터미널을 향해 죽을힘을 다해 뛰었다. 사방을 꽉 채운 습도 높은 공기. 전력으로 뛰고 있는 사람은 다다뿐이다.

버스 터미널은 천장 위로 하코큐와 하치오지선 역을 잇는 대형 연결 통로가 지나가고 있어서 낮에도 햇빛이 비치지 않는다. 밤이 된 버스 터미널에는 사람들이 침묵 속에 줄을 서 있었다.

매표소는 그 안쪽 건물 틈에 있었다. 언제나 토사물과 암모니아 냄새가 가득 찬 곳이다. 다다는 방치된 자전거를 헤치고 나아가 매표소 앞에 섰다. 영업시간이 끝나 이미 셔터가 내려져 있다. 하치오지선이 바로 옆을 지나가며 차창으로 잇따라 하얀 빛을 던졌다. 자전거 그림자가 탄화한 골격 표본처럼 지면에 흩어져 있다. 인적이 전혀 없다.

다다는 다시 달렸다. 터미널 주변에 늘어선 초라한 가게. 건물과 건물의 좁은 틈. 다다는 그곳들을 일일이 들여다보았다. 버스를 기다리면서 다다의 행동을 수상한 듯 바라보는 사람들도 있었지만 일일이 신경 쓸 겨를이 없었다.

땀이 온몸을 뒤덮었다. 더워서 흘린 땀인지 식은땀인지 분간할 수 없었다.

터미널 끝에 있는 큰 슈퍼마켓에서 명랑한 테마송이 흐르고 있다. 조명을 잔뜩 켜놓아서 그곳만 밝았다. 다다는 누가 부르기라도 하는 것처럼 발을 옮기다 그 자리에 문득 멈춰 섰다.

슈퍼마켓 옆으로 어두운 길이 나 있었다. 그 끝에는 하치오지선과 교차하는 하코큐 육교와 작은 단지밖에 없다. 지금은 지나다니는 사람도 눈에 띄지 않는다.

다다는 그 길을 선택했다. 더 이상 달리지 않았다. 앞으로 갈수록 심장이 뭉근하게 아파오고 손가락 끝이 저렸다. 실외기에서 뜨거운 바람이 쏟아지는데, 땀으로 젖었던 다다의 몸은 어느새 말라버렸다.

자동판매기 서너 대가 슈퍼마켓 외벽에 찰싹 달라붙어 있다. 한밤인데 한낮을 만들려는 듯한 푸르스름한 빛. 그곳을 지나치자 이만큼 필요할까 싶을 정도로 수많은 증명사진 부스들이 어둠 속에 정렬해 있다. 색 바랜 비닐 커튼이 희미하게 바람에 펄럭인다.

발밑에서 철썩 하고 젖은 소리가 나서 다다는 발을 내려다보았다. 스니커즈를 신은 발이 얕은 물구덩이에 잠겨버렸다. 한 걸음 물러나 길바닥에 거뭇거뭇하게 고인 물을 본다.

물이 아니다. 피다!

다다는 그 옆에 있는 증명사진 부스의 커튼을 걷었다.

"교텐."

처박혀 있는 자세로 교텐이 위태롭게 의자에 앉아 있었다.

"어!" 교텐이 고개를 들고 희미하게 시선을 옮긴다. "너, 어째 까매졌다."

햇볕에 탄 거야. 어쨌든 일어서. 다다는 교텐의 어깨를 잡으려다가 멈췄다. 교텐의 배에 칼이 꽂혀 있고, 주위는 흥건하게 피로 물들어 무슨 색 티셔츠를 입었는지 알 수 없을 정도였다.

왜 '늦을 거라고' 일부러 전화를 했을까. 지금까지 한 번도 그런 연락을 준 적이 없었는데. 교텐은 이렇게 될 걸 이미 알고 있었어. 그래서 전화를……

나는 항상 눈치가 너무 없다.

"교텐!"

소네다 할머니, 다시 예언하다

병실 침대는 텅 비어 있었다.

다다는 시트가 벗겨진 매트에 걸터앉았다. 그리고 가지고 온 종이 가방을 접어 무릎에 올렸다.

4인용 병실은 아주 조용했다. 한 사람은 골절한 다리를 매단 채 만화잡지를 읽고 있고, 다른 사람은 낮잠을 자는지 커튼을 내렸다. 나머지 한 사람은 휴게실에 텔레비전을 보러 간 것 같다.

사흘 전까지 이 침대에 누워 있던 남자는 어디로 갔을까? 병세가 급변해 영안실로 옮겨진 걸까.

"어머나, 다다 씨." 낯익은 간호사가 복도를 지나가다 말을 걸었다. "교텐 씨는 복도 끝에 있는 6인실에 있어요."

"거긴 중환자들이 있는 방 아닌가요? 그 녀석, 배에 구멍이

207

뚫려서 밥알이라도 나왔나요?"

"무슨 말씀을 그렇게 하세요?"

"희망 사항을 얘기해본 겁니다."

"오후에 수술한 환자가 이 병실로 오기로 해서 옮기셨어요. 교텐 씨는 예정대로 내일 퇴원하실 거예요. 축하합니다."

별로 축하받을 일도 아니라고 생각하면서 다다는 간호사에게 "신세 많았습니다" 하고 인사를 한 다음, 병실에서 나와 복도 끝으로 걸어갔다.

그러나 6인용 병실에도 교텐은 없었다. 다다는 문에 걸린 이름표를 확인하고, 교텐의 새 침상인 듯한 침대로 다가갔다. 흰색 시트에는 과자 부스러기가 흩어져 있고, 침대 옆 작은 철제 사물함 위에는 먹다 만 사과가 놓여 있다. 루루와 하이시가 가져온 위문품일 것이다.

다다는 사물함 안에서 교텐의 소지품을 꺼내 종이 가방에 집어넣었다. 베개 밑에서 발견한 작은 위스키병을 압수하고, 과자 봉지는 쓰레기통에 버렸다. 그때까지도 교텐이 돌아오지 않았다. 할 수 없이 다다는 교텐을 찾으러 나갔다.

교텐은 한 달 반 동안 입원했다. 수술실에서 들것에 실려 나온 교텐은 퍼렇게 부은 눈을 감고 있었다. 이렇게 끝이 나는 걸까? 다다는 불안했지만, 마취에서 깨어난 교텐의 첫마디는 "아, 담배 피우고 싶어"였다.

출혈도 심했고, 내장과 복막에 구멍이 뚫렸다는데, 교텐은 눈을 뜨자마자 일어나 병원 건너편에 있는 편의점에 가려고 안달했다. 담당 의사도 질려서 "교텐 씨는 통각이 둔한가 보군요" 하고 고개를 저었다.

다다는 교텐이 처음 입원했을 당시에는 매일, 요즘도 며칠에 한 번씩은 꼭 마호로 시민병원에 문병을 갔다. 병원 안 어디에 무엇이 있는지 훤히 꿰고 있다.

복도에서 보이는 안뜰 벤치. 텔레비전이 놓여 있는 휴게실. 소네다 할머니가 입원해 있는 병실. 그 어디에도 모습이 보이지 않는다면, 교텐이 있을 만한 장소는 한 곳밖에 없다.

다다는 병동의 어두컴컴한 계단을 올라가 옥상으로 통하는 문을 열었다. 가을 오후의 맑고 투명한 햇살이 넓은 옥상에 가득했다. 드라마에서는 병원 옥상에 시트며 붕대가 널려 있지만, 마호로 시민병원의 옥상에는 아무것도 없다. 시트 세탁은 모두 전문 세탁업자에게 외주를 주기 때문이다. 덕분에 전망이 좋다.

아니나 다를까, 교텐은 옥상 철망에 달라붙어 담배를 피우며 높이 쳐진 철망 너머로 마호로 시내를 내려다보고 있었다. 옥상에서는 시내 전경이 한눈에 들어온다.

평야지대에 있는 역 앞 건물들과 그 주변을 둘러싼 주택단지. 흐르는 강과 도로. 곳곳에 흩어진 단지. 교외의 완만한 구릉지대에는 푸르른 밭과 숲이 펼쳐져 있다.

"교텐."

다다는 철망 가까이로 걸어갔다. 사람이 밟은 흔적이 없어 보이는 콘크리트 틈으로 이름 모를 풀이 얼굴을 내밀고 있다.

교텐은 철망을 등지고 돌아서서 다다를 마주 보았다. 담배에서 뿜어져 나오는 연기가 시원한 바람을 타고 푸른 하늘 높이 올라간다.

"산재는 나올 거 같냐?"

교텐이 물었다. 햇빛 아래에서 보니 교텐은 입원 전보다 혈색이 훨씬 좋아졌다. 하루 세 끼 챙겨 먹고 꼬박꼬박 낮잠을 잔 덕분이다.

"나올 리 없잖아." 다다도 교텐 옆에 서서 담배를 한 모금 피웠다. "야, 상처에서도 연기가 나오네."

"나올 리 없잖아." 교텐은 녹색 환자복으로 덮인 자기 배를 내려다보고 말했다. "어차피 내일 퇴원할 거니까 오늘부터 피워도 돼."

입원한 동안에도 몰래 피웠으면서. 새삼스레 지적해봐야 달라질 것이 없어서 다다는 담배 이야기는 그만두고, 다른 이야기를 꺼냈다.

"내일은 못 와. 짐은 대충 챙겨서 오늘 먼저 갖다 둘게."

종이 가방을 가리키자 교텐이 끄덕였다.

"돈은 어떻게 하지?"

"내가 낼 수밖에 없잖아." 다다는 주머니에서 봉투를 꺼내 교텐에게 건넸다. "이 정도면 충분할 거야."

"너한테 또 빚이 늘었네."

봉투를 받아 든 교텐은 발치에 버린 담배를 비벼 껐다. 스니커즈에는 누렇게 색이 변한 혈흔이 아직도 남아 있다.

"너, 결국 미쓰미네 씨한테 전화 안 했지?" 다다는 교텐의 꽁초를 주워 휴대용 재떨이에 담았다. "다쳤을 때라도 연락하면 좋을 텐데. 서로 싫어하는 사이도 아니었잖아."

"좋아하고 싫어하고 할 수 있는 사이가 아니야. 이젠 나기코 씨를 만나지 않는 게 서로 좋아."

"하루, 정말 귀엽더라."

"당연하지. 최대한 상상력을 발휘해 마스터베이션을 했는데 그럼."

다다는 풉 하고 담배를 내뿜어버렸다.

"그런 징그러운 소리는 집어치워."

"어째서?" 교텐은 의아해했지만, 이내 진지한 얼굴을 하고 물었다. "그런데 그 경찰은 어떻게 됐어?"

"아아, 하야사카 씨."

교텐의 배에 난 상처를 보고 심상치 않은 사건이 있었다고 판단한 의사가 경찰에 신고했다. 마호로 경찰서에서 출동한

두 형사에게 다다는 "제가 갔을 땐 아무도 없었어요. 저 친구만 칼에 찔려 있어서 무슨 일이 있었는지 모릅니다" 하고 시치미를 뗐다.

형사들은 의식이 돌아온 교텐에게도 사정을 물었다. 다다의 필사적인 눈짓을 알아챘는지 교텐은 "칼을 든 채 엎어져서 배를 찔렸습니다" 하고 대답했다. 결코 통할 수 없는 최악의 변명이었다. 형사들은 쓴웃음을 지으며 물러났지만, 하야사카라고 하는 형사만은 자주 다다의 사무실을 찾아왔다.

다다는 자기가 교텐을 찌른 용의자로 의심받고 있는 줄 알았다. 하지만 하야사카라는 중년 형사는 다다의 주변 인물들에게 흥미를 보였다.

"다다 씨 주위에는 냄새나는 사람들이 꽤 모여 있더군요." 사무실 소파에 앉은 하야사카가 말했다. "모리오카 신이라고…… 알죠?"

"글쎄요, 그게 누군가요?"

되묻는 순간 '혹시 신 짱?' 하고 짐작했다. 표정을 들키지 않도록 인스턴트커피가 든 잔을 들어 얼굴을 살짝 가렸다.

"모리오카와 교제했던 뒷골목 여자하고도 친한 것 같던데. 게다가 교텐 씨라고 했던가요? 그 사람이 찔린 날, 이 사무실에 수상한 젊은이들이 찾아왔다는 목격자도 있습니다."

어떤 놈이야. 고자질을 하다니, 그냥 안 둘 테다. 속으로 생각하면서 겉으로는 애매한 미소를 지었다.

"마호로 시의 치안이 점점 불안해지고 있습니다. 깨끗한 도시를 만들기 위해 시민으로서 협력 좀 해주십시오. 네, 다다 씨?"

"물론이죠."

다다는 건성으로 대답하면서 사무실을 나가는 하야사카를 지켜보았다.

"요즘은 안 오네. 마호로 경찰도 이제 네 사건은 안중에 없을 거야."

다다는 담배를 끄고, 휴대용 재떨이를 주머니에 넣었다. 철망 너머로 보이는 마호로 시가지는 평소보다 어수선한 분위기다.

"텔레비전 와이드 쇼에서도 매일 마호로 어딘가를 비추고 있을 테지."

교텐은 다시 철망에 얼굴을 갖다 댔다.

평소에는 주목받을 일이 별로 없는 마호로 시가 졸지에 스포트라이트를 받고 있었다. 일주일쯤 전에 살인사건이 터졌다. 모리다초 아파트 파크힐스에서 칼에 찔려 죽은 부부의 시신이 발견됐다. 범인은 아직 잡히지 않았다. 게다가 고교생인 딸은 행방불명이었다.

경찰은 딸이 사건의 내막을 알고 있을 거라 짐작하고 혈안이 되어 찾고 있다. 미성년자라 신중하게 다루고는 있지만, 매스컴도 실질적으로는 딸을 피의자로 지목해 아파트 주민이며 학교 친구들을 취재했다. 마호로 역, 파크힐스, 딸이 다니던 마호로 고교 앞에서 기자와 리포터들이 관계자의 코멘트를 따내려고 무리 지어 있는 영상이 연일 텔레비전 화면을 통해 전국으로 퍼져나갔다.

마호로 고등학교는 시내에서 가장 높은 진학률을 자랑하는 공립 고등학교다. 교풍은 자유롭지만, 지금까지 특별한 사건이 일어난 적은 없었다. 마호로 시민들은 마호로 고등학교를 우등생들이 다니는 학교로 인식하고 있었던 탓에 충격이 컸다. 마호로 시에서 살인사건이 일어난 것도 놀라운데, 마호로 고교에 다니는 학생이 사건에 관계되었을지도 모른다니.

다다는 마호로 고교의 '우등생 전설' 따위는 예전부터 믿지 않았다. 교텐도 다녔던 학교가 아닌가. 교텐은 자신이 마호로 고교 출신이라는 사실조차 옛날에 까맣게 잊어버린 듯 다른 사실에 흥미를 보였다.

"파크힐스라면 애니메이션 보던 꼬맹이가 살던 곳이잖아."

"유라 녀석, 어제 사무실로 전화했더라. 툴툴거리면서. 아침마다 아파트 앞에 카메라들이 진을 치고 있어서 학교 가는 게 여간 불편하지 않대."

"흐음."

다다는 두 개비째 담배를 꺼내는 교텐의 손을 무심코 바라보았다. 오래된 흉터가 남은 오른쪽 새끼손가락이 여전히 어색하게 움직였다.

"……나?"

교텐이 뭔가 말했다. 멍하니 손가락을 바라보고 있던 다다는 무슨 말인지 알아듣지 못했다.

"뭐라고 했어?"

"내일은 무슨 일이 들어와 있냐고?"

"청소."

"흐음. 어디서?"

"오사나이초. 너는 안 와도 돼. 심심하면 사무실 유리창이나 닦고 있어."

"돌아가도 돼?"

교텐이 물었다. 다다는 교텐의 손가락에서 시선을 옮겼다. 쏟은 피만큼 무엇인가를 흘려보낸 듯 얼굴에는 아무런 표정도 담겨 있지 않았다.

"달리 갈 데 있냐?" 다다가 대답했다. "그럼 내일 보자."

교텐을 옥상에 남겨두고 계단을 내려온 다다는 병원을 벗어나기 전에 소네다 할머니의 병실로 갔다. 할머니는 침대에 앉아 엄청나게 큰 소리가 새어 나오는 이어폰으로 라디오를 듣고 있었다. 허리가 구부러져 등이 동그랗게 보였다. 동그란 찹쌀떡 같은 모습은 여전하다.

"소네다 할머니, 안녕하세요. 심부름집 다다입니다."

다다가 할머니의 어깨에 살짝 손을 올렸다. 할머니는 뒤를 돌아보고 라디오를 껐다.

"처음 뵙겠습니다."

할머니는 정중하게 머리를 숙였다. 의뢰를 받은 것도 아니어서 아들이라고 속일 필요도 없었다. 다다는 할머니에게 벌써 몇 번이나 "처음 뵙겠습니다" 하는 인사를 받았다.

"저기, 할머니, 내일부터 저 자주 못 올 거 같아요." 할머니가 들을 수 있도록 큰 소리로 또박또박 말했다. "······친구가 퇴원을 해서요."

교텐을 뭐라고 표현해야 할지 잠깐 망설이다가 친구라고 했다. "이 병실에 와서 할머니 간식인 카스텔라를 먹고 가는 녀석, 이름이 교텐이고, 고교 시절 동급생이었고, 현재 제 사무실에서 더부살이하고 있는 역신(疫神)"이라고 설명해봐야 노인에게는 제대로 통하지 않을 것이다.

"그거 잘됐네."

다다의 이야기를 들은 할머니가 말했다.

"기회가 있으면 또 올게요." 다다는 몸을 숙이고 침대에 앉은 할머니의 귓가에 말했다. "건강하세요."

"그려, 고맙네."

다다가 병실을 나가려는데, 할머니가 "잠깐만" 하고 불러 세웠다. 자기 앞에 아무도 없다는 것을 확인한 할머니가 문 쪽으로 천천히 몸을 돌리는 참이었다. 다다는 멈춰 서서 동그란 찹쌀떡이 180도 회전하기를 기다렸다.

"집에는 돌아갈 것 같아?"

할머니가 물었다. 전후 맥락을 알 수 없는 질문을 하는 것은 늘 있는 일이어서 다다는 간단히 대답했다.

"네, 지금 돌아가려고요."

"그렇다면 다행이지만." 할머니는 주름이 자글자글한 입가를 움직였다. "너무 오래 여행하면 돌아갈 곳을 잃어버려."

그러고 보니 연말에 만났을 때도 여행이 어쩌고저쩌고했었지.

"여행 같은 건 벌써 몇 년째 가지 못했어요. 저는 줄곧 마호로에 있었는걸요."

"그런가? 난 젊은이 목소리가 아주 먼 곳에서 들리는 것 같은데……."

할머니의 귀가 어둡기 때문이죠. 다다는 희미하게 웃었다. 할머니는 다다가 웃는 것을 알아차리지 못하고 무거워 보이는 눈꺼풀을 깜박거리며 말했다.

"적당할 때 되돌아가는 편이 좋아."

"돌아가지 않으면 어떻게 되는데요?"

"미아가 되지."

그렇구나. "알겠습니다" 하고 다다는 인사를 한 후 병실을 나왔다.

트럭을 몰고 사무실로 돌아와 다음 날 작업 준비를 했다. 장화와 자루가 긴 솔. 수세미와 양동이도 필요할까? 다다는 생각나는 것을 차례차례 사무실 여기저기에서 꺼내 트럭 짐칸에 실었다.

오사나이초에는 시내를 흐르는 가메오가와강의 원류가 있다. 마호로 시의 가장 깊숙한 곳, 하치오지 시와 맞닿아 있는 오사나이초는 나지막한 구릉으로 둘러싸인 전원지대다. 골짜기를 따라 이어진 습지대는 옛날부터 논밭으로 개간되어 지금도 농가 몇 채가 벼농사와 채소 농사를 짓고 있다. 그 일각에서 솟아난 작은 개천은, 마호로 시를 가로질러 요코하마 시에 이르고 마지막에는 바다로 흘러가는 1급 하천 가메오가와강의 기점이다.

강의 발원지인 개천은 '원류 공원'으로 잘 다듬어져 있었다. 개천가를 빙 둘러 아담하게 산책길을 만들어놓았다. 근처에 사는 농가 사람들이 자진해서 정기적으로 청소를 하는 것 같다.

다다는 이 마을에 사는 한 주민에게 의뢰를 받았다. 이웃 사람들이 모여 청소를 하는 날, 제사를 지내러 멀리 가야 하니 대신 청소를 해달라는 의뢰였다. 일손이 부족한 곳이라 빠질 수가 없다고 했다.

마호로 시민 대부분이 이 공원의 존재를 알지 못한다. 다다도 의뢰를 받기 전까지는 가메오가와강의 원류가 시내에 있다는 것조차 몰랐다. 상담도 하고 답사도 할 겸 와보니 개천은 예상과 달리 수질이 맑지 않았다. 녹조류가 번식해 있고, 수량도 미미하다. 마침 가을비가 내리는 가운데 개천에서 오리가 물놀이를 하고 있다.

"녹조류를 걷어내는 일이 여간 힘든 게 아니에요." 일을 의뢰한 중년 여자가 말했다. "옛날에는 물이 펑펑 솟았던 거 같은데, 요즘은 산을 허물어 도로며 주택단지를 만들어서 수량이 줄어 이렇게 됐대요."

세제를 사용할 수도 없는 노릇이라 개천의 돌을 한 개씩 주워 들고 수세미로 녹조류를 닦아 내야 했다.

"하루 종일 구부려서 작업해야 해서 허리가 상당히 아플 거예요."

의뢰인이 웃으며 말했다. 다다는 '솔직히 못 하겠습니다'라고 말하고 싶었지만, 개천을 아끼는 주민의 열의가 느껴져 거절할 수가 없었다.

작업 준비를 마치고 나니 오늘 밤에 더는 할 일이 없다.

다다는 제대로 끼니를 챙겨 먹고 싶어 대로를 걷다가 체인 점인 술집에 들어갔다. 해가 지는 시간이 제법 빨라져 가로등에도, 거리로 난 창에도 모두 불이 켜져 있었다.

다다는 김치볶음밥과 닭튀김을 주문했다. 음식이 좀 짜서 맥주잔을 단숨에 비워도 목이 말랐다. 한 잔 더 주문하고 싶었지만, 돈이 여유롭지 않아 포기하고 일어섰다.

내일은 날씨가 맑아야 할 텐데……. 다다는 마호로 역 앞에서 30분 정도 어슬렁거렸다. 폐점 시간이 가까운 백화점도 들여다보지 않았고, 호객꾼의 목소리에 귀를 기울이지도 않았다. 땅만 보고 걸었다.

혼자 있고 싶어. 누가 있으면 외로우니까. 하지만 이런 생각을 한다는 자체가 이미 몹시 외롭기 때문이 아닐까.

정처 없이 걷다가 사무실에 도착한 다다는 응접 소파에 내놓은 교텐의 타월 이불을 담요로 바꾸었다. 칸막이 커튼을 치고 자명종 시계를 맞춘 후 침대 속으로 들어갔다.

바깥에서 달리는 차 소리를 들으며 124대까지 셌다. 대체 내가 지금 뭘 하고 있는 거지. 다다는 자신이 무서워졌다. 더는 아무것도 보지 않고, 아무것도 듣지 않고 잠을 자려고 애썼다.

사실은 하나

　교텐이 버스에서 내려 논밭 사이로 난 길을 걸어 찾아왔다.
다다와 함께 일을 하고 있던 모든 사람의 시선이 일제히 그쪽
으로 쏠렸다.

　교텐은 감색 바탕에 새빨간 히비스커스 무늬가 찍힌 알로하
셔츠 위에 용 그림이 수놓인 공단 점퍼를 걸치고 있었다. 이런
전형적인 양아치는 20년도 더 된 과거로 거슬러 가야 겨우 서
식이 확인될까 말까 할 것이다.

　저런 점퍼, 요즘 세상에 대체 어디에서 파는 거야. 다다가
몸을 구부린 채 어이없어하고 있는데, 개천가에 선 교텐이 물
었다.

　"뭐 하고 있는 거야?"

　"보면 모르냐, 청소하지."

다다는 손에서 미끄러져 떨어뜨린 돌을 물속에서 주워 들고 대답했다.

"흐음. 바위에 붙은 김이라도 따는 줄 알았네."

교텐은 양동이에 담긴 녹조류를 바라보면서 담배에 불을 붙였다. 열심히 청소하고 있던 옆 사람이 겁먹은 듯 다다의 옆구리를 쿡 찔렀다. 다다는 할 수 없이 간단하게 설명했다.

"우리 사무실에서 일하는 사람입니다."

"산재 보험도 안 나오긴 하지만요."

교텐이 덧붙였다.

다다는 "잠깐 실례합니다" 하고 주민들에게 양해를 구하고, 교텐을 공원 구석으로 끌고 갔다.

"뭐 하러 온 거냐?"

"도와주려고."

"허리도 굽히지 못하면서 어떻게 돕겠다는 거야? 됐으니까 돌아가서 창문이나 닦아."

끈기 있게 돌을 닦는 일에 교텐만큼 어울리지 않는 사람이 있을까. 창문이라면 면적이 넓어 등을 구부리지 않아도 된다. 그러나 교텐은 적재적소에 노동력을 배치하려는 고용주의 배려를 전혀 헤아려주지 않았다.

"녹조류가 벗겨질 만큼 물속에서 힘차게 굴러줄까?"

교텐은 배를 문지르면서 개천 쪽으로 돌아섰다.

"잠깐, 잠깐, 잠깐. 묻지 않아도 알 것 같긴 한데, 그 옷은 어쩐 거냐?"

"콜롬비아 아가씨가 줬어. '폐를 끼쳐서 미안해요오. 퇴원 선물이에요오' 하면서."

역시. 다다는 솔을 들지 않은 손으로 미간을 문질렀다. 손바닥에 물비린내가 배었다.

"심부름센터는 신용이 제일이야. 그 옷차림은 아주 좋지 않아."

"어째서? 더럽지 않은데."

교텐은 굴러다니는 자루 달린 솔을 재주도 좋게 발로 세워서 산책길의 나무 바닥을 닦기 시작했다. 등을 꼿꼿하게 펴고 시선을 앞에 둔 채 솔을 앞뒤로 움직이는 모습이 기름을 제대로 치지 않은 구식 로봇 같다. 개천을 둘러싸고 일하던 사람들은 움직임이 둔한 교텐의 모습을 흘끔흘끔 훔쳐보았다.

다다는 돌을 닦던 원래 자리로 돌아와 들으란 듯이 한숨을 내쉬었다.

"수술 받고 오늘 막 퇴원한 주제에. 하여간 부지런한 건 알아줘야 돼."

"저런, 아팠어요? 지금은 괜찮은가요?"

사람 좋아 보이는 나이 든 부인이 물었다. 멍청하게 마약중독자 칼에 찔렸어요. 차마 그렇게 대답하지는 못했다. 다다는

223

심각한 표정으로 "목숨은 건졌습니다만……" 하고 말끝을 얼버무렸다. 거짓말은 할 수 없었다.

주민들이 교텐을 바라보는 시선이 달라졌다. 옷 입는 취향은 이상하지만, 죽을 고비를 겪자마자 바로 생업에 뛰어든 성실한 남자.

교텐의 이미지를 조금만 더 살리면 계속해서 의뢰가 들어오겠구나 싶은 찰나, 흰색 밴이 한적한 농로를 쏜살같이 달려왔다. 차에서 새어 나오는 낮고 무거운 음악이 조용한 논밭에 울려 퍼졌다.

밴은 자갈을 튕기면서 공원 주차장에 섰다. 안을 들여다볼 수 없게 유리창에 차광 필름을 붙인 밴의 뒷좌석 문이 기세 좋게 열렸다. 양쪽 귀에 빼곡하게 피어싱을 한 호시가 나타났다.

"심부름센터, 이리 좀 와봐."

"지금은 작업 중이야." 다다는 개천에서 돌을 주워 들었다. 주민들은 작업하던 손을 멈추고 다다와 호시를 번갈아 바라봤다. "대체 여긴 어떻게 알고 온 거야?"

"사무실에 갔더니, 달력에 '오사나이초 원류 공원'이라고 적혀 있던데."

"열쇠는?"

"열려 있었어."

"교텐!"

교텐은 자루 달린 솔을 질질 끌면서 다가왔다.

"왜 문단속도 제대로 안 했어?"

호시가 찾아왔다면 문이 잠겨 있든 말든 마찬가지인 건 알고 있지만, 짜증이 나는 것은 어쩔 수 없다. 교텐은 물론 다다가 하는 말을 전혀 듣고 있지 않았다.

"뭐야, 이 양아치는?"

교텐은 흥미로운지 호시의 귀를 유심히 보았다. 다다가 "인마" 하고 화를 내도, 시끄럽다는 듯이 으르렁거릴 뿐이다. 피어싱이 몇 개인지 눈으로 세고 있는 것 같다.

호시는 마치 교텐이 존재하지 않는 것처럼 무시했다.

"신변을 경호해줘야 할 사람이 있다."

"너를?"

다다가 놀라서 물었다.

"여고생이야. 기쁘지, 심부름센터?"

호시는 담담한 목소리로 말했다.

"모두 열일곱 개네."

교텐이 만족스럽게 중얼거렸다.

다다가 맡겠다는 말도 하지 않았는데, 호시는 밴으로 돌아갔다. 곧 교복을 입고 어깨에 스포츠 가방을 멘 소녀가 밴에서 내렸다.

"니이무라 기요미예요. 마호로 고등학교 2학년. 잘 부탁합니다." 기요미는 손에 들고 있던 돈다발을 다다에게 떠맡겼다.

"이거, 호시 오빠가 줬어요. '기요미한테 이상한 짓 하면 가메오가와강에 물고기 밥으로 던질 거라고 해'라고 하던데요."

망했다. 다다는 허탈한 생각이 들었다. 주민들은 다시 고개를 숙이고 솔로 돌을 닦았다. 이 지역에서 신규 고객을 개척하는 일은 절망적이다.

"마호로 고등학교라면 사복을 입잖아. 그런데 넌 왜 교복 차림이냐?"

교텐이 거침없이 물었다.

"여고생이니까요, 아저씨."

기요미가 대답했다.

불편한 분위기에서 청소 작업을 마치고 나니 저녁이다.

기요미는 포장 천을 친 트럭 짐칸에 타고 사무실까지 왔다. 교텐에게 운전을 맡기는 것은 위험하다. 그렇다고 교텐을 짐칸에 태우자니 아물지 않은 배의 상처에 탈이 날지 몰라 달리 선택의 여지가 없었다.

"우아, 엉덩이 무지 아팠어요."

기요미는 즐거워하며 사무실 계단을 올라갔다. 스커트는 길이가 너무 짧았다. 다다는 앞서 계단을 오르는 기요미의 뒷모습을 보지 않으려고 이 건물에 입주한 후 처음으로 계단 수를 셌다. 불길하게도 계단은 열세 칸이었다.

"왜 너를 경호해줘야 하는 거지?"

다다는 맞은편 소파에 앉은 기요미에게 물었다.

"기요미라고 하세요."

"기요미 양." 다다가 말을 바꿨다. "난 심부름센터 일을 하는 사람이라서 힘으로 제압하는 일은 못 해. 경호는 곤란하다고."

"호시 오빠가 그러던데요. 곤란한 사람을 도와주는 곳이 심부름센터라고." 기요미는 사무실 안을 신기한 듯이 둘러보면서 말했다. "그 심부름센터가 곤란하다고 하다니, 정말 곤란하네요."

교텐은 자기가 마실 음료수만 커피 잔에 따라 왔다. 허리를 숙이지 않고 호스티스처럼 팔을 뻗어 탁자에 잔을 내려놓았다.

"이 아저씨 움직이는 거 이상하지 않아요?"

기요미가 물었다.

"움직이는 것만 이상한 게 아니니까 신경 쓰지 마."

다다가 말했다.

교텐은 무릎걸음으로 다가와 등부터 기대고 조금씩 소파에 올라가 다다 옆에 앉았다.

"아직도 배가 아파. 힘주면 나와버릴 것 같아."

교텐은 '내장이 터질 것 같다'는 말을 한 거였는데, 기요미는 다른 의미로 해석한 듯 "으악, 저질" 하고 얼굴을 찌푸렸다.

"난 힘으로 제압하는 일은 자신 있는데."

교텐은 몸을 뒤로 벌러덩 젖힌 자세로 커피 잔을 가리켰다. 다다는 교텐에게 잔을 쥐어주었다. 아무것도 타지 않은 위스키가 내용물인 것 같다.

"다다가 곤란할 때는 내가 지원해주거든. 공동 경영자지."

빼앗기겠다. 이러다간 교텐에게 사무실을 빼앗길지도 모른다.

"언제부터 그렇게 된 거야."

다다가 작은 목소리로 따졌다.

"귀찮잖아, 일일이 설명하는 거. 신용 제일 아냐?"

교텐은 시침을 뚝 떼고 위스키를 마셨다.

"그러세요? 하지만 힘쓰실 일은 없을 거 같아요." 기요미가 말했다. "한동안 여기에 숨겨주시기만 하면 돼요. 매스컴이 성가시게 굴거든요."

"아. 너, 텔레비전에서 봤어!"

교텐의 말에 다다는 깜짝 놀랐다.

"아이돌이야?"

연예인이라 해도 될 만큼 기요미는 예뻤다. 검고 윤기 나는 긴 머리카락과 혈관이 보일 만큼 하얗고 매끄러운 피부. 작은 얼굴에 어울리지 않게 커다란 눈.

"아저씨 최고예요, 최고! 뭐예요, 그 말. 혹시 날 꼬시려는 거 아니죠?"

기요미가 자지러지게 웃었다.

"너 요즘 같은 때는 와이드 쇼 좀 보고 다녀."

교텐이 어이없어하며 말했다.

자기도 병원에서 한가하니까 텔레비전을 본 주제에. 다다는 그렇게 생각하면서도 "무슨 소리야?" 하고 물었다.

교텐이 우쭐거리며 설명했다.

"이 학생, 뒷모습은 벌써 수십 번 등장했어. 파크힐스 살인사 건 때문에."

경찰이 행방을 찾고 있는 소녀의 이름은 공표되지 않았지 만, 아시하라 소노코라고 하는 것 같았다. 파크힐스에서 살해 된 부부의 외동딸이다. 소노코의 친구인 기요미는 마호로 고 등학교 앞에서 리포터들에게 둘러싸여 떨리는 목소리로 인터 뷰를 했다.

정말 걱정이에요. 빨리 찾았으면 좋겠어요. 외로워. 소노코, 보고 있니? 외로워.

'소노코'를 발음하는 음성을 '삐'로 처리한 영상이 반복됐다. 프로그램 제작자 측은 기요미의 눈물 섞인 목소리와 늘씬한 뒷모습이 시청자의 흥미를 끌 것이라고 판단한 듯했다.

"그랬더니 말이에요, 학교에서는 '튀고 싶어 안달이 난 계집 애. 반 친구들 우려먹는 거 아냐!' 하면서 왕따시키죠, 기자들 은 계속 '소노코가 어떤 친구였는지, 좀 더 가르쳐주세요' 하면서 매일 집까지 찾아오죠, 부모님은 머리끝까지 열 받고. 이제 집에서도, 학교에서도 마음 놓고 있을 곳이 없어요. 난리도 아니에요." 기요미는 시원스러운 어조로 말했다. "그러니까 저한테 쏠린 관심이 식을 때까지 여기 있게 해줘요."

"사정은 알겠는데, 왜 나까지 말려들어야 하는 건지 모르겠군." 다다는 한숨을 쉬었다. "호시하고 아는 사이잖아? 그 녀석한테 가 있으면 되겠네."

"호시 오빠는 자기가 당당하지 못해서 나한테 피해만 될 거라고 했어요."

"당당하지 못한 녀석하고 어떻게 알게 된 거야?"

"호시 오빠, 고등학교 2년 선배예요. 농구부 주장이었는데 짱 멋있었어요."

그럼, 호시는 아직 미성년이란 말야? 그런데도 마호로 시에서 세력을 떨치고 있는 걸 보면 고등학교를 다닐 때부터 이 방면에 재주가 있었다는 얘기다. 다다는 또 한 번 한숨을 쉬었다. 재수가 없다. 더럽게 없다.

기요미는 다다의 한숨을 승낙한다는 표시로 받아들였다. 교복 주머니에서 반짝반짝 빛나는 스티커가 잔뜩 붙은 휴대전화를 꺼내 호시에게 전화를 걸어 보고했다.

"아, 호시 오빠? 심부름센터 아저씨 말이야, 맡아주겠대. 응, 응, 괜찮아. 힘은 없대. 다른 아저씨는 지금 설사 중인 거 같아.

이상한 짓 하면 '얍' 걷어차버리고 충분히 도망갈 수 있어. 아하하. 응, 그럼 안녕."

다다는 무심히 기요미의 휴대전화에서 흔들리는 부적을 바라보았다. 교텐은 빈 커피 잔을 손바닥으로 갖고 놀면서 평상시처럼 히죽거렸다.

"그런데 말이야, 기요미." 천재지변의 예고일까, 교텐이 전화를 끊은 기요미에게 말을 걸었다. "범인은 소노코야?"

"그런 걸 왜 물으세요. 내가 알 턱이 없잖아요."

"난 부모를 죽인 사람한테 흥미가 있거든."

교텐과 기요미는 잠시 서로 노려보았다.

"맞아요." 기요미가 가볍게 미소를 지었다. "소노코가 죽였어요."

"왜 그렇게 단언하는 거지?" 다다가 옆에서 끼어들었다. "알 턱이 없다고 방금 말했잖아."

"뭐야, 심부름센터 아저씨. 전직 경찰이에요?"

"아니. 자동차 영업사원이었어."

"그랬구나!" 교텐이 소파에서 몸을 일으켰지만, 배에 충격이 간 모양이었다. 망가진 자동차 문이 힘겹게 열리는 것처럼 천천히 등받이로 몸을 되돌리며 말했다. "그렇다면 옛날 알던 인연으로 제대로 된 차를 싸게 살 수도 있을 텐데."

난 저 작은 트럭이 좋아. 쓸데없이 웬 참견이야. 다다는 속으로 그렇게 생각했지만, 시선은 기요미에게서 거두지 않았다.

"만난 지 얼마 안 된 사람한테 사실을 얘기하고 싶지 않았으니까요."

기요미는 뾰로통해서 말했다.

"알지도 못하는 리포터하고는 인터뷰를 했잖아."

교텐이 배를 문지르면서 참견했다.

"알지 못하긴 왜 알지 못해요? 텔레비전에서 봤으니까 아는 사람이죠, 뭐."

다다는 순순히 인정하고 다시 부드럽게 물었다.

"그래, 알겠어. 그런데 우리는 텔레비전 리포터도 아니고, 낮에 처음 만났을 뿐인데, 왜 사실을 말할 마음이 들었어?"

"아저씨 눈이 쫙 무서웠어요." 기요미는 어디까지 본심인지 모를 어조로 말했다. "저기요, 소노코는 자기 부모님을 죽인 뒤에 샤워를 하고 옷을 갈아입으러 우리 집에 왔어요. 난 물론 그런 일은 몰랐으니까 '웬일이야, 이 시간에?' 하고 물었죠. 그랬더니 '응, 너랑 얘기를 좀 하고 싶어서' 하더라고요. 난 엄마 아빠가 깨지 않게 조심조심 부엌에 음료수를 가지러 갔어요. 그리고 방으로 돌아왔더니 소노코가 벌써 없어져버렸어요. 게다가 내 지갑까지 없어졌고요."

"그럼, 소노코가 네 지갑을 훔쳐서 도주했다는 거네."

"그런 것 같아요. 돈은 별로 들어 있지 않았지만."

"그 사실을 경찰에 얘기했어?"

"……얘기했어요."

다다는 순간 교텐과 시선을 주고받았다. 기요미는 머리카락 끝을 만지작거렸다.

"저기요, 여기 욕실 없어요?"

"어떻게 생각해?"

마쓰노유 목욕탕에서 몸을 씻으며 다다는 교텐에게 물었다.

"뭐가."

교텐은 다다에게서 조금 떨어진 수도꼭지 앞에 서서 머리를 감았다. 욕조에 노인 몇 명이 앉아 있을 뿐 마쓰노유는 평소처럼 비어 있었지만, 다다는 목소리를 낮추었다.

"정말로 기요미는 소노코하고 친구일까. 기요미 지갑을 소노코가 가지고 갔다는 게 사실일까. 그걸 기요미가 경찰한테 얘기했다는 말도? 리포터와 인터뷰를 한 건 돈을 훔쳐 간 데 대한 보복이었을까. 우리한테 얘기한 의도는 뭘까?"

교텐은 샴푸로 머리를 다 감고 나서 몸을 씻었다. 다리에 타월이 닿지 않아서 발바닥으로 종아리에서 발까지 문질렀다. 다다는 교텐에게서 날아오는 거품과 물방울을 뒤집어쓰면서 "야, 인마" 하고 인상을 찡그렸다.

"너 정말로 다 나은 거야? 병원에서 술 마시고 담배 피우다

233

미움받아서 일찍 쫓겨난 거 아냐?"

"아프진 않아." 교텐은 빨갛게 부어오른 배의 흉터를 손가락으로 더듬었다. "다만 배가 당겨서 되도록 몸을 숙이고 싶지 않아."

교텐은 샤워기 물을 틀어놓은 채 욕조로 향했다. 다다는 교텐의 샤워기를 잠그고 욕조로 들어갔다.

"기요미가 한 말이 사실이라면." 다다는 어깨까지 욕조 물에 푹 담갔다. "소노코는 왜 부모를 죽였을까."

"글쎄." 욕조 안에서도 서 있는 교텐이 등 뒤에서 어깨를 으쓱거리는 기척이 느껴졌다. "이유 같은 건 아무도 모르지. 아마 본인도 모를걸. 그런 건 나중에 생기는 거니까."

"심부름센터 아저씨들, 나 나가요."

여탕 쪽에서 기요미의 목소리가 들려왔다.

"일을 저지른 뒤에는 이유 같은 건 있으나 없으나 마찬가지야." 교텐은 기껏 족욕만 하고 욕조에서 나갔다. "저질렀다는 진실만 남지."

그건 그래.

다다는 신발장 앞에서 '간다강'이란 옛날 노래를 흥얼거리면서 기요미를 기다렸다. 머리에 타월을 감은 기요미가 나오자마자 "뭐예요, 그 노래. 빈티 나게" 하고 놀렸다. 교텐은 "캬캬캬" 웃고는 담배를 피우며 앞장서 걸었다.

"아, 정말! 저 아저씨, 웃음소리도 괴상해."

기요미가 혀를 찼다.

기요미에게 침대를 내주고 다다와 교텐은 각각 소파에서 잤다. 다다는 몸도 뒤척이지 못하는 좁은 소파에서 잠드는 것이 곤욕스러웠지만, 교텐은 병원의 넓은 침대에서 자던 기억은 다 잊었는지 불평 없이 곧바로 눕자마자 지장보살 석상이 됐다.

칸막이 커튼 너머에서 기요미의 숨소리가 들렸다.

"교텐, 아직 안 자냐?"

다다가 속삭였다.

"응."

"목욕탕에서 돌아오는 길에 우리 미행당했지?"

"응, 경찰이었어."

"하야사카인가……."

뭐, 매스컴이 아니니까 괜찮으려나. '깨끗하지 못한 시민'으로 하야사카에게 눈총 받는 것은 화가 나지만, 지금은 기요미를 숨겨달라는 의뢰를 받은 만큼 약속을 지키는 게 중요했다.

남녀노소를 불문하고 되도록 의뢰에 응할 것. 완벽하게 해낼 수 없다 해도 의뢰를 맡은 이상 말끔하게 완수할 것. 그것이 지역에 밀착해 일을 하는 심부름센터 주인, 다다의 이념이었다.

"어떻게 하지? 사탕 장사한테 말해서 성가신 경찰을 가메오가와강 물고기 밥으로 만들라고 할까?"

교텐이 말했다. 다다는 '단, 법률이 허용하는 범위 내에서'라는 문구를 머릿속에서 덧붙였다.

"내버려둬. 우리가 켕길 건 없잖아."

"아까 네가 마구 퍼부은 의문점들 말인데." 교텐은 하품을 하면서 잘도 떠들어댔다. "적어도 기요미가 경찰한테 아무 말도 하지 않은 건 확실해."

"왜 그렇게 생각해?"

"만약 얘기했다면 소노코가 남긴 단서를 옛날에 잡았겠지."

"그런가?"

"음. 뭐, 감이지만."

그러고 나서 교텐은 입을 다물었다. 소노코는 왜 돈이 얼마 들어 있지도 않은 기요미의 지갑을 갖고 간 걸까. 그런 생각을 하다가 다다도 어느새 잠이 들었다.

기요미는 사흘 동안 집에도 돌아가지 않고, 학교에도 가지 않았다. 소노코를 발견하지 못한 채 파크힐스 살인사건은 이미 발생한 지 열흘이 지나 교착상태에 빠져들었다.

기요미의 부모는 딸의 동향에 무관심한 것 같았다. 하루에 한 번씩 기요미가 전화를 해서 "친구 집에 있어"라고 하면 그것으로 끝이었다. 다다에게는 믿을 수 없는 일이었다.

교텐은 일을 크게 벌이기만 할 뿐 업무에 도움이 되지 않아서, 다다는 기요미에게 일을 도와달라고 부탁했다. 자질구레한 의뢰가 매일 쌓였다. 세차하기, 장보기, 엄청나게 어질러놓은 방에서 보험증 찾아내기, 청소하기, 개 산책시키기 등등.

대신 다다는 교텐에게 아침 식사를 준비하라고 명령했다. 성장기에 있는 기요미는 아침밥을 꼭 챙겨 먹어야 한다고 생각했다.

얹혀사는 처지이면서도 다다와 지낼 때는 전혀 요리를 한 적이 없었던 교텐은 잠도 덜 깬 상태로 기요미를 위해 얌전하게 프라이팬을 흔들었다. 물론 간단하기 짝이 없는 메뉴였다. 커다란 접시 하나에 노른자위가 깨진 계란프라이 세 개를 담아놓고 각자 토스트를 개인 접시 삼아 계란을 덜어 먹는 게 전부였지만, 기요미는 몹시 즐거워했다.

"아침에 일어나면 아침 식사가 준비돼 있다니! 유치원 다닐 때 말고는 처음이에요."

다다와 기요미는 교텐이 만든 아침을 먹고 나서 사무실을 나섰다.

교텐보다 훨씬 꼼꼼하게 일을 하는 기요미는 "이 일은 이해가 안 될 때가 많아요"라고 말하기도 했다. 여행을 떠난 주인을 대신해 덧문 밖 툇마루에 있는 고양이 접시에 사료를 부어줄 때였다.

"'네가 하면 되잖아' 싶은 의뢰가 대부분이네요. 사료 주는 것도 그래요. 여행 가기 전에 이웃집에 부탁해도 되잖아요. 왜 군이 돈을 내고 의뢰하는 걸까요?"

"덕분에 내가 먹고살잖아." 다다는 우묵한 접시에 새 물을 떠서 사료 옆에 놓았다. "돈을 주고서라도 번거로운 일에서 벗어나고 싶을 때가 있잖니?"

생활에 쫓긴 적도, 일을 하며 돈을 번 적도 없는 소녀에게는 상상의 나라에 사는 사람들의 이야기로 들리는 모양이다. 기요미는 "그런 거예요?" 하고 동화책의 다음 이야기를 조르는 표정으로 고개를 갸웃거렸다.

다다는 기요미를 재촉해 트럭에 올라탔다.

"심부름센터 아저씨는 왜 자동차 영업을 관두고 심부름센터를 하게 됐을까요?"

"글쎄, 왜일까……. 이유는 뭐 여러 가지 있지."

"그중에서 특히 '이거다' 할 만한 건?"

"'누군가한테 도움을 청할 일이 생긴다면' 하는 생각을 해본 적이 있기 때문이야. 가볍게 상담하거나 부탁하고 싶은 일이 있을 땐 가까운 사람보다 낯선 사람이 더 도움을 줄 때가 있거든."

"그래요? 그래서 저 아저씨하고 개업했구나."

사실과 다르지만, 새삼스레 설명하기도 귀찮아서 다다는 잠자코 있었다.

"심부름센터 아저씨도, 친구 아저씨도 가족이 없나요?"

"없어. 둘 다 이혼남이야."

"청승맞네요." 기요미가 웃었다. "그렇지만 보기 좋아요, 친구하고 살면서 함께 일을 한다는 건."

눈곱만큼도 좋지 않아. 그리고 교텐은 친구가 아니야. 마음속으로 반론을 제기하던 다다는 '이 아이한테 인간관계란 아직 말로 정의 내릴 수 있는 정도에 지나지 않겠구나' 하는 생각이 들었다. 어른이 되면 친구도 지인도 아닌 미묘한 관계의 교제가 늘어난다. 보통 같으면 교텐을 '같이 일하는 동료'로 분류할 수도 있겠지만, 교텐은 보통이 아니어서 그것도 딱히 맞지 않는다.

"학교 안 가도 되니? 친구들 못 만나잖아."

다다가 운전하면서 물었다.

"됐네요." 휴대전화로 문자를 보내고 있던 기요미가 입술을 삐죽거렸다. "친구래봐야 소노코밖에 없는걸요."

"그럼 지금 누구한테 문자를 보내는 거야? 소노코?"

"땡. 호시 오빠예요. 소노코는 휴대전화를 놔두고 갔을 거예요. 걔 똑똑하거든요."

기요미의 휴대전화에 달린 마호로 천신 부적이 트럭의 진동에 맞춰 흔들렸다. '결연(結緣)'이라고 쓰인 부적이었다.

"저기 심부름센터 아저씨." 기요미가 말했다. "누군가를 심하게 상처 입힌 적 있어요?"

"그야 뭐, 여러 가지 있겠지."

"맨날 여러 가지래. 예를 들면?"

다다는 조수석에 앉은 기요미를 흘끗 보았다. 기요미는 뭔가에 휘둘리면서도, 뭔가를 궁지에 몰아넣고 있는 것처럼 너무나도 조용한 눈길로 앞을 응시하고 있다.

"예를 들면, 너, 교텐의 새끼손가락 흉터 봤니?"

"네. 엄청나던데요."

"엄청났지. 손가락이 슝 날아갔으니까."

"거짓말, 진짜예요?"

"고등학교 때 이야기야. 나 때문에 다쳤어."

"……무슨 소리예요?"

"공예 시간에 몇몇이 장난치다가 재단기를 사용하고 있던 교텐한테 부딪혔어. 사실 그 녀석들은 내가 몰래 꺼내놓은 의자에 걸려서 넘어진 거야."

"그렇지만 어느 누구도 악의가 있었던 건 아니잖아요. 사고일 뿐이죠."

"그렇지 않아. 나는 교텐이 싫었어. 대체 무슨 생각을 하는지 알 수 없는 음침한 녀석이라고 미워했어. 분명히 자신이 특별하다고 착각하고 있을 거라고 생각했지. 정말 마음에 들지 않았어."

그 이야기를 하는 것은 아무리 시간이 흘렀어도 괴롭다.

　"장난치는 녀석들을 보고 위험하다는 생각은 했어. 그랬으면서도 도구를 가져오려고 자리에서 일어설 때 일부러 의자를 꺼내놓았던 거야. 여기 의자를 놔두면, 의자에 걸린 녀석들이 교텐하고 부딪칠지도 모른다. 그렇게 되면 제아무리 말 없는 교텐이라도 어떤 반응을 보이겠지 하고."

　마가 낀 것이라고밖에는 말할 수가 없다. 설마 정말로 의자에 걸릴 줄은 몰랐다. 그렇게 큰 상처를 입힐 줄은 꿈에도 생각지 못했다. 그저 조금 놀라게 하고, 고소해하면서 웃고 싶었을 뿐이다.

　무슨 말을 해도 이제 와서는 돌이킬 수 없다. 어떤 변명도 할 수 없다.

　교텐의 손가락은 잘렸다.

　그 사실만이 영원히 괴롭게 남을 것이다.

　"장난치던 녀석들은 교텐한테 울면서 사과했지만, 나는 사과할 수 없었어. 내가 한 짓을 고백할 용기가 없었거든. 잠자코 있으면 들키지 않을 거라 생각했어. 하지만 교텐은 눈치챘을 거야. 바닥에 떨어진 손가락을 주울 때 그 녀석은 뒹굴고 있던 의자를 봤어. 그것만으로 녀석은 누가 앉았던 의자인지, 어떻게 해서 일이 벌어졌는지 다 알아차렸을 거야. 녀석은 내가 자기를 싫어한다는 걸 잘 알고 있었거든."

누구보다 다다 자신이 자신의 악의를 깨닫고 있었다.

기요미는 묵묵히 듣기만 했다. 다다의 이야기를 다 듣고 나서도 아무 말 하지 않았다.

다다는 사무실 앞에 트럭을 세우고 기요미에게 먼저 내리라고 했다. 주차를 하고 사무실 안으로 들어가보니 교텐과 기요미가 저녁 식사를 야키소바로 할지 우동으로 할지 옥신각신하고 있었다.

"야키우동으로 해."

다다가 말했다.

교텐도, 기요미도 못마땅한 얼굴로 야키우동을 먹었다. 다먹었을 즈음 호시가 기요미의 휴대전화로 연락을 했다. 기요미는 서둘러 사무실 밖으로 나갔다. 다다와 교텐은 창 너머 거리를 내려다보았다. 건물 앞에 선 밴에서 호시가 내렸다.

호시의 팔에 팔짱을 낀 기요미가 즐거운 표정으로 말을 건넸다. 호시가 웃었다. 다다는 창으로 몸을 내밀고 기요미를 따라 밴에 올라타려는 호시의 등에다 대고 소리쳤다.

"호시, 휴대전화에 달려 있는 부적, '결연'이지?"

사무실 창을 올려다보던 호시는 뺨을 조금 붉히며 말했다.

"왜 떠냐?"

"점잖지 못하다, 너."

교텐의 말을 흘려들으며 다다는 만족스러운 표정을 지었다.

"자, 기요미가 없는 동안 비디오나 보러 가자."

창가에서 벗어나 접시를 싱크대로 나르던 교텐이 갑작스러운 제안을 했다. 교텐은 벽에 걸린 점퍼를 손에 들었다. 경비를 계산하려고 전자계산기를 찾고 있던 다다는 현관문에 선 교텐을 돌아보았다.

"무슨 비디오? 어디 가려고? 난 안 가."

"아주 좋은 비디오인데 유감이네. 그럼 나 혼자 가지. 차나 빌려줘."

어느새 슬쩍했는지 청바지 주머니에 넣어두었던 트럭 열쇠가 교텐의 손가락 끝에 걸려 있다.

애마가 망가질지도 모른다는 불안과 취미 삼아 경비를 계산하면서 느끼는 즐거움을 저울질하던 다다는 결국 교텐을 따라나섰다. 교텐이 간 곳은 파크힐스에 있는 유라네 집이었다.

"저녁에 미리 전화해뒀지."

교텐이 벨을 누르자 현관문이 바로 열렸다.

"지금도 애니메이션 보고 있었냐?"

교텐은 유라를 보자마자 물었다.

"아무것도 안 보고 있었어요. 요즘 공부할 게 많아서요. 들어오세요."

3개월 만에 만난 유라는 조금 어른스러워진 것 같았다.

"건강해 보이네, 유라 도련님."

다다의 말에 유라는 조금 쑥스러워하며 고개를 끄덕였다. 학원에서 막 돌아온 참인지 거실에는 낯익은 가방이 놓여 있다. 여전히 부모는 늦게 돌아오는 모양이다.

"부탁해둔 비디오 있지? 보여줘."

유라가 교텐에게 비디오테이프를 건넸다. 교텐을 대신해 다다가 비디오플레이어 앞에 앉아 비디오를 켰다.

"무슨 비디오냐? 이상한 건 아니겠지?"

"와이드 쇼예요." 유라가 주방에서 대답했다. "엄마가 녹화해뒀거든요. 여기 사는 사람들은 지금 살인사건 얘기밖에 안 해요."

콜라를 사람 수대로 따라 탁자에 놓았다. 다다와 유라가 소파에 앉고, 옆에 선 교텐은 텔레비전 화면에 영상이 재생되는 것을 보면서 리모컨으로 '빨리감기'를 눌렀다.

"왜 안 앉아요?"

유라가 교텐을 올려다봤다.

"신경 쓰지 않아도 돼."

다다가 말했다.

"여기다!"

교텐이 소리치며 '빨리감기'를 멈췄다. 화면에는 마이크를 들이대는 리포터의 얼굴과 기요미의 뒷모습이 보인다.

"어때?"

교텐은 화면을 멈추고 물었다.

다다는 뭐가 어떠냐는 건지 몰라서 "생각보다 진정성이 넘치네" 하고 대충 얼버무렸다.

"이딴 걸 봐서 뭐 하게요?"

유라는 시시하다는 듯이 콜라를 마셨다.

"너희 불감증이냐?"

교텐이 불만스러운지 눈을 치켜떴다.

"초등학생 앞에서 그런 말 쓰지 마."

다다가 교텐에게 주의를 주었다.

"한 번 더, 잘 음미하도록."

교텐은 비디오를 조금 앞으로 돌려서 같은 장면을 재생했다.

정말 걱정이에요. 빨리 찾았으면 좋겠어요. 외로워. 소노코, 보고 있니? 외로워.

"이게 뭐 어떻다는 거야, 교텐. 할 말 있으면 제대로 말해."

"아직도 모르겠냐? 이 영상에는 많은 진실이 담겨 있다고."

교텐은 한숨을 쉬었다.

"예를 들면요?"

유라가 눈동자를 반짝거리며 컵을 탁자에 내려놓고 똑바로 앉는다.

"기요미는 사라진 친구를 진심으로 걱정하고 있어. 그래서 소노코한테 열심히 뭔가를 전하려 하고 있잖아."

"전하다니 뭘?"

교텐은 다다를 내려다보며 안됐다는 듯이 웃었다.

"다다, 넌 피해자가 죽어가며 피로 남긴 메시지를, 터져 나온 코피로 지워버릴 녀석이야."

유라네 아파트에서 나와 주차장으로 걷고 있던 다다와 교텐에게 누군가 말을 걸었다.

"다다 씨, 우연이군요. 여기서 뭐 하십니까?"

가로등 불빛이 간신히 닿는 곳에 하야사카 형사가 서 있었다. 하야사카는 옆에 있던 동료에게 무슨 말인가 건네다가 다다에게로 다가왔다.

"일하고 있습니다."

다다는 담배를 피워 물었다. 담뱃갑을 내밀자 하야사카는 사양하는 기색 없이 한 개비를 뽑아 든다.

"본서에서 나온 녀석인데, 담배를 혐오해서 말이죠." 하야사카는 가로등 아래에서 기다리고 있는 남자를 고갯짓으로 가리켰다. "담배를 못 피워서 아주 죽을 맛이에요."

"그럼 저희는 이만."

"잠깐만, 다다 씨."

하야사카가 인사를 하고 떠나려는 다다를 불러 세웠다.

"니이무라 기요미가 다다 씨네 사무실에 있는 것 같은데, 어떻게 된 일입니까?"

"일 때문입니다."

다다가 대답했다.

"어떤 일요?"

"취재에 한 번 응했더니 매스컴에서 귀찮게 따라다니나 봅니다. 학교에도, 집에도 머물 수 없으니 관심이 식을 때까지 우리 사무실에 머물면서 아르바이트를 하게 해달라고 하더군요. 형사님이 빨리 사건을 해결해주지 않으면 학교 출석일수가 부족해질 겁니다."

"어떤 연고로 다다 씨 사무실에?"

"우리가 뿌린 전단지를 봤겠지요."

하야사카는 연기를 토해내면서 다다를 물끄러미 바라보았다. 다다는 배에 힘을 꽉 주고, 하야사카의 시선을 피하지 않았다.

"해결하려면 소노코부터 찾아야겠죠." 하야사카가 말했다. "뭐 좀 들은 게 없습니까, 다다 씨?"

"들은 게 있다면 벌써 옛날에 하야사카 형사님한테 말했을 겁니다. 전 깨끗한 시민이니까요."

"교텐 씨." 하야사카는 둘의 대화와 상관없다는 듯 저만치에서 담배를 피워 문 교텐을 불렀다. "퇴원하셨군요, 축하합니다. 이제 불편한 덴 없습니까?"

"허리를 비트는 게 자신이 없수다." 교텐이 허리를 낮추고 이리저리 주먹을 획획 내질러 보였다. "재활 훈련 상대 좀 해줄랍니까?"

"……마음 내키면 연락 주십시오. 서나 휴대전화로."

하야사카는 다다의 손에 명함을 들려주고, 담배를 피우지 않는 동료와 함께 어둠 속으로 사라졌다.

"자, 빨리 가자."

다다가 재촉했다.

"아야야야."

교텐은 배를 누르면서 뒤따라왔다.

"무리하니까 그렇지. 정말로 튀어나와도 난 몰라."

다다는 하야사카의 명함을 구겨 주차장 쓰레기통에 던졌다.

다다와 교텐이 사무실로 돌아오자마자 호시와 데이트를 마친 기요미가 곧바로 돌아왔다. 소파에 앉은 다다와 앉으려고 엉거주춤하던 교텐의 시선이 자기에게 쏠린 것을 느낀 기요미는 문 앞에서 우뚝 멈춰 섰다.

"뭐요?"

"할 얘기가 있어." 다다가 소파를 가리키자 기요미는 얌전하게 맞은편 소파에 앉았다. "네가 알고 있는 걸 경찰에 다 이야기했다고 했지? 그런데 그거 거짓말이지?"

"또 '너'로 돌아왔네." 기요미가 불만스럽게 말했지만, 다다는 무시하고 대답을 기다렸다. 이윽고 기요미는 까칠한 목소리로 물었다. "왜 그렇게 생각해요?"

"아까 마호로 경찰서 형사를 만났는데, 그 사람은 아무것도 모르는 것 같았어."

"그렇지만 기요미가 우리한테 거짓말을 한 건 아냐." 교텐은 간신히 소파에 앉아 몸을 젖히고 천장을 올려다보았다. "우리가 수수께끼를 풀어볼까? 아니면 네가 직접 얘기할래?"

"얘기하고 싶지 않아요."

"그럼 우리 맘대로 하지. 다다, 네가 말해."

"내가 왜?"

"난 가능하면 배에 힘주고 싶지 않아. 의료 과실로 시민병원을 확 고소해버릴까 보다."

"백 퍼센트 패소야."

부담스러운 역할을 맡게 된 다다는 잠시 무슨 이야기부터 꺼내야 할지 순서를 생각했다. 기요미는 손가락으로 머리카락을 배배 꼬면서 다다의 말을 기다렸다.

"기요미, 소노코를 돕고 있지?"

"설마요. 사람을 죽인 아이가 도망치는 걸 도우면 나도 잡혀가잖아요. 안 해요, 그런 짓."

"아냐. 넌 인터뷰할 때 소노코한테 메시지를 보냈어. '외로워'라고. 그건 네 현금카드 비밀번호야."

교텐이 유라네 집에서 비디오를 재생해가면서 설명한 것이 있었다. 기요미는 머리카락을 꼬던 손을 조용히 무릎에 올려놓는다.

"'외로워'라고 하면서 3341이란 비밀번호를 알려준 게 아닐까?('외로워'의 일본어 발음 '사미시이(さみしい)'는 '3341'과 발음이 비슷함)" 교텐은 소파에서 몸을 젖힌 채 웃었다. "절대로 잊히지 않을 말이야."

기요미는 포기한 듯 다다를 정면으로 바라보았다.

"그래요. 인터뷰할 때 카드 비밀번호를 소노코한테 가르쳐줬어요. 그 애가 잡히지 않기를 바라니까요."

"그 아인 부모를 죽였어. 자수하라고 권할 생각은 들지 않았니?"

기요미는 희미하게 웃었다.

"이봐요, 심부름센터 아저씨. 소노코는 사건이 벌어진 날, 학교에서 나한테 말했어요. '오늘 밤, 엄마 아빠를 죽일지도 몰라' 하고요. 물론 나는 믿지 않았어요. 그냥 '그러지 마' 하고 장난스럽게 받아넘겼죠. 설마 진심일 거라고는 생각하지 않았어요. 내가 진심으로 받아들이면, 소노코의 말도 진심이 될 것 같아서 무서웠으니까. 아저씨하고 마찬가지예요. 용기가 없었고, 교활했어요. 소노코가 늘 아버지한테 폭력을 당했고, 엄마는 늘 그걸 못 본 척한다는 사실을 어렴풋이 알고 있었으면서

도요."

"때렸단 말이야?"

"때리고 차고 그랬던 것 같아요."

다다는 기요미가 한 말의 의미를 깨닫고, 더 이상 캐묻지 않았다. 교텐은 천장을 바라보며 천천히 담배를 피웠다.

"소노코는 나한테 한 번 더 기회를 준 거예요. 중요한 순간에 도움을 주지 않아 상처를 준 나한테. 밤중에 소노코는 우리 집에 와 아무 말도 하지 않고 몰래 지갑을 가져갔어요. 현금카드 말고는 도움이 될 게 들어 있지 않은 지갑을요."

아시하라 소노코에게는 도박이었을 것이다. 지갑을 가져간 의도를 헤아려 니이무라 기요미가 협력해줄까, 아닐까. 부모나 자신의 현금카드를 사용하면 금세 어디에 있는지 밝혀진다. 아시하라 소노코는 친구에게 죄가 미치지 않는 한계선 위에서 아슬아슬 줄타기를 하면서 우정을 시험한 것이다.

"사실대로 경찰에 말할 생각은 없니?"

다다는 한 번 더 확인했다.

"없어요. 자수할지 말지는 소노코가 결정하면 돼요. 나는요, 이번엔 절대로 실수하지 않을 거예요. 지금도 혼자 어딘가를 헤매고 있을 소노코한테 난 네 편이라고 행동으로 말해줄 거예요."

"소노코는 왜 지갑을 통째로 가져갔다고 생각하니?"

교텐은 답답할 정도로 느릿느릿 상체를 일으켜 담배를 재떨이에 비벼 껐다.

"카드만 가져가면 내가 그 사실을 너무 늦게 눈치챌까 봐서겠지요."

"에이, 멋없기는." 교텐은 입술 끝으로 부드러운 미소를 지었다. "네 지갑이었기 때문이야. 널 소중한 친구라고 생각하기 때문에 부적 대신 지갑을 가져간 거야."

"그걸 왜 몰랐을까." 기요미의 뺨에 눈물이 주르르 흘러내렸다. "이렇게 될 때까지 왜 난 아무것도 눈치채지 못했을까."

다다는 고개를 숙인 채 흐느끼는 기요미를 한참 동안 지켜보았다.

"어떻게 해야 하나?"

다다는 작은 목소리로 교텐에게 물었다.

"이상한 짓 하면 사탕 장사가 물고기 밥으로 만든다고 했잖아. 그냥 울게 내버려두자."

교텐도 속삭였다.

"다 들려요, 아저씨들!"

기요미는 코를 들이마시며 얼굴을 들었다. 울고 있어도 기요미는 아름다웠다. 또한 늠름했다.

다음 날 이른 아침, 아시하라 소노코가 기요미의 휴대전화

252

로 연락을 했다. 아시하라 소노코는 아직 인적이 없는 남쪽 출구 앞 로터리를 가로질러 다다 일행 앞에 섰다.

기요미와 아시하라 소노코는 마주 보자마자 한 무리에 사는 동물끼리 상대의 냄새를 맡는 것처럼 서로 꽉 껴안았다. 다다는 욕심도, 계산도 없이 순수하게 포옹하는 것을 생전 처음 보는 기분이 들었다.

"경찰이에요?"

기요미에게서 몸을 뗀 소노코가 물었다. 몹시 지쳐 보였지만, 예쁘고 영리해 보이는 소녀였다.

"아뇨, 심부름센터에서 일하는 사람입니다."

대답한 다다는 교텐과 몇 걸음 떨어진 곳에서 소녀들의 이야기가 끝날 때까지 기다렸다. 소노코와 기요미는 진지한 표정으로 무슨 이야기인가를 주고받았다.

"심부름센터 아저씨들." 이윽고 기요미가 다다와 교텐을 불렀다. "소노코가 경찰한테 집에 있던 돈을 가져다 썼다고 말할 거래요. 난 그러지 않았으면 좋겠어요. 설득 좀 해주세요."

다다와 교텐은 소녀들 옆으로 다가갔다. 기요미는 매달리는 눈빛으로, 소노코는 모든 걸 각오한 눈빛으로 다다와 교텐을 쳐다보았다.

"됐어, 소노코가 그렇게 하고 싶다면 그걸로 된 거야."

다다가 결론을 내리기도 전에 교텐이 시원스레 말했다. 소노코는 '거봐'라고 하는 얼굴로 기요미를 보고 웃었다.

"그 대신 마호로 경찰서 앞에까지 같이 가줘, 기요미. 내가 또 도망치지 않게. 응?"

기요미는 한참 동안 가만히 있다가 고개를 끄덕였다.

"데려다줄게"하고 다다가 앞장섰다.

다다는 트럭 짐칸에서 소녀들이 어떤 대화를 나누었는지 모른다.

"또 만났으면 좋겠다."

짐칸에서 내린 소노코가 기요미에게 말했다.

"만날 수 있어. 난 항상 마호로에 있을 거니까."

기요미는 망설이지 않고 대답했다. 소노코는 환한 표정으로 다다와 교텐에게 인사하고, 기요미에게 손을 흔들었다. 그러고 나서 마호로 경찰서 정문을 지나 현관으로 사라졌다. 그 자리에 우두커니 서 있는 세 사람 옆으로 경찰서 안에서 뛰어나온 기자처럼 보이는 사람 몇몇이 전화를 걸며 지나갔다.

"자, 돌아가자." 다다가 말했다.

기요미는 트럭 짐칸에 타려다 말고 말했다.

"저기 심부름센터 아저씨. 난 이대로 학교에 갈래요. 마호로 고등학교까지 데려다주세요."

"그건 상관없지만, 짐은 어떡하고?"

"그냥 두세요. 한가할 때 들를게요. 호시 오빠한테 가져다달라고 해도 되고."

"그건 싫어. 그 녀석이 오면 골치 아파."

다다가 투덜거렸다.

마호로 고등학교는 다다와 교텐이 다녔던 때와 별로 변한 게 없는 모습으로 학생들이 등교하기를 기다리고 있었다. 화단 한구석에는 페인트가 벗겨진 토템폴(토템의 상을 그리거나 조각한 나무 기둥)이 서 있었다. 타일이 여기저기 떨어진 외벽에 박힌 무지개 모양의 대형 모자이크.

미술실이 어디였더라? 아침 해를 반사하며 빛나는 무수한 유리창들 사이에서 정확한 위치를 찾기는 어려웠다.

운동장에서는 아침 훈련을 하는 운동부원들의 기합 소리가 이따금 들려왔다. 학교 안은 아직 고요에 감싸였다.

"여러 가지로 고마웠어요." 기요미는 다다와 교텐에게 말했다. "처음 만난 날 밤, 왜 사실을 말할 생각이 들었냐고 물었지요? 아마 심부름센터 아저씨들이 날 진심으로 대해줬기 때문일 거예요. 진심으로 내 이야기를 들어주려고 했기 때문일 거예요."

기요미는 가방도 들지 않은 맨손인데도 당당한 발걸음으로 교문을 들어섰다. 10년도 지난 예전 어느 졸업식 날, 다다가 한 걸음 내딛고 나서 한 번도 다시 넘은 적이 없는 경계를 기요미는 가볍게 넘어갔다.

"아저씨, 빨리 설사병 고치세요. 아무리 그래도 너무 오래가네요. 그럼."

기요미는 돌아보지 않고 건물 입구 쪽으로 걸어갔다.

"설사가 아니라니까."

교텐은 조심조심 조수석에 올라탔다.

역으로 향하는 차량이 늘어났다. 차갑고 촉촉한 아침 공기 속에서 사람들은 새로운 하루를 열기 위해 바삐 움직이고 있다.

"너, 아직 신경 쓰고 있다면서?"

교텐은 담배에 불을 붙이고 라이터를 집어넣다가 오른손을 들어 올려 팔랑팔랑 흔들어 보였다. 기요미 녀석이 말했군. 얼굴이 달아올랐지만, 다다는 아무렇지도 않은 척하며 대답했다.

"뭐 별로."

"바보."

교텐은 미소 지으며 트럭 창문을 조금 열었다.

"네가 깨문 새끼손가락이 아파아."

음정이 틀린 교텐의 노랫소리가 연한 물색 하늘로 올라갔다.

"깨물지 않았어!"

다다는 거세게 항의하고, 혼잡한 역 앞을 우회해 사무실로 트럭을 몰았다. 높은 하늘에서 검은 새의 그림자가 춤을 추고 있다.

개천은 강이 되어 언젠가는 청명한 바다로 흘러들겠지. 새는 아무리 바람이 거칠어도 날갯짓해 언젠가는 친구들과 함께 약속한 동산을 찾아가겠지.

그랬으면 좋겠다. 그럴 거라고 믿고 싶다. 다다는 교텐의 노랫소리를 지우기 위해 라디오를 켰다.

7시 뉴스가 막 시작됐다.

그 버스 정류장에서 또 만나자

12월은 심부름센터가 1년 중 가장 바쁜 시기다.

한 해를 슬슬 마무리할 때가 되면 사람들은 주변을 깔끔하게 정리하고 싶어지는 모양이다. 다다는 하루에도 몇 건씩 의뢰를 해결하며 마호로 시내를 바쁘게 뛰어다녔다. 크게 도움이 되지는 않지만, 교텐도 다다와 함께 뛰어다녔다.

차고를 정리하거나 집을 청소하는 일이 태반이었지만, 개중에는 색다른 일도 있었다.

"오랫동안 짝사랑했던 남자한테 드디어 사귀자는 프러포즈를 받았대. 그래서 크리스마스 때까지는 지금 사귀는 남자와 헤어지고 싶다는데."

다다가 목욕탕에서 돌아오자마자 전화 당번을 하고 있던 교텐이 말했다.

"무슨 소리야?"

"새로운 일."

다다는 교텐이 건네준 메모를 보았다. 교텐의 지저분한 글씨로 시노하라 리요라는 이름과 연락처가 적혀 있다.

"한다고 했냐?"

"잘못한 거냐? 너 요즘 우리 안에 있는 곰처럼 왔다 갔다 하고 있잖아. 빚 독촉이라도 받고 있는가 싶어 맡아뒀어."

"빚 없어. 바쁘게 뛰어다니는 건 성수기라 그래. 왜 이런 골치 아픈 의뢰를 받았어? 헤어지고 싶으면 알아서 헤어지면 되잖아."

"그게 안 되니까 심부름센터에 의뢰하는 거 아니냐? 세게 밀고 들어오면 싫다고 거절하지 못하는 사람도 있다고."

우주인이 침략했는데 "지구를 구할 사람은 당신밖에 없습니다. 우리 모두를 위해 싸워주세요!" 하고 전 세계 사람들이 부탁한다 해도 내키지 않으면 "싫어!" 하고 거절할 사람이 바로 교텐이다. 그런 의미에서는 의지의 인간인 교텐이 시노하라 리요의 의뢰를 맡은 이유는 두 가지밖에 생각할 수 없다. 하나는 일시적인 변덕, 다른 하나는 다다에 대한 심술.

"네가 가."

다다는 교텐에게 메모를 건넸다. 어떤 의뢰든 맡는다는 것이 다다의 방침이지만, 남녀의 골치 아픈 문제에는 가능한 엮이고 싶지 않다.

"에이, 왜."

"슬슬 독립해도 되잖아. 잘하면 심부름센터 면허를 따는 비법도 알려줄게."

다다가 그럴듯하게 말했지만, 교텐은 불만스러운 듯 소파에서 뒹굴었다. 왜 나는 더부살이하는 사람이 되레 큰소리치는 꼴을 보며 살아야 할까. 다다는 교텐을 설득했다.

"네 특기잖아. 하이시도 아주 고마워하던데. 그때 했던 식으로 쪼르르 가서 해결하면 돼."

"그때 했던 방법으로? 그렇다면 간단하겠네."

마음이 동했는지 교텐이 얼굴을 들었다.

"단, 하이시 때보다 백배 정도 부드럽게, 법률이 허용하는 범위 내에서 해야 돼."

다다는 급히 덧붙였다. 하이시에게 접근하는 남자를 피투성이가 될 때까지 두들겨 패고, 마호로 시에서 모습을 감추었다가 다시 나타난 남자의 칼에 찔려 중상을 입었던 일이 떠올라서다.

"까다롭네, 면허 비법 전수받기." 교텐은 담요를 뒤집어썼다. "알았어, 좋아. 한번 해보지. 부탁하면 거절하지 못하는 게 내 성격이잖냐?"

다다는 즉각 반론하고 싶었지만, 조용히 침대에 들어갔다.

1년 가까이 함께 살면서 교텐의 뻔뻔스러움에 대처하는 최선의 방법은 포기와 관용뿐이라는 것을 배웠다.

다다는 천장에 비친 가로등 불빛을 보면서 잠이 찾아오기를 기다렸다. 이윽고 이불의 무게만큼 부드러운 수마에게 몸을 내맡기려는 순간, 칸막이 커튼 너머에서 교텐이 말을 걸었다.

"다다." 진짜 타이밍 못 맞추네. 다다는 잠자코 있었다. 교텐은 잠시 망설이는 듯하다가 말을 이었다. "나 여기를 나가는 편이 좋을까."

독립이라는 말이 마음에 걸렸나 보다. 긍정을 하든 무시를 하든 뭔가 말하고 싶었다. 정말 그렇게 할 수 있었다면 이렇게 긴 시간 동안 교텐에게 사무실을 내주지 않았을 것이다. 참 사람도 좋지. 스스로 생각하면서 다다가 말했다.

"어느 쪽이든 네가 결정해. 새삼스럽게 왜 그런 말은……."

대답을 기다렸지만 고른 숨소리만 들렸다.

뭐야, 이 녀석. 다다는 사그라들지 않는 분노 때문에 잠에서 완전히 깨어 어둠 속에 혼자 멍청히 누워 있었다.

며칠 후, 교텐은 시노하라 리요의 의뢰를 해결하기 위해 터덜터덜 사무실을 걸어 나갔다. 다다는 교텐이 너무 화려한 점퍼를 입고 가는 게 마음에 걸렸다. 시노하라 리요의 새 애인인 척하면서 지금 사귀고 있는 애인을 떼어내려는 작전인 모양이

261

다. 그 양아치 점퍼는 좋지 않을 것 같다고 말하려다가 생각을 고쳐먹었다.

내버려두자. 밀린 의뢰만도 벅차다.

오후가 되어, 다다는 자신이 너무 물렀다는 것을 깨달았다. 혼자 사는 노인의 집에서 죽을힘을 다해 가구를 옮기고 있는데 교텐한테 연락이 왔다.

"미안한데, 좀 데리러 와줄래?"

"잠깐만."

다다는 작업을 지켜보고 있던 노부인에게 휴대전화를 맡겼다. 한쪽 팔과 허리로 받치고 있던 커다란 상자를 조심스레 바닥에 내려놓고서 양해를 구한 뒤 휴대전화를 손에 들었다.

"뭐야?"

"데리러 와달라고. 야마시로초 5-21, 하이츠 화원 201호."

"무슨 일이야?"

"버스를 못 타. 그럼 기다릴게."

영문도 모르는 채 통화가 끊겼다.

"무슨 일 있어요?"

노부인이 걱정스럽게 물었지만 다다는 고개만 저었다. 중요한 단골손님이다. 무슨 사정인지는 모르겠지만, 버스도 못 타는 사내 따위를 챙겨줄 때가 아니다.

"아뇨, 아무것도. 이건 옆방에 두면 됩니까?"

시노하라 리요의 다세대주택은 다다의 고객인 오카의 집보다 훨씬 안쪽으로 들어간 야마시로초의 밭 한가운데에 있었다.

다다는 방의 가구를 새롭게 배치하고서야 트럭을 달려 시노하라의 다세대주택에 도착했다. 초인종을 누르자 현관문이 열리고 교텐이 얼굴을 내민다. 샤워를 했는지 머리카락은 흠뻑 젖었고, 맨몸에 점퍼를 걸치고 있다.

"늦었네."

교텐이 말했다. 다다는 현기증을 느꼈다.

"너 무슨 짓 하고 있는 거야. 애인인 척만 하면 된 거야, 척만 하면! 의뢰인하고 뭘 한 거야, 너. 신뢰 문제야, 이건."

"야, 좀 침착해."

교텐이 웃었다.

"미안해요, 이렇게 돼서."

방 안에 있던 시노하라 리요가 울음을 터뜨렸다.

세 사람은 탁자를 둘러싸고 앉았다. 시노하라는 대학 3학년이라고 했다. 아르바이트하다가 남자를 만나 사귀고 있었는데, 얼마 전에 오랫동안 짝사랑하던 대학 선배가 프러포즈를 해 다다 심부름집에 의뢰했다고 한다.

"오늘 예전 남친이 오기로 해서, 교텐 씨한테 같이 있어달라고 했는데……."

"예전 남친?"

다다는 생소한 단어를 듣고 아리송했다.

"아르바이트하다가 만난 남자를 말하는 거야. 대학 선배가 새 남친이야. '지금 남자 친구'는 '옛날 남자 친구'라고 할 만큼 교제가 확실히 끝난 게 아니래. 그래서 '새 남친', '예전 남친'이라 구별한대."

교텐이 귓속말을 했다.

"아아……."

무슨 소린지 모르겠군. 다다가 마지못해 고개를 끄덕였다.

"예전 남친은 전혀 이해해주질 않아요."

시노하라는 몸을 떨며 눈물을 흘렸다.

처음에는 차분하게 세 사람이 함께 모여 이별을 전제로 이야기했지만, 예전 남친이 갑자기 흥분해 "리요는 속은 거야. 이런 이상한 남자를 고르다니, 난 인정할 수 없어" 하고 난동을 부리기 시작했다고 한다.

다다는 불길한 예감이 들었다.

"그래서?"

"그래서 나도 화가 나서 한 방 날렸지." 교텐은 담담하게 이야기했다. "겁주는 게 최고니까. 예전 남친을 능가할 만큼. 그렇죠?"

"네."

시노하라는 젖은 눈동자로 교텐을 바라보았다. 교텐이 한

264

짓을 떠올리고 겁먹은 것인지, 용감한 모습에 감동받은 것인지 도저히 알 수 없는 표정이었다.

"'인정할 수 없다는 건 무슨 뜻이냐, 너한테 인정받아야 할 이유 없어, 알겠냐. 리요를 따라다니면 죽여버릴 거야, 새끼야!' 하고 소리 지르면서 멱살을 잡고 집 밖으로 끌어냈지. 다세대주택 벽을 주먹으로 쾅쾅 치고, 이마도 벽에 쿵쿵 박고. 제법 미친개 같은 느낌이 나냐? 네가 '법률이 허용하는 범위 내에서'라고 답답한 소릴 하니까 예전 남친을 마음대로 때리지 못해 내가 고생했잖아. 덕분에 코피가 터져서 셔츠가 피투성이가 됐다고."

커튼 레이스에 걸려 있는 교텐의 셔츠가 에어컨 통풍구 가까이에서 흔들거렸다. 아무리 빨아도 지워지지 않을 피 얼룩이 가슴에서 배 언저리까지 남아 있다. 탁자에 올려놓은 교텐의 양손에도 손가락과 손등이 까져 피가 배어 나온다.

"그래서 날 불렀냐?"

"응. 아직 셔츠가 축축해서."

"점퍼만 입고 버스 타고 와도 되잖아."

"춥잖아."

다다가 일어섰다.

"다음 의뢰가 들어와서 이만 실례하겠습니다. 예전 남자 친구가 다시 얼쩡거리면 연락 주세요. 가자, 교텐."

"에이. 또 일이야? 그냥 버스 타고 갈 걸 그랬네."

시노하라는 현관까지 배웅했다.

"이별하는 데 심부름센터까지 끌어대냐? 얌전하게 생겨가지고 소란 피우네."

다다가 투덜거렸다.

"얌전한 여자란 건 없어. 난 본 적 없다, 그런 여자."

교텐은 길거리에 주차해두었던 트럭에 올라타자마자 축축한 셔츠를 계기반 위에 던졌다.

"이렇게 가슴팍이 파진 옷을 입고 굳이 자기 방에서 이별을 고하더라니까! 처절한 것처럼 굴면서도 그 상황을 즐기는 거 같아서 재밌긴 하더라고."

"넌 좀 더 처절하지 않은 방법을 선택할 순 없었냐?"

다다는 히터를 세게 틀면서 말했다.

"예를 들어봐."

"말로 알아듣게 할 수도 있잖아."

"주먹이 가장 빠르고 요긴하게 먹힐 때가 많아." 교텐은 의기 양양했다. "됐잖아, 예전 남자 친구를 때린 것도 아니고."

하지만 쓸데없이 네 몸을 아프게 했잖아. 다다는 교텐의 찢어진 상처 부위를 보았다. '말로 누군가를 이해시키거나 이해받은 적이 한 번도 없었던 녀석이구나' 하는 생각이 들어 아무 말도 하지 않았다.

상처를 치료하러 사무실에 들를 짬도 없었다. 야마시로초에서 나온 트럭은 곧장 마호로 시 서쪽을 향해 내달렸다.

미네기시초에는 대학 캠퍼스가 두 개 있고, 원래 밭이었던 곳을 구획 정리를 한 지역이라 경사가 완만하고 풍경도 깔끔하다.

교통량이 적은 도로변에는 새로 개발된 주택단지가 들어서 있다. 통나무집, 옛날 민가를 옮겨놓은 집, 북유럽풍으로 굴뚝이 높이 솟아 있는 집 등 단독주택들이 나란히 늘어서 있었다.

의뢰를 한 기무라의 집은 주택단지에서 한 블록 더 들어간 곳에 있었다. 예전부터 미네기시초에서 죽 살아온 토박이인지 평범한 2층집이다. 악몽처럼 줄줄이 연결된 집을 본 뒤여서 갈색 페인트를 칠한 나무 외벽을 보니 한결 마음이 놓였다.

"노비타(만화 〈도라에몽〉의 주인공 남자아이)네 집 같군. 요즘 세상에는 이런 집이 오히려 멋져 보이네."

교텐도 다다와 같은 생각인지 트럭에서 내리며 말했다.

인터폰을 눌렀다. 바로 현관이 열리고 오십대 후반쯤 되어 보이는 여자가 손짓을 했다.

"심부름센터에서 왔지요? 어서 들어오세요."

의뢰인인 기무라 다에코였다.

"저 창고를 헐어버리려고요."

응접실로 간 다다와 교텐은 다에코가 가리키는 곳을 바라보았다. 바닥 높이로 난 청소용 창문 너머로 커다란 조립식 창고가 들어찬 작은 정원이 보인다.

"남편이 곧 정년퇴직을 하거든요. 그래서 필요 없는 것들을 치우고 정원을 좀 넓혀서 취미 삼아 이것저것 가꿔보려고 해요. 그런데 우리 부부 둘 다 허리가 안 좋아서 창고 정리가 힘드네요. 창고에 있는 잡동사니들을 들어내줬으면 해요."

"좀 봐도 되겠습니까?"

"네, 그럼요."

세 사람은 현관에서 정원으로 나갔다. 무심코 교텐의 손을 본 다에코가 놀랐다.

"아이고, 다쳤네요. 소독은 했어요?"

"핥았으니까, 괜찮…… 습니다."

다다가 노려보자 교텐은 말끝에 '습니다'를 어색하게 붙였다. 정말 싹싹함이라곤 약에 쓰려 해도 없는 인간이다.

교텐이 '미친개 같은 느낌'을 줘서 다에코가 경계하지 않을까 조마조마했지만, 상처가 난 원인까지는 추측하지 못한 것 같다.

"그래요?"라고만 할 뿐 더 묻지는 않았다.

창고에는 상자와 사용하지 않는 오래된 전기제품들이 천장까지 빼곡히 쌓여 있었다. 필요한 것과 필요하지 않은 것을 확인하면서 정리하려면 생각보다 시간이 오래 걸릴 것 같다.

날씨가 좋은 날 와서 몇 시간씩 작업하기로 약속하고 계약서에 서명을 받았다. 창고에서 나온 쓰레기는 시에서 운영하는 재활용센터로 가져가 처분해주기로 했다. 작업 대금은 쓰레기 처분 대금을 합쳐 정산하고 후불로 받기로 했다.

작업 절차를 합의하고 나오니 어느덧 어둠이 내렸다.

"춥네."

교텐이 점퍼의 지퍼를 목까지 올렸다. 인사를 하고 기무라 씨의 집에서 나온 다다와 교텐은 밖에 세워놓은 트럭으로 다가갔다. 문을 열려는 순간, "저기요" 하고 누가 말을 걸어왔다. 둘이 나란히 뒤를 돌아보자 몇 걸음 떨어진 곳에 이십대 후반으로 보이는 남자가 서 있다.

"업자분들이세요?"

남자가 가까이 다가왔다.

"심부름센터에서 나왔는데요."

다다가 대답하자 남자가 말했다.

"아, 수고가 많습니다."

기무라 씨의 아들인가 싶어서 다다는 친절하게 대답했다.

"저희야말로 일을 맡겨주셔서 감사합니다."

인사도 나눴으니 이제 그만 집으로 들어갈 거라고 생각했는데, 남자가 움직이지 않았다. 짧은 거리를 두고 서로 마주 서서 대치한 형국이다.

교텐은 주머니에서 담배를 꺼내 불을 붙인 뒤 후 하고 연기를 토했다.

"당신, 누구야? 여기 사는 사람 아니지?"

다다도 깜짝 놀랐지만, 남자가 동요하는 모습은 보기에 안쓰러울 정도다.

"아니, 저……."

남자는 우물거리며 찔끔찔끔 뒷걸음질을 쳤다. 교텐은 재빨리 간격을 좁혀 도망가지 못하도록 남자의 팔을 낚아챘다.

"저 차 당신 거 아냐?"

길 입구에 동그란 진주색 자동차가 서 있다.

"왜 기무라 씨인 척하는 거지?"

남자는 잠시 망설이다가 얼굴을 들고 무겁게 입을 열었다.

"일을 맡기고 싶습니다."

"무슨 일요?"

다다는 트럭에 기대 남자의 거동을 관찰했다. 조금 전까지도 우물쭈물하던 남자가 결심을 한 듯 비장한 표정으로 말했다.

"기무라 씨 부부가 어떻게 살고 있는지 알려줬으면 합니다. 어떤 식으로 살고 있는지, 행복한지, 아들과의 관계는 어떤지……."

뭔가 사연이 있는 것 같았지만, 이러한 요청에 응할 수는 없다.

"우리는 탐정이 아닙니다. 다른 곳을 알아보세요."

다다는 문을 열고 운전석에 올라타 시동을 걸었다. 교텐도 남자의 팔을 놓아주고 트럭에 타 조수석의 안전띠를 맸다.

오늘 일도 끝났다. 트럭은 마호로 역을 향해 달렸다.

"따라오고 있어."

백미러를 들여다보며 교텐이 말했다. 다다도 눈치챘다. 진주색 차가 트럭을 뒤따라오는 두 대의 자동차 뒤에서 보일 듯 말 듯 거리를 유지하며 쫓아오고 있다.

"뭐 하는 놈이지!"

다다는 탄식했다. 이상한 사람과 만나게 될 것 같은 예감이 드는 건 심부름센터라는 직업 때문일까, 교텐이 내뿜는 괴짜 기운 때문일까. 교텐이 오기 전에는 어땠더라? 기억을 더듬었지만 생각나지 않았다.

사무실까지 따라와도 골치 아플 게 뻔하다. 다다는 역 앞 시영 주차장에 트럭을 세우고, 뒤따라온 차에서 남자가 내리기를 기다렸다.

'커피의 전당 아폴론'은 그날 밤도 여전히 붐볐다.

마호로 대로의 주상복합건물 2층에 있는 아폴론은 실내 장식이 독특하다.

바닥에는 빨간 카펫, 천장에는 샹들리에, 플로어 중앙에는 갑옷과 투구가 장식되어 있고, 가게 안 여기저기에 누드 조각상과 관엽식물이 놓여 있다. 하나같이 싸구려 질감이 느껴지는 모조품들이다. 창에는 스테인드글라스를 모방한 실(seal)이 붙어 있다.

'고딕풍 분위기 속에서 여유롭게 커피 향을 즐기세요'라는 선전 문구와 달리 너무나 어수선하게 잡동사니가 쌓여 있어서 고딕인지 로코코인지 정글 욕탕인지 정체를 알 수 없는 뜨악한 공간이 되어버렸다. 그리고 결정적으로 아폴론의 커피에는 향이 없다.

종일 앉아 있어도 되는 아폴론은 담배를 피우고 싶은 고교생이나 잠시라도 영업 실적을 잊고 싶은 직장인들에게 아낌없는 사랑을 받고 있다. 다다와 교텐도 목욕탕에서 돌아오는 길에 가끔 아폴론에 들른다. 자석에 이끌리듯이 사람들은 아폴론의 저항하기 힘든 묘한 매력에 끌렸다.

세 남자는 둥근 탁자를 마주하고 각자 1인용 회전 소파에 앉았다. 소파는 빨간 벨벳이고, 둥근 탁자의 표면은 대리석 모양의 플라스틱이었다. 다다는 탁자 무늬가 알기 쉬운 '틀린 그림 찾기' 같다고 생각하면서 식은 커피를 들이마셨다. 남자는 입을 꾹 다물고 안절부절못했다. 금색 스푼으로 커피에 소용돌이를 만들기도 하고, 의자에 튀어나온 곳이라도 있는 것처럼 몇 번이나 엉덩이를 들썩거린다.

집사처럼 보이는 중년의 직원이 "실례합니다" 하고 예의 바르게 탁자 앞에 와 컵에 물을 따라주고 갔다.

교텐은 심심한지 손등에 말라붙은 피를 손톱으로 긁어냈다. 다다가 그만두라고 점퍼 자락을 잡아당겼다. 그쯤에서야 남자는 어렵사리 입을 열었다.

"저, 무례하게 따라와서 죄송합니다. 바쁘신데 귀찮게 구는 일인 줄은 압니다만, 저로서는 이 기회를 놓치고 싶지 않아서……."

무슨 말을 하는지 전혀 알아들을 수가 없어서 다다는 남자의 말을 가로막았다.

"본론부터 말씀하세요."

"네. 제가 곧 결혼을 합니다." 다다는 그다음 이야기를 기다렸다. 남자는 당황한 듯이 덧붙였다. "아, 저는 기타무라 슈이치라고 합니다."

"저는 심부름센터를 운영하는 다다입니다. 이쪽은 교텐."

그러고 나서 다시 대화가 끊겼다.

하는 수 없이 다다가 물었다.

"축하합니다. 그래서요?"

"예, 그래서……. 무슨 말부터 해야 좋을지."

"가도 돼?"

교텐이 다다에게 속삭였다.

"닥쳐."

다다도 작은 목소리로 대답했다.

"그래서 결혼이라는 일생일대의 전기를 맞이하기 전에." 기타무라는 등을 쭉 폈다. "친부모에 대해서 알아두고 싶었습니다."

"결혼이란 게 일생일대의 전기인가? 맞이하려고 하면 몇 번이라도 맞이할 수 있는데……."

"문제는 그게 아니잖아." 다다는 교텐을 나무라고 기타무라를 향해 말했다. "친부모란 게 어떤 의미입니까? 기무라 씨 부부 말인가요?"

"네. 대충."

기타무라는 옆에 놓여 있던 검은 가방을 뒤졌다. 주민등본을 꺼내는가 했더니 나온 것은 말보로 멘솔이었다.

"아, 한 개비 줘요."

담배를 보자마자 교텐이 손을 내밀었다.

기타무라는 "피우세요" 하고 흔쾌히 담뱃갑을 탁자에 내려놓았다. "고등학교 때 맹장 수술을 받았는데, 제 혈액형이 A형이라는 겁니다. 부모님도, 저도 깜짝 놀랐습니다. 그때까지 모두 제가 O형이라고 알고 있었기 때문이죠. 어떻게 된 건지 궁금했습니다. 아버지는 B형이고, 어머니는 O형이거든요. 제가 A형이라니 너무 이상했습니다."

"어머니가 바람을 피웠겠지."

담배를 얻어 피우는 주제에 교텐은 예의가 없다. 기타무라는 몇 번이고 확인한 일이었을 텐데.

"어머니는 그런 분이 아닙니다."

그는 조용히 웃었다.

다다는 자신의 손가락 끝이 희미하게 떨리는 것을 느꼈다.

"ABO식 혈액형만으로 확실하다고 할 순 없겠지요."

간신히 뱉어낸 목소리는 자기도 듣기 싫을 만큼 갈라졌다. 교텐이 이상해하며 다다를 바라보았다. 다다는 물을 한 모금 마셨다.

"네. 그래서 저는 부모님과 유전자 검사를 해보게 되었지요. 그 결과 절 키워준 부모님은 생물학적으로 제 부모님이 아니었습니다."

"병원에서 바뀐 건가?"

교텐은 재떨이에 담배를 비벼 껐다.

"그렇다고밖에 생각할 수 없겠지요."

기타무라는 손가락에 닿을 듯 짧아진 담배꽁초를 재떨이에 올려놓았다. 연기는 이내 사라졌다.

"진실이 어떻든 부모님과 저 사이에 달라진 건 아무것도 없습니다. 오히려 유대가 더 돈독해졌답니다. 하지만 결혼 날짜를 잡고 보니 생물학적 부모인 분들이 자꾸 마음에 걸리더군요. 그분들이 키운, 저와 바뀐 사람도……."

"기무라 씨란 걸 어떻게 알았습니까?"

다다가 물었다.

"친한 친구가 시민병원에서 근무하고 있습니다. 그 친구한테 몰래 부탁했습니다. 저하고 같은 날 태어난 남자아이는 한 명뿐이었습니다. 그날을 기점으로 전후 닷새 동안을 조사해보니 시민병원에서는 열 명 남짓 아이가 태어났습니다. 하지만 저는 기무라 씨라고 생각했습니다. 성도 비슷하고."

다다는 담배를 물고 찌그러진 담뱃갑을 바로 폈다. 종일 정신없이 돌아다니다 오늘 처음 피우는 담배다. 기타무라도 덩달아 두 개비째 담배를 피웠다. 교텐도 약삭빠르게 담배를 한 개비 더 얻어 피웠다.

세 사람이 한꺼번에 연기를 토해내자 탁자 위로 하얀 아지랑이가 피어올랐다.

다다는 기타무라의 이야기를 듣지 않은 것으로 간주하고 싶었다. 아픈 과거가 발치에서부터 스멀스멀 기어 올라와 금방이라도 심장을 쥐어뜯을 것만 같다.

"억측에 불과한 거 아닙니까? 이건 심부름센터에서 할 일이 아닙니다."

다다가 자리에서 벌떡 일어서는데, 교텐이 다다의 작업복 허리춤을 잡았다.

"기무라 씨 부부가 어떻게 사는지 알아냈다 칩시다. 그래서 어쩌겠다는 거요?"

교텐은 다다의 옷을 잡은 채 기타무라를 정면으로 바라보았다.

"어떻게 하려는 게 아닙니다. 그저 알고 싶을 뿐입니다."

기타무라의 목소리는 왜 하늘은 파란색이냐고 묻는 아이처럼 밝았다.

"흐음." 교텐은 다른 한 손을 기타무라에게 내밀었다. "휴대전화 번호 가르쳐줘봐요. 내키면 전화할 테니."

"고맙습니다" 하고 몇 번이나 머리를 조아리는 기타무라와 두 사람은 시영 주차장에서 헤어졌다. 다다는 사무실로 돌아올 때까지 입을 꾹 다물고 있었지만, 떨림 같은 초조함이 온몸을 가득 채우고 있다가 문을 닫는 순간 그만 넘쳐흐르고 말았다.

"네 멋대로 하지 마."

신음에 가까운 저음이 흘러나왔다. 교텐은 망가져가는 석유난로 앞에 웅크리고 앉아 라이터로 애타게 불을 붙이려다가 사무실 입구에 선 다다를 쳐다보았다.

"뭐라고?"

"네 멋대로 하지 말라고 했다."

"혹시 아까, 기타무라 씨한테 말한 거 때문이냐?"

다다의 분노가 한계선을 넘었다.

"그것 말고 다른 일 있었냐?"

아무런 예고도 없이 버럭 소리를 지르자, 깜짝 놀란 교텐이 라이터까지 떨어뜨리며 용수철 인형처럼 벌떡 일어선다.

"아니, 없지, 물론. 그런 의미로 한 말은 아냐."

"어쨌든." 다다는 교텐이 하는 말에 귀를 기울이지 않았다. "넌 왜 경솔하게 떠맡겠다는 말을 하는 거야? 어떤 사람인지도 모르면서."

"그 사람, 거짓말을 하는 것 같지 않던데."

"그럴지도 모르지. 근데 그래서 어쩔 건데? 이건 아주 미묘한 문제야. '기무라 씨 댁은 원만하게 살고 있습니다' 하고 말해줬다 치자. 그다음엔 어떻게 할래? 만나서 이야기하고 싶다고 하면? 병원을 고소하겠다고 하면? 넌 어떻게 할 건데? 기타무라 씨도, 기무라 씨도 가정이 엉망진창이 될지도 몰라. 그것 때문에 벌어질 일을 일일이 다 대응할 수 있겠어!"

"알고 난 뒤에는 원래대로 돌아갈 수 없지." 그 순간 교텐의 표정은 숲속의 은둔자처럼 감정에서도, 욕망에서도 해방된 듯 보였다. "마음 내키는 데까지, 끝까지 나아갈 수밖에 없겠지."

"주위 사람들이 모두 불행해질지도 모르는데?"

"불행하지만 만족할 순 있지. 후회하면서 행복할 순 없어. 어디서 멈출지는 기타무라 씨가 스스로 결정할 일 아냐?"

"너 참 잘났구나."

다다가 말했다.

교텐은 흔들림이 없다.

"무슨 일이야, 다다? 오늘 너 좀 이상해."

"네 괴팍한 기운이 옮은 모양이지. 네 멋대로 해."

"하라고 했다가 하지 말라고 했다가…… 도대체 뭘 어쩌라는 거냐?"

다다는 곤혹스러워하는 교텐에게서 등을 돌리고 주거 공간으로 들어가 칸막이 커튼을 쳤다. 애도 아니고. 괴팍한 기운은 또 뭐야? 분노가 분노를 불러낸다. 다다는 침대 옆 쓰레기통을 힘껏 걷어찼다.

쓰레기통이 싱크대에 부딪쳐 귀에 거슬리는 금속음이 울렸다. 내용물이 바닥에 흩어지고, 컵라면 국물까지 흘러나왔다. 교텐이 라면 용기를 쓰레기통에 그대로 쑤셔 넣은 모양이다. 국물은 제발 싱크대에 따라 버리라고 몇 번이나 일렀건만.

"빌어먹을!"

목청껏 소리를 질렀다. 교텐이 커튼 너머로 안을 들여다보았다. 다다는 씩씩거리며 침대에 누워 이불을 뒤집어쓰고 눈을 감았다.

한밤중에 교텐이 몰래 바닥을 닦는 기척이 났지만, 다다는 자는 척했다.

기무라 씨네 집 창고를 정리하는 일은 순조롭게 진행됐다.

다른 의뢰가 겹쳐서 기무라 씨 집에서 일할 수 있는 시간은 오전 두 시간뿐이었지만, 다행히 날씨가 좋아서 사흘 정도 오가며 일을 했는데도 창고 안은 제법 말끔해졌다. 주말까지는 모든 짐을 꺼낼 수 있을 것 같았다.

구름 한 점 없이 투명한 겨울 하늘. 다다와 교텐은 장갑을 끼고 하얀 입김을 토하면서 작업을 했다. 기무라 다에코는 문턱에 걸터앉아 다다와 교텐이 나르는 물건들을 필요한 것, 불필요한 것으로 나누었다.

못 쓰는 전자제품을 재활용센터로 보내기 위해 트럭 짐칸에 실었다. 다에코는 박스를 하나하나 열어서 내용물을 확인했다. 거의가 못 입게 된 의류나 빛바랜 사업 서류였지만, 앨범이나 초등학교 졸업 문집, 봉제 인형이 들어 있는 상자도 있었다.

그런 상자는 빈틈없이 봉해져 있었고, 내용물도 정성스럽게 비닐이나 신문지로 싸여 있었다. 다에코는 보물 상자를 발견한 해적처럼 환성을 지르며 "어머나, 이것 좀 봐" 하고 앨범을 넘겼다.

작업이 일단락되고 세 사람은 응접실에서 점심을 먹었다. 다다가 한사코 사양하는데도 다에코는 항상 다다와 교텐의 몫까지 도시락을 챙겨주었다.

"괜찮아요, 괜찮아. 어차피 남편 도시락을 만드는 김에 같이 만드는 거니까. 아이들이 독립하기 전에는 나도 파트타임으로 일을 나가서 매일 온 가족 도시락을 싸야 했죠."

플라스틱 통에 담긴 색색의 반찬은 소박하지만 맛있었다. 교텐과 다에코는 도시락을 먹으면서 그날 창고에서 발굴한 사진을 전리품처럼 바라보았다. 일상의 모습을 찍은 스냅사진부터 커다란 액자에 끼워놓은 사진까지 전부 다 기무라 씨 가족의 추억을 응축한 사진들이었다.

교텐은 천연덕스러웠다. 아무런 의문도, 경계도 품지 않고서 상대의 품속을 파고드는 뜻밖의 재능을 발휘했다. 사실 교텐은 겉으로 보기에는 꽤 괜찮은 남자다.

"아, 그 동물원. 나도 어릴 때 갔었는데. 좀 보여주세요." 이러면서 살짝 미소를 지으면 마다할 여자가 없을 것이다.

교텐은 적당한 거리를 두고 다에코 곁에 앉아 한 가족 같은 얼굴로 앨범을 들여다보았다. 다다는 묵묵히 도시락을 먹었다.

사흘 동안 작업하면서 기무라 씨네는 딸과 아들이 하나씩 있다는 것을 알게 됐다. 둘 다 취직을 해 분가했는데, 다에코의 말로는 좀처럼 집에 들르지 않는다고 한다.

다에코는 올 설에 찍은 사진도 보여주었다. 다에코도, 남편도, 딸도 하나같이 늘씬한데 아들만 체격이 땅딸막했다. 아들은 마음씨 좋아 보이는 순한 얼굴로 자연스럽게 카메라 렌즈를 응시하고 있다.

"우아아."

교텐은 다에코 아들의 고교 시절 사진을 보고 과장스럽게 감탄했다. 머리를 샛노랗게 물들이고, 교복 바지를 바닥까지 질질 끌리게 입은 고교생. 하지만 체격이 통통한 편이어서 썩 어울리지는 않았다.

"우습죠?" 다에코도 오랜만에 옛날 사진을 보는 게 즐거운 모양이었다. "얘가 중학교에 올라가면서 갑자기 빗나가기 시작하더라고요. 그래서 아주 고생이 많았어요. 젊은이는 어땠어요?"

다에코가 교텐에게 물었다.

"저는 별로." 교텐은 사진에서 눈을 떼지 않고 말했다. "빗나갈 만한 기력도 없었어요."

"그럼 부모님도 안심하셨겠네."

다에코에게는 조금도 악의가 없다. 교텐도 조용하게 고개를 끄덕였다. 내출혈이 일어나 검붉게 부어오른 주먹의 상처.

교텐은 마치 길고 긴 방랑을 하다가 돌아온 다에코의 아들처럼 살갑게 굴었다. 본심인지 연기인지 다다는 알 수 없었다.

사무실에 돌아와서도 다다는 교텐과 말을 하지 않았다. 하지만 교텐은 전혀 개의치 않고 말을 걸었다. 상대해주지 않아도 혼자서 잘 떠들었다. 자기 전에는 반드시 "내일도 날씨가 맑으려나. 맑았으면 좋겠네" 하고 말했다.

어느 날, 교텐이 손잡이가 달린 종이 가방을 창고에서 끌어냈다. 스무 권 정도 되는 공책이 아무렇게나 들어 있었다.

"아, 가계부네." 다에코는 봉투를 들여다보고 말했다. "부피는 자꾸 늘어나는데 쉽게 버릴 수는 없어서 오래된 건 창고에 넣어뒀죠."

"버려도 되나요?"

"그렇게 해요. 이 기회에 정리하지 뭐."

다다는 시원스레 고개를 끄덕이는 다에코의 모습에 약간 거부감을 느꼈다. 가계부를 버린다는 건 일기를 버리는 거나 다름없는데, 신중하게 생각해야 하지 않나? 여러 번 이사를 다니다 보면 분실할 수도 있겠지만, 가계부를 눈앞에 두고 버릴래, 안 버릴래 물으면 대개는 '뭐 일단 그냥 두자'라고 할 터다.

"그럼."

교텐은 다다처럼 민감하게 생각하지 않았다. 종이 가방에서 공책 꾸러미를 꺼내 끈으로 꽁꽁 묶었다. 공책 표지는 습기가 차서 눅눅했다. 교텐은 쓰레기로 분류된 가계부를 들고 밖에 세워둔 트럭을 향해 걸어갔다.

"다다 씨, 그쪽 상자 좀 보여 줄래요?" 하고 다에코가 말을 걸었다. 처음 봤을 때부터 그늘 한 점 없이 밝은 표정이었다. 내가 너무 과민한 건가. 다다는 "예" 하고 대답하고 작업에 몰두했다.

한밤중에 다다는 사무실 문이 열리는 소리에 눈을 떴다.

커튼을 걷었다. 소파가 텅 비어 있다. 편의점에 간 걸까. 다시 잠을 청하려 했지만, 한번 깬 잠은 좀처럼 다시 오지 않았다.

침대에서 팔만 뻗쳐 협탁 위에 있는 담뱃갑을 찾았다. 하지만 빈 갑이다. 다다는 신음했다. 없다는 걸 알면 더 피우고 싶어진다. 다다는 추위와 니코틴 중 어느 것을 더 참을 수 있을지 저울질하다가 몸을 일으켰다.

잠옷 대신 입은 트레이닝복에 점퍼를 걸쳤다. 편의점은 건물 끝에 있다. 얼른 가서 사 오자. 다다는 점퍼 주머니에 손을 찔러 넣었다.

주머니에 넣어두었던 차 열쇠가 보이지 않았다.

교텐이다. 다다는 사무실에서 뛰쳐나갔다. 애마의 위기다. 담배 따위는 까맣게 잊어버리고 주차장으로 달려갔다.

트럭은 가로등 불빛을 받으며 제자리에 서 있었다. 다다는 교텐이 멋대로 타고 나가지 않은 사실에 안도하다가 혹시나 하고 운전석을 들여다보았다.

교텐은 말보로 멘솔을 입에 물고 조수석에서 열심히 뭔가를 읽고 있었다. 다다가 조수석 창문을 두드리자 교텐은 입에서 담배를 떨어뜨렸다가 황급히 주워 물었다. 다다가 노려보자 순순히 잠금 장치를 풀었다.

다다는 운전석 문을 열었다. 담배 연기와 함께 희미한 곰팡

내가 풍겼다. 운전석에는 교텐이 묶어서 짐칸에 쌓아두었던 낡은 가계부가 흩어져 있다.

"대체 뭐 하는 거야?"

다다는 가계부를 무릎에 올려놓고 운전석 문을 닫았다. 시동을 켜지 않은 차 안은 바깥만큼 춥다.

"기무라 씨도 아들이 친아들이 아니라는 걸 눈치챈 것 같아. 이것 좀 봐."

교텐은 읽고 있던 페이지를 가리켰다. 다에코는 빼곡하게 그날그날의 수입과 지출 목록을 기록해두었다. 좁은 항목이 숫자들로 가득 차 있다. 비고란에는 읽었던 책과 잡지를 적어놓았다. 교텐이 가리킨 항목에는《쉽게 아는 유전자 조직》《혈액형의 비밀》이라고 적혀 있다.

"이게 어쨌다는 거야?"

다다는 관자놀이에 통증을 느꼈다. 분노 탓인지, 제대로 잠을 못 잔 탓인지 알 수 없었다. 다다는 계기반에 놓여 있는 교텐의 담배를 멋대로 꺼내 물었다.

"혈액형 점에 빠져 있었던 거겠지."

"그건 아닐 거야." 교텐이 말했다. "다른 해에는 요리 잡지며 해외 미스터리물뿐인데, 이해에만 이런 책들이 있어. 기무라 씨 아들이 빗나가기 시작할 무렵이야."

어떻게 하면 녀석의 입을 닥치게 할 수 있을까. 다다는 신경이 곤두선 채로 재떨이를 당겼다. 교텐은 색이 바랜 가계부를 덮었다.

"기무라 씨 부부는 부모를 닮지 않은 아들 문제로 다툰 적이 있을 거야."

"그래서?" 소리칠 생각은 없었지만, 다다의 목소리가 커졌다. 손이 떨려 담뱃재가 바닥에 날렸다. "어느 집이나 크고 작은 다툼은 있어. 넌 뭘 알고 싶은 거야? 기무라 씨는 이제 가계부가 필요 없으니까 버렸어. 이제 와서 과거를 들춰내 뭘 어쩌겠다는 거야?"

"이 가계부를 기타무라 슈이치한테 보여주고 싶어."

교텐은 다다의 기세에 물러서지 않고 차가울 정도로 명확하게 대답했다.

"안 돼. 의미가 없어."

"과연 그럴까." 교텐은 눈을 감고 차 문에 어깨를 기댔다. "자기와 똑같은 괴로움을 체험한 사람이 있다, 그 사실을 아는 게 구원이 될 수도 있어."

"너는 아무것도 잃은 게 없잖아. 아무것도 갖고 있지 않았으니까."

다다는 말을 내뱉는 동시에 후회했다. 이런 말을 해서 뭘 어쩌겠다는 건가. 엉뚱한 화풀이다. 머릿속으로는 얼른 입을 다물어야 한다고 생각했지만, 멈춰지지 않았다. 잔혹하게, 누구라도 좋으니 잔인하게 고통을 주고 싶었다.

"아니, 넌 갖고 있지 않은 척하지만, 사실은 전부 갖고 있어. 널 소중하게 생각하는 사람도, 네 피가 흐르는 자식도. 넌 그런 걸 잃거나 상처받지 않을 거리에 두고, 아무것도 갖지 않은 척하는 거야. 넌 너무 교만하고 무신경해."

정말 교만하고 무신경한 게 누구냐. 다다는 담배꽁초를 재떨이에 던졌다. 교텐은 동요도, 상심한 모습도 보이지 않고 묵묵히 앉아 있다.

이윽고 교텐은 몸을 일으키며 다다에게 가계부를 건넸다.

"그럴지도 모르겠다. 네 말대로야." 교텐은 차 문을 열고 주차장에 내려섰다. "그래도 난 알고 싶어."

늦은 밤, 공기를 진동시키며 문이 닫혔다. 교텐은 빠른 걸음으로 주차장을 가로질러 사무실이 있는 건물 안으로 사라졌다.

차 안에 남은 다다는 "뭘 말이야" 하고 중얼거렸다. 다다는 가계부를 모아 원래대로 다시 묶어 짐칸에 실었다. 그리고 편의점에 가서 럭키스트라이크와 말보로 멘솔을 두 갑씩 샀다.

교텐은 평소와 다르게 사무실 소파에서 모로 누워 자고 있었다. 소파 등받이 쪽으로 얼굴을 돌리고. 다다는 탁자에 말보로 멘솔을 살짝 내려놓았다. 커튼을 치고 침대에 누웠다.

알고 있었다. 아마 교텐이 알고 싶다는 것은 다다가 원했던 것과 비슷할 것이다.

다음 날 아침, 교텐은 일어나 담배를 피우다가, 커튼을 여는 다다를 보더니 "굿모닝" 하고 인사를 건넸다.

말보로 두 갑에 기분이 좋아지는 남자. 다다는 잠이 부족해 지끈거리는 머리를 두드리며 더 세게 퍼부어줄 걸 그랬다고 생각했다.

창고를 정리하면 할수록 사진 속의 시간은 점점 더 먼 과거로 거슬러 올라갔다. 가족 네 명이 나란히 모인 사진 속에서 엄마도 아빠도 닮지 않은 아들이 웃고 있다.

교텐은 아무렇지도 않은 얼굴로 다에코의 추억담에 "오호" 하고 맞장구를 치면서 사진을 보았다. 하지만 다다는 괴로워서 견딜 수 없었다. 다다의 괴로움은 교텐이 "아, 이거" 하고 앨범 속 한 장의 사진을 가리켰을 때 절정에 달했다.

젊은 아버지가 어린 아들을 무릎에 안고 있다. 다에코의 남편도 아기도 웃는 얼굴이다.

다다는 닮았다고 생각했다.

다에코 남편의 젊은 시절 얼굴과 기타무라 슈이치의 얼굴이 놀랄 만큼 닮았다.

"닮았네."

교텐이 중얼거렸다. 무슨 말을 할 셈이야. 다다는 방금 먹은 도시락 밥알이 위에서 쇳가루로 바뀌는 듯한 기분이 들었다.

"부모 자식이 닮지 않았다는 말 자주 들어요."

다에코가 한 박자 쉬고 말했다.

"닮았는걸요." 교텐은 사진 속 부자를 손가락 끝으로 조심스레 더듬었다. "착해 보이는 느낌이 아주 많이."

"……그래요?"

"네."

다다는 다에코와 교텐이 앨범 넘기는 모습을 물끄러미 바라보았다.

그날 밤, 교텐이 "다다. 야, 정신 차려" 하고 다다의 어깨를 흔들어 깨웠다. 다다는 늦잠을 잤나 싶어서 침대에서 벌떡 일어나 주위를 둘러보았다. 그러나 아직 밤이었다. 교텐은 장난꾸러기 요괴처럼 침대 옆에 쭈그리고 앉아 있다.

"뭐야?"

언짢아진 다다가 물었다.

"너무 심하게 가위눌리더라. 빈사 상태의 회색 곰이 산기를 느끼는 것처럼."

교텐이 말했다.

다다는 지금까지 몇 번인가 악몽을 꾸다가 한밤중에 벌떡 일어난 적이 있긴 했지만, 교텐이 흔들어 깨운 것은 처음이었다.

"미안. 이제 괜찮아."

다다가 쫓듯이 손을 저어도 교텐은 움직이지 않았다.

"요즘 너 뭔가에 겁먹고 있는 것 같아."

교텐이 고개를 들며 말했다.

교텐이 내 걱정을 한다.

다다는 웃고 싶었지만, 내뱉은 입김은 아무 소리도 되지 않고 허공으로 사라진다.

이런 녀석이었구나. 제멋대로 말하고, 자신이고 남이고 아무래도 좋다는 듯 행동하지만, 사실은 누구보다 따뜻한 마음을 가슴속 깊이 감춰두고 있었어. 교텐과 접한 사람들은 모두 그 사실을 알고 있는데, 나만 깨닫지 못했어.

1년 남짓 교텐과 함께 살면서 다다는 즐거웠다. 매일매일 혈압이 오르내리고 머리카락이 빠지고 부정맥이 빈발했지만, 즐거웠다. 그래서 착각했다.

자신은 달라진 게 아닐까, 잊을 수 있는 게 아닐까 하고.

그러나 기타무라 슈이치가 나타나는 바람에 다다는 차가운 현실로 되돌아왔다.

결국 언제나 자신은 같은 곳에 있었다.

다다는 이불을 옆으로 밀쳐놓고 침대에 걸터앉았다. 교텐은 미동도 없이 앉아 뭔가를 지그시 기다리고 있었다.

알아버린 이상 나아갈 수밖에 없다.

갑자기 모든 것을 다 털어놓고 싶었다. 누구에게도 말하지 못했던 것, 말하고 싶지 않았던 것을 쏟아내고 싶었다.

하지만 입을 열어도 말이 나오지 않았다. 그것은 울음소리

조차 내지 못하는 바위처럼 얼어붙은 채 마음속에 웅크리고
있다.

"빚쟁이에게 쫓기는 꿈을 꿨어."

다다는 이불을 뒤집어썼다.

"빚은 없다고 했잖아?"

교텐은 침대 옆에 서 있었지만, 다다가 대답을 하지 않자 "잘
자" 하고 소파로 되돌아갔다.

크리스마스이브에 창고는 말끔하게 정리가 끝났다. 다다의
트럭에는 재활용 쓰레기가 가득 쌓였다.

토요일이어서 다에코의 남편도 집에 있었다. 남편은 텅 빈
창고를 보고 "치우길 잘했네" 하고 연신 감탄하면서 "떡국 끓
여 먹어요"라며 고향에서 보내주었다는 떡을 주었다. 지금은
정원에서 화분들을 열심히 늘어놓고 있다.

"재활용품 처분에 든 비용이 나오면 청구서를 보내드리겠습
니다. 그때 작업 수당을 입금해주십시오."

"정말 고마워요. 다음에 일이 있으면 또 부탁할게요."

다에코는 문 앞에 서서 미소를 지었다.

"네, 언제든지 불러주세요. 감사합니다."

차 열쇠를 돌리자 작은 트럭은 짐이 무거운 듯 차체를 흔들
었다. 교텐도 다에코에게 꾸벅 머리를 숙이고 트럭에 올라탔다.

악몽처럼 집들이 늘어선 거리로 나왔을 즈음 모퉁이를 돌아 들어가려던 차와 마주쳤다. 기타무라의 진주색 차였다.

"으윽."

교텐이 조수석에서 신음했다. 다다는 백미러로 다에코가 집 안에 들어간 것을 확인한 뒤 가볍게 클랙슨을 울려 기타무라에게 신호를 보냈다. 트럭이 거리로 나와 갓길에 서자 기타무라의 차는 돌아 들어가기를 포기하고, 순순히 바로 뒤에 정차했다.

"뭐 하는 거야, 당신?" 교텐은 보도에 내려서자마자 다가오는 기타무라에게 소리쳤다. "남의 집이나 어슬렁거리고. 스토커하고 다를 바 없잖아?"

"죄송합니다. 아무래도 마음이 쓰여서." 기타무라는 어색하게 웃었다. "오늘 약혼녀하고 데이트하는 날인데, 그 전에 잠깐 기무라 씨 집 주위를 돌아보고 싶어서요."

"당신이 데이트를 하든 조난을 당하든 상관없다니까" 하고 교텐이 말하고, "그런 걸 스토킹이라고 하는 겁니다" 하고 다다도 거들었다.

"죄송합니다." 기타무라는 한 번 더 사과하고, 트럭 짐칸으로 시선을 옮겼다. "저, 일은 이제 다 끝난 겁니까? 어떻던가요, 기무라 씨는?"

"아직 끝나지도 않았고, 당신한테 가르쳐줄 이유도 없습니다." 다다는 입을 열려는 교텐을 제지하며 말했다. "알겠습니까, 기타무라 씨. 심부름센터는 신용 장사입니다. 물론 집 안에서 일을 하니까 그 집 가정 사정도 어느 정도는 알게 됩니다. 그렇다고 해서 남의 사생활을 타인에게 알려주지는 않습니다. 절대로!"

"하지만 교텐 씨는 가르쳐준다고……."

기타무라는 매달리듯이 교텐을 보았다.

"이 사람이 경솔하게 행동한 건 사과드립니다. 아직 견습생이어서요."

다다는 기타무라의 말을 일축했다.

"면허 따는 비법을 전수하는 게 아니었어?"

교텐이 부루퉁해졌다.

"알겠습니다. 그렇지만." 기타무라는 억울하다는 듯 고개를 숙였다. "남이 아닙니다. 저와 기무라 씨 집안식구들은……."

"남입니다." 다다는 단호하게 가로막았다. "혈액형이 다르면 피 색깔이 달라집니까? DNA가 눈에 보입니까? 그런 것에 연연하지 말고 당신을 사랑해주고 키워준 사람을 생각하세요. 그걸로는 안 되겠습니까?"

다다가 구태여 언급하지 않아도 될 문제였다. 눈앞에서 입술을 깨물고 있는 남자는 어느 누구보다도 피와 마음 사이에서 흔들리면서 살았다.

기타무라는 잠시 입을 다물고 있다가 "실례하겠습니다" 하고 몸을 돌려 진주색 차를 타고 가버렸다.

"자, 늦었다."

차도로 걸어가 운전석 문을 연 다다가 말했다.

"평소 오지랖은 어디로 간 거냐?"

교텐이 중얼거리는 목소리를 다다는 쾅 하고 문을 거칠게 닫으면서 털어냈다.

재활용센터는 마호로 시 북동부에 있다. 산을 깎아 만든 광대한 부지다. 고온에 녹을 차례를 기다리는 빈 병이 쌓인 산. 압축되어 블록처럼 쌓인 깡통 벽. 재생을 기다리는 가전제품들은 들판에 그대로 방치되어 조금씩 콘크리트 지면을 침식해가고 있다. 지붕이 있는 깊은 구덩이 속에는 의류와 종이류가 켜켜이 지층을 이루었다.

재활용센터 출입구 바닥에는 저울이 설치돼 있어 차까지 포함해 무게를 잰다. 센터에 들어갈 때와 나올 때 무게 차이로 버린 쓰레기양에 해당 요금을 지불한다.

다다와 교텐은 재활용센터 안을 트럭으로 돌며 짐칸에 실린 기무라 씨 집의 쓰레기를 지정된 구역에다 차례차례 버렸다.

장갑을 끼고 녹슨 오븐 토스터며 먼지를 뒤집어쓴 전열기를 묵묵히 짐칸에서 내렸다. 그것들은 가야 할 곳을 알고 있는 것처럼 순순히 몸을 내맡겼다.

종이류가 마지막으로 남았다. 이삿짐용 끈으로 묶어놓은 백과사전과 실용 서적을 구덩이 안에 던져 넣었다. 구덩이 앞에만 쌓으면 다른 쓰레기를 버릴 수가 없기 때문에 팔을 크게 휘둘러 깊숙이 밀어 넣어야 한다.

한쪽 팔을 최대한 뻗은 순간에 다른 손에 든 커터로 짐 끈을 자른다. 타이밍을 잘 맞춰야 한다. 분류는 철저히 했다. 비가 쏟아지는 소리를 내며 책 무더기가 어두운 구덩이 밑으로 떨어지고 손에는 묶었던 끈만 달랑 남는다. 다다에게는 익숙한 일이었지만, 교텐은 처음 볼링을 배우는 사람처럼 엉거주춤한 자세다. 너무 끈을 빨리 잘라 발밑에다 책을 쏟기도 하고, 너무 늦게 잘라 책과 함께 구덩이 속으로 떨어질 뻔하기도 했다.

"헉!"

흩어진 책을 모아 한 권 한 권 구덩이에 던져 넣던 교텐이 동작을 멈추었다. 중년 남자가 빼곡하게 쌓인 가전제품 뒤에서 나타나 책 더미가 쌓인 구덩이 맞은편을 가로질러 가는 참이었다. 남자도 인기척을 느꼈는지 다다와 교텐이 있는 쪽으로 고개를 돌렸다.

하야사카였다.

교텐은 아랑곳하지 않고 일을 했지만, 다다는 자기를 주시하는 시선을 이기지 못하고 인사를 건넸다. 하야사카는 다다와 교텐 앞으로 다가왔다. 다다는 속으로 '으윽' 하고 신음했다.

"항상 열심히 일하시는군요, 다다 씨."

하야사카는 지면에 놓인 책 꾸러미를 물끄러미 바라보더니 구덩이를 들여다보았다.

"하야사카 씨도 항상 열심히 하시잖습니까. 수사 중이신가요?"

"아, 오늘은 오후에 출근합니다." 하야사카는 증거 은닉 현장을 포착하기라도 한 듯 지면과 구덩이를 몇 번이나 번갈아 바라보더니 다다에게 시선을 고정했다. "여길 산책하는 걸 좋아해서 가끔 옵니다."

탐색하듯 사람이나 사물을 바라보는 버릇은 직업병이라기보다는 하야사카의 호기심 강한 성격 때문인 것 같다. 지금도 "와, 엄청 깊군요. 10미터는 될 것 같네" 하면서 구덩이 가장자리에서 몸을 쑥 내밀었다. 다다는 하야사카를 떠다밀려는 교텐을 말리고 서둘러 남은 책을 처리했다.

"그럼, 이만" 하고 다다가 물러나려고 하자, "아아, 잠깐만요, 다다 씨" 하고 하야사카가 불러 세웠다.

"야마시타 무네유키의 어머니가 실종 신고를 냈습니다."

"누구요?"

다다는 장갑을 벗어 작업복 주머니에 찔러 넣으면서 하야사카를 향해 돌아섰다. 교텐은 무료한 듯 등을 구부리고 앉아 담배에 불을 붙였다.

"이런, 모르시나? 난 당신들이 그 사람 실종에 뭔가 관련이 있지 않을까 싶었는데."

"그건 또 왜요?"

낯빛이 바뀌지 않아야 할 텐데. 속으로 생각하면서 하야사카가 시선을 돌리기를 기다렸다.

"특별한 증거는 없습니다."

하야사카가 웃었다.

"우리를 미행한 건가요, 경찰 아저씨?"

교텐이 들고 있던 담배를 땅에 비벼 껐다.

"우연입니다. 말했잖아요. 이곳을 좋아한다고." 하야사카는 가전제품이 쌓인 곳을 바라보았다. "버려진 것들 속을 걸으면 기분이 좋아져요."

재활용센터 안은 몹시 고요했다. 기억의 무덤 같은 곳이니까 당연하겠지. 하지만 크리스마스이브에 이곳을 혼자 걷는 형사는 대체 어떤 삶을 살아왔을까.

하야사카도 다다와 비슷한 생각을 한 것 같았다.

"다다 씨, 가족은 있습니까?"

"직업적인 질문이십니까?"

"아뇨. 그냥 궁금해서요."

"고백?"

다다도, 하야사카도 뜬금없는 교텐의 말을 무시했다.

"전에는, 아내와."

다다는 잠시 입을 다물었다. 갑자기 내려앉은 짧은 침묵에 교텐이 벌떡 일어섰다. 의아한 모양이다.

"아내가 있었습니다. 헤어졌지만."

하야사카는 고개를 끄덕이고 손목시계를 보았다.

"호시 쪽 조직과는 더 이상 연락하지 마세요. 그러지 않으면 야마시타의 시체가 나왔을 때, 당신들을 조사하지 않을 수 없습니다."

다다는 주차장 쪽으로 걸어가는 하야사카를 묵묵히 지켜보았다.

화려한 조명 장식이 역 앞 건물과 거리를 가득 메웠다. 다다는 평소와 다름없이 한 손에 대야를 들고 공중목욕탕으로 갔다. 탈의실에서 청바지를 벗다가 바지 뒷주머니에 넣어두었던 휴대전화가 없어진 걸 알았다.

'또! 이 녀석, 손버릇 정말 나쁘네.'

당장 사무실로 되돌아가 교텐의 멱살을 잡을까 생각했지만, 이미 목욕 요금을 낸 데다가 오는 도중에 길에 빠뜨렸을 수도 있고, 사무실에 두고 나왔을 수도 있어서 우선 몸을 씻었다.

넓디넓은 욕조에 몸을 담그고 있던 다다는 역시 교텐이 슬쩍해 간 게 틀림없다고 결론지었다. 떨어뜨렸다면 소리가 났을 것이다. 일을 마치고 사무실에 돌아간 후에는 휴대전화를 꺼낸 기억이 없었다.

누군가에게 전화를 걸고 싶다면 사무실에 있는 전화를 써도 되고, 편의점 앞에 있는 공중전화를 써도 된다. 교텐은 아마 다다의 휴대전화에 등록되어 있는 번호를 알고 싶었을 것이다.

다다는 욕조 안에서 팔짱을 꼈다. 교텐이 무슨 생각을 하는지 알 것 같았다. 문제는 꼬리를 어떻게 잡느냐다.

집에 돌아가자, 교텐은 한가하게 소파에서 뒹굴고 있었다.

"야, 내 휴대전화, 어딨어?"

"몰라."

교텐은 눈도 깜박이지 않고 대답했다.

"그래? 어디 떨어뜨렸지?"

다다는 침대 위를 보았다. 아침에 일어났던 그대로 말려 있던 이불 위에 휴대전화가 놓여 있었다.

"어, 있다, 있다."

일부러 혼잣말을 하며 자연스럽게 착신, 발신 기록을 확인했다. 그러나 아무 기록도 남아 있지 않았다.

그러나 다다는 방심하지 않았다. 커튼을 치고 계속 자는 척하기를 한 시간. 자정이 가까울 무렵 교텐이 움직이는 소리가 들렸다. 소파 주변에서 뭔가 부스럭거렸다. 탁자에 부딪히는 소리가 나고, 동시에 "아얏" 하고 소리를 죽여 신음하는 소리도 들렸다. 다다를 엿보는 기척이 났다. 다다는 규칙적으로 고른 숨소리를 냈다.

교텐은 안심했는지 다시 움직이기 시작했다. 그리고 조용히 사무실 밖으로 빠져나갔다.

다다는 재빨리 창에 붙어 바깥 도로를 내다보았다. 건물 밖을 나간 교텐은 하코큐 역과는 반대 방향으로 걸어갔다. 다다는 바로 사무실을 나가 교텐을 뒤따랐다.

부부는 침대 속으로 파고들고, 아이들은 꿈속에서 산타클로스를 기다릴 시간. 사람 그림자 하나 없다. 발소리를 죽이고 뒤를 밟는 다다의 머리 위에서 빛을 잃은 조명 장식이 장미 덩굴처럼 여기저기 휘감겨 있다.

교텐을 미행하는 일은 간단했다. 교텐은 걷는 속도를 바꾸는 법이 없었다. 주위에 사람이 있건 없건, 담담하게 자기 페이스를 유지하며 걸었다. 교만하고 무신경한 게 아니라 자신에게 주의를 기울일 사람이 아무도 없다는 확신에서 나오는 태도다.

교텐은 언제나 혼자다.

다다는 그늘에 몸을 숨길 필요도 없이 일정한 거리를 두고 교텐의 뒤를 밟았다. 용이 선명하게 수놓인 점퍼는 어두운 밤인데도 눈에서 놓치려야 놓칠 수가 없었다.

교텐은 대로 끝까지 가서 작은 모퉁이를 돌았다. 그곳은 대로와 나란히 달리는 뒷길을 잇는 나카도리 상점가다. 사람이 스쳐 지나가기도 힘든 비좁은 길이었지만, 제법 제대로 된 아케이드가 형성되어 있다. 양쪽에 빼곡한 가건물에는 옷 가게와 라면집, 커피숍에서 철물점까지 갖가지 가게들이 서른 곳 정도 늘어서 있다.

나카도리는 종전 직후에 생긴 암시장이 그대로 자리를 잡으면서 건물들이 보수와 증축을 거듭한 끝에 지금의 모습을 갖추었다. 마호로 시에서는 가장 친근한 상점가다.

다다도 어릴 적에 곧잘 과자를 사러 왔다. 하지만 밤에 나카도리를 찾은 것은 이번이 처음이다.

도로 쪽 가게들은 모두 셔터가 내려져 있었다. 지붕이 덮인 아케이드에서는 달빛도, 별빛도 보이지 않는다. 크리스마스를 의식한 듯한 금은색 장식 띠가 아케이드를 지지하는 골조에 감겨 차가운 바람에 흔들리고 있다.

교텐은 길 한복판쯤에서 멈춰 서는가 싶더니 갑자기 좁은 골목길로 들어섰다.

나카도리에 짧은 골목길이 몇 가닥 있는 것은 다다도 알고 있었다. 밀집된 가건물이 들어차면서 만들어진 틈새기였다. 작은 안뜰 같은 공간도 있고, 쇼핑객들을 위한 낡은 공중화장실도 있고, 카운터뿐인 서서 마시는 싸구려 선술집도 있다. 그러나 어지간한 단골이 아니라면 나카도리 상점가의 골목길로 접어들지 않는다.

골목 어귀에 서면 모험하고 싶은 충동이 일기도 하지만, 으슥한 골목 안에는 항상 위험한 분위기가 감돈다. 낮에도 어두컴컴한 골목을 흘끗 들여다보면 수상한 남자들이 손가방에서 꺼낸 작은 약봉지를 주고받는 모습을 볼 수가 있다.

더욱이 지금은 한밤중이다. 다다는 망설였지만, 여기까지 온 바에야 어쩔 수 없었다. 교텐을 따라 골목길로 발을 들이밀었다.

얼마 못 가 이내 막다른 곳에 이르렀다. 삼면이 가건물로 둘러싸인 곳이다. 지면은 흙바닥이었고, 한가운데는 물웅덩이로 착각할 만큼 작고 얕은 인공 못이 있었다. 어항에나 장식할 만한 작은 용궁 모형이 평범한 돌 위에 장식되어 그나마 못이라는 것을 알 수 있었다.

막다른 골목 가건물에 빨간 등롱이 걸린 꼬치구이집 미닫이문이 보였다. 세 걸음이면 가로지를 수 있을 정도로 작은 못이 있는 공간은 아마 꼬치구이집 정원인 모양이다.

"이런, 난감하네."

다다는 어디로 가야 할지 또다시 망설였다. 교텐이 들어갈 만한 곳은 그 꼬치구이집밖에 없다. 다다는 작은 못 옆을 지나 꼬치구이집 앞에 조용히 멈춰 섰다.

빨간 등에는 멋진 글씨로 '꼬치구이 도리마스'라고 쓰여 있다. 입구의 미닫이는 나무 문살문으로 젖빛 유리가 끼워져 있었지만, 손잡이와 가까운 문살 부분은 투명 유리여서 안을 들여다볼 수 있었다.

다다는 가건물 벽에 붙어 서서 고개만 약간 움직여 가게 안을 들여다보았다. 카운터 안쪽에서는 빼빼 마른 백발 노인이 깡통에 든 걸쭉한 소스를 젓고 있었다. 가게의 폭은 문살문 너비 정도고, 길이도 카운터 앞에 고작 둥근 의자 다섯 개를 늘어놓았을 정도로 짧다. 검은 철제 다리의 볼품없는 의자도 앉는 부분은 초록색 비닐이었다.

교텐은 입구에서 두 번째 의자에 앉아 있었다. 맞은편에는 호시가 있었다. 다다는 재빨리 뒤로 물러나 가건물 벽에 등을 바싹 붙이고 주위를 둘러보았다. 호시의 끄나풀은 보이지 않았다. 아무래도 교텐이 호시를 불러내 혼자 나온 것 같다.

"홋피(소주나 맥주에 타서 마시는 소다수 비슷한 탄산음료)만 마시지 말고 꼬치도 주문해. 이 집 꼬치 맛있어."

호시의 목소리가 들렸다.

"그럼, 껍데기."

교텐이 대답했다. 큰 소리로 말하는 것도 아닌데, 벽이 얇아서 말소리가 또렷이 들렸다.

"말고는?"

"껍데기."

"……껍데기를 좋아하는군."

"응."

"아저씨, 여기 껍데기 다섯 개. 나는 적당히 줘요. 전부 소금
구이로요. 그리고 풋콩도."

"예에, 예."

대화가 잠시 끊겼다. 궁금증을 참지 못하고 다다는 다시 안
을 들여다보았다. 교텐이 홋피를 벌컥벌컥 마시고, 노인은 다
구운 꼬치와 홋피를 한 잔 더 카운터에 올려놓는 참이었다. 교
텐은 신나게 껍데기를 씹으면서 홋피 잔을 기울였다.

"맛있냐?"

호시는 징그러운 듯이 홋피를 바라보았다.

"응. 알코올 맛이 나."

"당신, 그거 꽤 잘 마시네."

호시는 입술 끝을 말아 올렸다. 호시는 병맥주를 주문한 것
같으나, 마시는 속도는 그다지 빠르지 않았다. 혹시 저 녀석, 담
배뿐만 아니라 술도 못하는 거 아니야? 하는 짓은 야비하기 짝
이 없는데 몸 관리는 철저하군.

"그래, 용건이 뭐야?"

그제야 호시가 말을 꺼냈다. 다다는 벽에 귀를 바싹 갖다
댔다.

"기요미는? 크리스마스인데 데이트 안 해?"

"시끄럽네, 아저씨!"

"아, 차였구나."

"그럴 리가 없잖아. 그 녀석은 한번 자면 아침까지……. 그건 됐어. 됐으니 용건이나 빨리 말해."

"야마시타가 실종됐다고 신고가 들어왔다던데."

"알고 있어. 그게 왜?"

"시체는 절대로 발견되지 않을 거라고 확신할 수 있냐?"

다다는 깜짝 놀라 가게 안을 살펴보았다. 노인은 담담하게 꼬치를 뒤집고, 옆얼굴만 보이는 호시는 히죽거리고 있다. 교텐은 호시를 바라보고 있어서 얼굴이 보이지 않았다.

"무슨 말인지 모르겠네."

호시가 말했다.

"혹시 발견되면 내가 죽인 걸로 해도 좋아." 교텐이 말했다. "어디서 어떻게 죽였는지, 어떻게 시체를 버렸는지 가르쳐주면 그대로 말할게. 어차피 증거 남을 짓은 안 했겠지? 그러면 내가 하지 않았다는 증거도 없을 테니까."

"증거가 없으면 설령 시체가 나온다 해도 나나 당신이 나설 필요 없지."

"마호로 경찰은 너희를 의심하고 있어. 쓸데없이 조사받기 전에 진범이 자수하는 편이 훨씬 득일걸."

305

교텐, 너 무슨 말을 하려는 거냐. 다다는 조마조마한 나머지 꼬치구이집을 박차고 들어가고 싶은 마음을 간신히 억눌렀다. 교텐의 진의를 알 때까지는 경솔하게 움직일 수 없다.

"흐음." 호시는 고개를 갸웃거렸다. "하지만 당신, 야마시타한테 찔려서 기절했잖아. 언제 그 녀석을 죽일 틈이 있었겠어?"

"야마시타한테 찔리지 않았다고 하면 되잖아. 여자 문제로 옥신각신하다가 야마시타를 죽여서 시체를 숨겼다. 그러고 나서 나 스스로 배를 찔렀다고 해도 되고. 아니면 엎어지는 바람에 찔렸다고 해도 돼. 순식간에 피습당했다고 해도 되고……. 뭐라고든 둘러대면 돼."

"그렇게 쉽게 속겠냐?" 호시는 재미있다는 듯이 카운터에 턱을 괴었다. "그런데 주인한테 은혜를 갚으려고 죄를 뒤집어쓰려는 거냐? 심부름센터 주인이 나하고 당신 때문에 곤란한 일을 많이 겪은 모양이지?"

"아냐." 교텐이 고개를 저었다. "이건 다다하고 상관없는 이야기야. 난 너하고 거래하고 싶어."

잔을 내려놓은 교텐은 점퍼를 열고 셔츠를 걷더니 배에서 공책 한 권을 꺼냈다. 다다는 눈을 의심했다. 다에코의 가계부였다. 저 녀석, 어느새. 내가 하야사카한테 신경을 쓰고 있는 틈을 타 빼돌렸구나. 정말 손버릇 나쁘네.

"이 공책을 기타무라 슈이치라는 사람한테 전해줘."

"왜?"

"이유는 말할 수 없다. 하지만 절대로 너한테 피해가 가지 않을 거야."

"왜 나한테 부탁하는 거야?"

"다다는 반대하니까. 이 공책 이미 버린 줄 알고 있어."

"주소는?"

"휴대전화 번호밖에 몰라. 하지만 넌 알아낼 수 있잖아."

교텐은 기타무라 슈이치가 쓴 메모를 가계부와 함께 호시에게 건네려고 했다. 그 순간 다다는 젖빛 유리가 떨어져 나갈 듯한 기세로 미닫이문을 열고 가게 안으로 쳐들어갔다.

"바보냐, 너는!" 다다는 교텐의 뒤통수를 내리쳤다. "세상에 그렇게 싼 대가로 살인범이 되려는 놈이 어딨어!"

교텐은 다다를 돌아다보며 "어, 잘도 찾아왔네" 하고, 호시는 "아저씨, 나머지는 싸줘요" 하고, 노인은 담담히 꼬치구이를 돌리면서 "예예" 하고 대답했다.

"시간 잘 때웠다."

호시는 꾸러미를 받아 들고 의자에서 일어섰다. 교텐을 노려보는 다다를 지나쳐 그대로 문을 나가려고 했다.

"잠깐만, 호시. 계산은?"

"당신이 내는 게 당연하잖아, 심부름센터."

호시는 교텐을 돌아보며 또 입술 끝을 말아 올렸다.

"이 거래는 처음부터 성립될 수 없었어. 야마시타의 시체 따위는 절대로 발견되지 않을 테니까."

야마시타를 마호로에서 추방했을 뿐 절대 죽이지 않았다는 의미로도, 완전 범죄에 대한 자신감으로도 받아들일 수 있는 말이었다.

"안심하고 살아."

호시는 유유히 사라졌다.

"시끄럽게 해서 죄송합니다." 다다는 노인에게 먼저 사과하고 계산을 했다. 그리고 카운터에 남겨진 가계부를 집어 들었다. "가자, 교텐."

교텐은 바닥에 떨어진 메모지를 주워 들고 껍데기 꼬치구이도 가지고 다다를 따라왔다.

"먹을래?"

들고 있던 꼬치 두 개 중 한 개를 다다 앞에 내밀었다. 다다는 꼬치를 받아 들고 홧김에 힘껏 씹었다. 껍데기는 적당히 기름기가 있어서 식어도 맛있었다.

뒷길로 나와 사무실이 있는 건물로 향했다.

"난 가끔 네가 무서워." 다다는 꼬치를 길거리의 휴지통에 찔러 넣고 한숨을 쉬었다. "어째서 그렇게 모든 것이 단순하냐?"

"솔직히 살인범이 될 생각은 없어." 교텐은 꼬치로 치아 사이를 정리했다. "시체가 발견될 만큼 호시가 서툴지 않았다는 걸 알아. 내 요구를 받아들이게 하려고 각오를 보여준 것뿐이야. 그런 양아치들은 각오를 보여주는 걸 좋아하거든."

호시는 '양아치'라 부를 만한 부류가 아니라고 생각했지만, 다다는 교텐의 말을 지적하지 않고 넘어갔다.

"왜 그렇게까지 해서 기타무라한테 가계부를 보여주고 싶어 하지?"

"말했잖아. 난 알고 싶다고."

"뭘?"

"자식이 부모를 다시 선택하는 것이 가능한지 불가능한지. 가능하다면 무엇을 기준으로 해야 하는지."

다다는 교텐을 바라보았다. 교텐은 꼬치를 문 채 곧장 앞을 향해 걸었다. 야윈 뺨에는 감정의 흔적이라곤 조금도 없다.

교텐, 넌 모를 거다. 내가 줄곧 잠자코 있었으니까. 부모한테 상처받으며 자란 예전의 아이. 그 옆에 있는 사람은…….

"나한텐 아이가 있었어." 다다가 문득 정신을 차렸을 때는 이미 입에서 말이 쏟아지고 있었다. "태어난 지 얼마 안 돼 죽었지만."

다다는 갓 태어난 아기가 누워 있던 방의 은은하고 달콤하고 따스한 향기를 지금도 또렷이 기억한다.

"목이 마르네." 교텐은 편의점의 쓰레기통에 꼬치를 찔러 넣고 사무실 건물 안 계단을 올라갔다. "술, 아직 있지?"

　"헤어진 아내하고는 대학 다닐 때 만났어. 졸업하고 바로 결혼했지. 아내는 아직 이르다고 했지만, 난 하루라도 빨리 함께 있고 싶었어."

　다다는 가계부를 내던지고 창을 등진 채 소파에 앉았다. 도로에서 차가 지나갈 때마다 맞은편에 앉은 교텐의 얼굴 위로 그림자가 지나갔다.

　"아내는 학교 다닐 때부터 사법고시를 목표로 열심히 공부했어. 난 일찌감치 회사에 취직하려고 마음먹은 날라리 법대생이었지만, 아내는 달랐거든. 목표가 확실했어. 결혼 후에도 스스로 학비를 벌어 사법고시 학원에 다녔어. 난 진심으로 응원했지. 할 수 있는 한 집안일도 돕고, 단어 카드로 예상 문제를 만들어 공부를 도와주기도 하고. 지금도 가끔 아내가 육법전서 넘기는 소리가 들리는 것 같아."

　"그런 결혼 생활이 뭐가 그렇게 즐거웠어?"

　교텐이 맥주 캔을 찌그러뜨리면서 물었다.

　"너한테 그런 소리 듣고 싶지 않아." 두 캔째 집어 들었다. "엄청 똑똑하고 귀여운 여자였다고. 그때는 정말로 즐거웠어."

　"나 같으면 졸렸을 것 같은데."

　탁자에는 교텐이 사무실 안에서 긁어모은 술병이 죽 늘어서 있다.

"아내는 졸업하고 2년 만에 사법고시에 합격했어. 힘들게 공부하는 걸 지켜봐서 나도 얼마나 기뻤는지 몰라. 내가 아닌 다른 사람 일로 그렇게 기뻐할 줄은 몰랐어. 아내가 사법 연수를 받으러 가서 1년 반 정도 떨어져 살았지만, 하나도 불만이 없었지."

다다는 하루하루를 충실하게 보냈다. 회사에서는 열심히 차를 팔았고, 휴가를 받으면 아내를 만나러 연수원을 찾아갔다. 거리는 전혀 문제가 되지 않았다. 그만큼 두 사람은 서로를 사랑했고, 서로의 존재가 필요했을 만큼 안정된 관계였다.

적어도 다다는 그렇게 생각했다.

"변호사가 된 아내는 도내 중견 법률사무소에 취직했어. 1년 만에 나보다 2.5배나 높은 연봉을 받더군."

"설마 그게 이혼한 이유?"

"아냐. 근성은 없을지 모르지만, 그렇게 쩨쩨하진 않아."

슬슬 맥주 맛에 질린 다다는 마시던 캔을 탁자에 내려놓았다. 오후에 일을 하러 간 집에서 간식으로 준 소금 맛 전병을 봉지에서 꺼내 씹었다.

"그야 물론 '야, 변호사들 정말 대단하네' 하는 생각은 했지. 장난 아니게 바쁘지만, 벌려고 마음만 먹으면 얼마든지 벌 수 있구나 하고. 하지만 개인적인 관계에서 연봉 격차 같은 게 근본적인 문제는 되지 않잖냐."

"그렇겠지. 나보다 수입이 적은 여자는 좀처럼 없어서 새삼스럽게 생각해본 적도 없지만."

교텐은 싱크대에 씻어둔 컵과 수돗물로 만들어둔 얼음을 가져왔다. 다다는 컵 두 개에 얼음을 넣고 버번위스키를 따랐다.

"어느 날, 여자 대학 동기한테서 전화가 왔어. 그 친구가 '다다, 네 와이프 바람피우고 다녀'라고 하더군. 나는 웃어넘겼어. 우리 부부와 잘 아는 친구여서 농담하는 줄 알았지."

"그런데 정말 바람을 피운 거군."

"그래. 내가 장난스러운 마음으로 '너 바람피운다며?' 하고 넘겨짚었더니 아내의 얼굴이 순식간에 파랗게 질렸어."

아내를 믿고 있다면 그런 말은 하지 않는 게 좋았다. 친구가 농담한 것이라 흘려듣고, 그 이야기는 가슴속에 묻어두는 편이 나았다. 다다는 마음속에 싹튼 의심에 굴복했다.

"상대는 연수원 동기였어. 연수원은 서로 달랐지만, 도쿄에서 다시 만난 모양이야. 이제 끝내겠다고, 절대로 만나지 않겠다고, 아내가 울면서 호소하더군. 난 알았다고 했지. 사랑하면 용서할 수밖에 없어. 헤어진다는 건 생각도 못 할 일이니까."

물론 다다는 충격을 받았고, 화도 냈다. 하지만 화를 낸 진짜 이유는 아내가 바람을 피웠다는 사실이 아니라, '왜 그녀는 그렇게 순순히 바람피운 걸 인정하는가'라는 의문 때문이었다.

다다는 알고 싶지 않다고 몇 번이나 생각했다. 정말로 다다를 사랑한다면 필사적으로 부정해주기를 바랐다. 아내가 부정했다면 다다는 믿었을 것이다.

"공교롭게도 그 사건 직후에 아내가 임신한 걸 알았어." 다다는 컵을 기울여 목을 적셨다. "보통 아내가 남편한테 임신했다는 사실을 알릴 때는 기뻐서 어쩔 줄 모르잖아. 근데 우린 달랐어. 묵직한 긴장감이 느껴졌어. 퇴근하고 집에 들어와보니 아내가 거실 의자에 앉아 있더라고. 난 장인장모나 아내의 친척이 죽었나 싶어서 가슴이 덜컥 내려앉았지. 무슨 이야기를 들어도 놀라지 않겠다고 각오를 단단히 하고 들었어. 아내는 '당신 아이야. 믿어줘'라고 하더군. 그래서 나는 믿었어. 어리석다고 생각하냐?"

"아니, 그렇지 않아."

교텐이 대답했다.

"나는 정말 내 아이건 아니건, 아무래도 좋았어. 아내가 낳은 아이라는 사실만은 분명하니까. 그것만으로도 나한텐 정말 소중한……."

다다는 목소리가 떨려서 얼른 침을 삼켰다. 교텐은 잠자코 있었다.

"그렇게 즐겁게 뭔가를 기다린 적이 없었어. 장모님한테 아이가 태어났다는 연락을 받자마자 회사를 조퇴하고 병원으로 달려갔지. 아들을 안고서도 꿈속에 있는 것 같았어. 그런데 침대에 누워 있던 아내는 내 얼굴을 보는 순간 그렇게 말하는 거야. 유전자 검사를 받자고."

그때 비로소 다다는 배신감을 느꼈다. 그녀는 진실을 밝혀서 다다의 의심을 완전히 없애고 싶은 마음에 제안했겠지만, 다다에게는 아내에 대한 사랑과 신뢰를 모두 짓밟는 것과 다름없는 말이었다.

"필요 없다고, 당신이 내 아이라고 했잖느냐고 난 거절했어. 아내가 아무리 애원해도 그 제안은 들어줄 수 없었어. 아이를 진심으로 사랑했기 때문에, 검사하고 말고 할 이유가 없었던 거야. 하지만 사실을 확인하지 않은 채로 두어서 아내를 괴롭히고 싶다는 마음이 전혀 없었던 건 아냐. 그래서 사실을 밝혀내려는 아내를 만류했는지도 몰라."

의식하지 못하고 있었지만, 그건 아내의 배신에 대한 다른 방식의 복수였다. 시간이 지난 후에야 다다는 그때 자신이 얼마나 어리석었는지 깨달았다. 당시에는 믿는다고 하는 순수하고 아슬아슬한 마음이 어느 틈엔가 분노와 절망으로 바뀌어가고 있다는 사실을 미처 알지 못했다.

"파국은 바로 찾아왔어. 생후 한 달 만에 갑자기 아기가 죽은 거야. 아기가 열이 있는 것 같다고 한밤중에 아내가 날 깨웠어. 내가 아기를 돌볼 테니 쉬라고 했지. 아침이 돼서도 열이 떨어지지 않으면 병원에 데리고 가자고. 아내는 걱정이 되어 좀처럼 잠을 이루지 못하더라고. 아기는 젖을 먹자마자 쌔근쌔근 잠들었어. 난 자장가를 불렀지. 아내를 위해. '부르지 마, 잠 깨' 하고 아내가 웃었어. 조용한 밤이었어. 아기와 아내의 숨소리 밖에 들리지 않았지. 나도 어느새 잠이 들고……. 퍼뜩 정신이 들었을 때 아기는 이미 이 세상에 있지 않았어."

교텐은 팔로 한쪽 무릎을 안고 눈을 감고 있었다. 무슨 감정을 느끼고 있는지 전혀 알 수 없다. 다다는 컵의 술을 비웠다.

"그 후 반년 동안 어떻게든 노력을 했지만 잘 안 됐어. 아내는 가끔 정신이 나갈 때마다 날 원망했어. '아이가 괴로워하는 걸 잠자코 보고만 있었지? 그렇게 당신 아이라고 말했는데도 왜 믿어주질 않았던 거야?' 하더군. 난 아무 말도 할 수 없었어. 그 사실이 아내를 더 애타게 했지. 그러다 정신이 돌아오면 심한 말을 해서 미안하다고 울면서 사과를 해. 그런 일이 끝없이 반복됐어. 아내도 다 알고 있으면서 멈출 수 없었던 거야. 이혼해달라고 하는데, 거절할 수가 없었어. 이제야 벗어날 수 있구나 하는 안도감마저 들더군."

다다도, 교텐도 꽤 오랫동안 침묵했다. 창밖은 캄캄했지만, 성미 급한 새가 깨서 울고 있었다.

"다다." 이윽고 교텐이 입을 열었다. "지금까지 몇 번이고 남들이 말해줬을 테지만 나도 말할게. 넌 잘못하지 않았어."

"악의가 없었다고 해서 죄가 아닌 건 아냐."

다다는 아내가 왜 다른 남자와 잤는지 알려고도 하지 않았다. 믿겠다고 한 것은 말뿐이었다. 다다는 아이의 아버지가 누구인지 확인할 용기가 없었다. 사랑한다고 말하는 것만으로다 정리됐다고 여겼다. 아내가 어떻게 생각하는지는 상상도하지 못했다.

자기가 나태했다는 것을 깨달았을 때는 돌이킬 수 없을 만큼 모든 것이 망가져버렸다.

"몇 번이고 꿈을 꿔. 자그마한 침대에서 아기를 안아 올리는꿈. 아기의 따뜻한 몸이 생생하게 느껴져. 나는 아내한테 '봐,살아 있잖아, 살았어' 하고 말을 해. 하지만 이미 늦었어. 아내한테는 내 목소리가 들리지 않아. 아내는 어두운 방에서 울고있어. 혼자서 한없이, 한없이 울고 있어."

"있잖아, 다다, 내 새끼손가락 만져볼래?"

교텐이 말했다. 다다가 움직이지 않자, 교텐은 일어서서 허리를 구부려 탁자 너머에 있는 다다의 왼손을 잡았다.

다다는 교텐이 이끄는 대로 교텐의 오른손 새끼손가락에 있는 상처를 검지로 머뭇머뭇 더듬었다. 가는 선. 매끄럽고 희미하게 부풀어 오른 선이 손가락 주위를 한 바퀴 빙 두르고 있다.

"두려워하지 말고 만져봐."

교텐이 웃었다. 다다는 고개를 숙이고 교텐의 손가락을 눈

316

으로 살펴봤다.

시노하라 리요의 집에서 생긴 상처에는 딱지가 앉아 있었다. 푸릇푸릇한 내출혈의 흔적이 손등에 퍼져 있었지만, 새끼손가락에 남은 오래된 흉터만은 긴 세월이 지났는데도 하얀색이 두드러져 보인다.

"어때? 아물었지? 새끼손가락이 다른 손가락보다 조금 차갑긴 하지만, 문질러주면 온기가 돌아. 원래대로 돌려놓을 순 없어도 회복할 순 있다는 말이야."

"그만해." 다다가 손을 뺐다. "편해지고 싶은 마음에서 이야기한 건 아냐."

"그럼, 뭣 때문에 이야기한 거냐?"

"가계부는 내가 처분할게. 그걸 너한테 납득시키고 싶어서 말한 것뿐이야."

"납득 안 돼. 이유가 부족해."

그건 그렇다. 다다는 혼란스러웠다. 줄곧 억눌러온 감정이 오늘 밤에야 말이 되어 쏟아져 나온 이유를 알 수 없었다.

"넌 왜 편해지면 안 되는 거지?" 교텐은 양팔을 힘없이 늘어뜨리고 다다 앞에 우두커니 섰다. "넌 파크힐스에 사는 꼬마 녀석한테 살아 있으면 언제든 기회가 있다고 말했잖아. 거짓말이었냐? 입으로 대충 때운 말이었냐고?"

"나도 용서받고 싶고, 아내도 용서하고 싶어. 잊을 수 있는

317

거라면 잊어버리고 싶어. ……그렇지만 불가능해."

쓸쓸한 마음에 다다는 웃었다.

"네가 말을 사용하라고 했는데." 교텐은 어쩔 줄 몰라 하더니 소파 위에 만든 자기 보금자리에 다시 앉았다. "하지만 잘 안 되네."

다다가 말했다.

"교텐, 아침이 되면 나가주지 않을래?"

줄곧 혼자 있고 싶다고 생각했으면서 왜 좀 더 빨리 이 말을 하지 않았는지 불가사의했다.

"응."

교텐은 순순히 고개를 끄덕였다. 다다는 가계부를 들고 소파에서 일어나 칸막이 커튼을 치고 자신의 공간으로 돌아왔다.

마호로 시의 하늘이 맑은 물 같은 아침 햇빛을 머금기 시작할 무렵, 사무실 문이 닫히는 소리가 희미하게 울렸다.

소파에는 교텐이 쓰던 담요가 개어져 있었다. 다다는 탁자 위를 정리하다가 술병에 섞여 있는 작은 과자 깡통을 발견했다. 뚜껑을 열어보니 1년 동안 모은 돈과 기타무라 슈이치가 써준 연락처 메모가 들어 있다.

다다는 바닥에 무릎을 꿇고 소파 밑을 살펴보았다. 아무것도 없다. 먼지를 뒤집어쓰고 있어야 할 건강 샌들도 사라졌다.

다다는 소파에 앉아 담배를 피우면서 점점 밝아오는 창밖을 바라보았다. 그리고 항상 그랬던 것처럼 일할 채비를 하고 사무실을 나섰다.

"어서 오세요!"

환성과 함께 폭죽이 터졌다.

다다는 독거미가 토해낸 듯한 원색의 종이 실을 머리에서 걷어내면서 물었다.

"뭐 하는 겁니까?"

"크리스마스 파티지 뭐겠어요오. 자, 들어오세요, 들어오세요오."

루루가 팔을 잡아당겼다.

루루와 하이시가 사는 공동주택 한쪽 방은 싸구려 카바레처럼 꾸며져 있었다. 색종이로 만든 종이 사슬을 천장에 이리저리 둘러쳐놓고, 빨간 셀로판지로 형광등 갓을 덮어씌웠다. 은색의 작은 전나무는 탁자 위에 올려놓았다.

"마리랑 마리 친구 시노부랑 놀러 왔었어요오. 조금 전까지 같이 놀면서 하나한테 멋진 모자를 만들어주었지 뭐예요오."

치와와가 발밑으로 다가와 꼬리를 흔들었다. 머리 위에 뾰족한 삼각 모자를 썼다. 자세히 보니 속이 빈 폭죽 통이다. 구멍을 뚫고 실을 끼워 턱 밑에서 묶었다.

"루루 언니, 잠깐 도와줄래?"

부엌에 있던 하이시가 부르자 루루는 "그래애" 하고 일어섰다. 둘은 냉장고에서 반쯤 줄어든 샐러드와 과일 펀치가 담긴 그릇을 꺼내 와 탁자에 늘어놓았다.

"뭔가 의뢰를 하려는 게……."

두 사람은 전부터 25일 저녁에 꼭 와달라고 했다. 무슨 일인지 몰라 다다가 묻자, 하이시가 카레라이스를 담은 접시를 내려놓으며 대답했다.

"아니에요. 파티에 초대한 거예요."

"친구분은요오? 나중에 와요오?"

다다는 차려진 음식에 시선을 고정한 채 "아뇨, 그 녀석은 휴가 중이에요" 하고 대답했다.

"식으니까 어서 먹어요."

하이시가 권했다. 루루와 하이시는 마리와 시노부와 함께 이른 저녁을 먹었다고 했다. 다다는 숟가락을 들고 아이들 입맛에 맞춰 조금 달짝지근하게 만든 카레를 먹었다.

루루와 하이시는 맞은편에 앉아 다다가 식사하는 모습을 지켜보았다. 과일 펀치를 권하기도 하고, 스파클링와인을 컵에 따라주기도 하며 살갑게 챙겼다.

치와와는 뼈 모양 개껌을 방구석에서 열심히 씹고 있었다. 이 녀석도 짐승은 짐승이구나. 다다는 감탄하며 바라보았다.

"친구하고 싸웠어요오?"

루루가 물었다.

"아니요." 다다가 딱 잘라 대답했다. "나가달라고 했을 뿐이에요. 자연스럽게."

"그 사람, 어디 갈 데 있어요?"

하이시가 가느다란 담배를 피웠다. 박하 향이 좁은 방 안에 가득 찼다.

다다는 루루와 하이시 방에 한 시간 정도 있었다.

"빨리 화해하세요오." 헤어질 무렵 루루가 말했다. "심부름 센터 아저씨들 덕분에 올해가 너무너무 즐거웠어요오. 또 부탁할 일 있으면 부를 거니까 함께 오세요오."

다다는 대답할 말이 없어 억지로 웃어 보이고는 공동주택 계단을 내려왔다. 다 내려와서 뒤돌아보니 루루와 하이시가 문 앞에 나란히 서서 다다를 지켜보고 있다. 석양빛을 등진 두 사람의 그림자가 나란히 손을 흔든다. 하이시는 치와와를 안고 있는 것 같다.

전에도 이런 광경을 본 적이 있다. 그때는 사무실로 돌아왔을 때 교텐이 있었다. 오늘 밤은 다르다. 누구도 흩뜨려놓지 않을 평온한 시간을 보낼 수 있을 것이다.

지저분한 뒷골목을 걸어 나오면서 다다는 한숨을 쉬었다. 안도의 한숨이라고 생각했지만, 하얀 입김이 얼굴 앞에서 채 사라지기도 전에 그게 아니란 걸 깨달았다.

뭔가 안정이 되지 않았다.

얕보았다. 분명히 루루와 하이시네 집에 굴러 들어가 있을 줄 알았다. 갈 곳이 있을 리 없는 교텐이 한겨울에 돈 한 푼 없이 나갔으니 틀림없이 이 근처에 있을 거라고 믿었다.

나가라고 하면 교텐은 영원히 모습을 감추고 어둠 속으로, 어둠 속으로 태연히 흘러 들어가버릴 것을 알고 있었으면서. 다다는 묻지도 않은 과거를 떠벌려놓고 지레 겁이 나서 교텐을 내쫓은 것이다. 주워 온 개가 생각보다 크게 자랐다고 냅다 버리는 멍청하고 비정한 주인!

다다는 자신에게 화를 내면서 사무실로 돌아왔다. 출입문에 택배 회사 기사가 남긴 쪽지가 끼어 있다. 희한한 일이라고 생각하며 자세히 보니 보낸 사람 칸에는 '다시로 원예'라고 적혀 있다. 전혀 기억에 없다. 분명히 교텐이 주문한 물건일 것이다.

바로 배달 기사에게 전화를 걸었다. 얼마 지나지 않아 근처에서 배달을 하고 있던 기사가 사람이 들어 있다고 해도 이상하지 않을 만큼 거대한 상자를 사무실로 날라다 주었다.

송장에는 '새해 용품'이라고 적혀 있다. 불길했다. 다다는 수령을 거부하고 싶었지만, 할 수 없이 도장을 찍었다. 다시 상자를 안고 계단을 내려가라고 하면 기사가 화를 낼 것 같았다.

설마 교텐이 들어 있는 건 아니겠지. 완전 범죄가 가능하다는 걸 호시가 교텐에게 실증해 보였을 수도 있다.

다다는 상자에 혈흔이 묻지 않았는지 꼼꼼히 확인하고 겉면에 붙어 있는 테이프를 조금 뜯어 코를 킁킁거리며 냄새를 맡았다. 썩은 냄새는 나지 않았다.

큰맘 먹고 상자를 열어보니 1.5미터는 될 것 같은 가도마쓰가 들어 있다. 소나무와 대나무가 가득 꽂혀 있고 뿌리 부분에 흰색과 분홍색의 꽃양배추와 빨간색 남천 열매를 화려하게 박아 넣어 무척이나 호화롭다. 동봉한 편지에는 '다다 심부름집 귀하, 예약 감사합니다. 주문하신 가도마쓰를 보내드립니다. 우리 회사에서는 최고의 소재를 엄선해 수작업으로 만들고 있습니다. 행복한 새해 맞이하시기를 전 사원이 진심으로 기원합니다' 운운 써놓았다.

"이렇게 큰 걸 두 개씩이나! 대체 어디다 두라는 거야?"

다다는 미녀들 사이에 서 있는 듯한 기분으로 두 개의 가도마쓰를 비교했다. 기타무라를 만나고 돌아오는 길에 네 멋대로 하지 말라고 화를 냈을 때, 교텐이 평소와 달리 깜짝 놀라며 동요한 까닭이 바로 이 가도마쓰 때문이구나. 예약까지 해서 가도마쓰를 살 처지도 아니면서…… 돈도 없는 주제에 무슨 생각을 한 것인지 어이가 없었다.

사무실 안에다 가도마쓰를 세워둘 수도 없는 노릇이라 일단 문밖으로 끌어냈다. 문밖에도 공간이 비좁긴 마찬가지다. 가도마쓰 하나는 소화기를 치우고 문 옆에 놓았지만, 아무리 생각해도 다른 하나는 계단에 놔둘 수밖에 없다. 하지만 밑받침대가 커서 계단 한 칸에는 들어갈 것 같지 않았다.

다다는 남은 가도마쓰를 계단 층계참까지 들고 내려갔다. 살아 있는 식물로 장식된 거대한 가도마쓰는 윤기가 돌아 싱싱해 보였지만, 엄청나게 무거워 허리에 무리가 왔다.

거리도 떨어진 데다 높이도 서로 다르게 배치해놓은 가도마쓰는 전혀 가도마쓰 같아 보이지 않았다.

다다는 허리를 문지르면서 계단을 올라가 아무도 없는 사무실에서 작업용 점퍼를 벗었다. 탁자에 던져둔, 가도마쓰 제작자의 편지를 버리려다가 왠지 찜찜해서 한 번 더 봉투 속을 살펴보았다.

편지 외에 청구서가 들어 있다.

"역시 후불이었어……." 교텐이 남기고 간 과자 깡통을 열어 돈을 세어보았다. "한참 모자라잖아."

교텐 녀석, "왜 편해지면 안 되는 거지?"라고 물었지. 그래, 그렇지. 편해져서 나쁠 건 없지. 쓸데없는 선물을 떠맡겨서 마지막까지 민폐를 끼치는 녀석. 없어져서 속이 다 시원하다. 앞으로는 더 편하게 지낼 수 있겠지.

다다는 편안하게 침대에 누워 담배를 물고 천장을 올려다보았다. 불기가 없는 방은 점점 추워져서, 담배 한 개비를 다 피웠을 때는 허리 통증이 심해졌다.

다다는 일어나서 계약서를 철해놓은 바인더를 흔들었다. 미쓰미네 나기코의 연락처가 적힌 메모지가 하얀 나비처럼 팔랑팔랑 바닥으로 떨어진다. 교텐이 팽개쳐두어서 다다가 혹시나 하고 바인더에 끼워두었던 거다.

허리를 짚고서 메모지를 주워 수화기를 드는데, 갑자기 자신이 바보처럼 여겨졌다.

"내가 지금 뭐 하는 거야."

침대로 돌아가 눈을 감았다. 꿈은 꾸지 않았다.

다음 날 아침, 사무실 문을 나서던 다다는 층계참을 보고 움찔했다. 그 바람에 뒤에서 문이 닫혔다. 문 뒤에서 평소와 다른 이상한 기운을 느낀 다다는 얼른 문에서 떨어졌다.

다다를 놀라게 한 것은 거대한 가도마쓰들이었다. 가도마쓰 뒤에 위장한 게릴라라도 숨어 있지 않는가 싶어 순간적으로 방어 태세를 취한 것이다. 역시 가도마쓰를 따로따로 두는 것은 좋지 않다.

다다는 끙끙거리면서 가도마쓰 두 개를 건물 입구까지 날랐다. 낡은 건물 앞에는 어울리지 않았지만, 뭐 하는 사람들인지 확실하지 않은 입주자들도 불평은 하지 않을 것이다.

이른 아침부터 중노동을 한 탓에 허리 통증이 점점 심해졌지만, 의뢰인이 기다리고 있다.

며칠 동안 다다는 허리에 파스를 몇 장씩 붙이고 일했다. 작업하는 틈틈이 교텐의 말을 떠올렸다.

겁먹고 있는 것 같아.

그렇다면 무엇에? 무엇이 두려워서 나는 기타무라 슈이치와 관계되는 것을 피하려는 걸까?

교텐에게 세찬 물줄기처럼 과거를 퍼붓기까지 하고.

다다는 그런 생각을 하면서도 몸은 기계적으로 움직였다. 교텐은 여전히 돌아오지 않았다. 기무라 씨한테 선물 받은 떡은 다다 혼자 1월 안에 다 먹을 수 없을 만큼 많다.

다다는 떡을 세어보고, 매일 세 개씩 저녁 식사로 때우기로 했다. 석쇠도, 토스터도 없어서 주전자로 떡을 찌고 간장을 뿌려 먹었다.

"맛있네."

곡물의 달콤함이 은은히 느껴지고, 혀에 와 닿는 느낌이 부드러운 떡이었다.

기타무라 슈이치는 이 떡을 먹지 못하는구나. 탁자에 그대로 두었던 교텐의 저금통이 눈에 들어왔다.

거의 모든 회사가 한 해 업무를 마감하는 날이다.

기타무라는 퇴근 시간까지 일에 쫓겼던 모양이다. 신주쿠에 있는 여행사 인사부에 근무한다는 그는 약속 시간보다 3분 늦게 아폴론으로 뛰어 들어왔다.

"늦어서 죄송합니다."

기타무라는 뒤따라 물을 가져온 직원에게 아폴론의 오리지 널 커피인 태양 브랜드를 주문했다.

"괜찮습니다. 제가 갑자기 부탁드린 건데요."

다다가 말했다.

할 이야기가 있는데 시간 좀 내줄 수 있겠느냐고 다다가 낮에 기타무라에게 전화를 했다. 기타무라는 씩씩하게 "그럼 오늘이라도 만날까요?" 하며 즉시 시간과 장소를 정했다. 빨리 만나지 않으면 또 망설일 거란 생각을 하던 차에 기타무라가 적극적으로 나와주니 고마웠다.

"할 이야기란……?"

커피를 한 모금 마신 기타무라는 참지 못하고 곧장 용건을 물었다.

"기무라 씨 가족 이야기입니다. 부인은 요리도 잘하고 사교적이며 밝은 분이셨습니다. 남편분은 다정다감하고 정원 가꾸기가 취미시더군요. 두 분한테는 아들과 딸이 있는데, 자식들은 이미 독립했지만 연락은 자주 주고받는 것 같았습니다. 가족은 아주…… 행복한 것 같았습니다. 저한테는 그렇게 보였습니다."

겨우 이 말을 하려고 불러낸 거냐고 어이없어하겠지. 그러나 다다의 예상은 빗나갔다. 기타무라는 다다의 말을 다 듣고 크게 숨을 내쉬었다. 기대와 불안이 뒤섞였던 얼굴이 점점 밝아졌다.

"아, 다행입니다."

기타무라가 웃었다. 다음 말을 기다렸지만, 그는 싱글벙글 웃기만 했다.

"……그것뿐인가요?"

다다가 물었다.

"네?"

"이런 이야기를 듣고 정말 만족하시냐는 말입니다."

"그럼, 사실이 아닌가요? 혹시 기무라 씨 댁에 무슨 문제라도……."

"아뇨, 아무 일 없습니다." 다다는 황급히 부정했다. "제가 본 그대로를 솔직히 말씀드린 겁니다."

"그렇다면 됐습니다." 기타무라는 다시 커피를 입에 댔다. "기무라 씨 댁이 행복하면 그걸로 됐습니다."

기타무라는 커피 잔을 받침에 내려놓고 자세를 바로 하면서 "감사합니다" 하고 말했다. "그런데 왜 가르쳐주기로 하신 건가요? 그때는 다다 씨가 한 말이 맞는 거 같아서 포기하고 있었습니다만."

"생각이 바뀌었습니다."

다다는 의자에 몸을 깊숙이 기댔다. 허리가 아파 똑바로 앉아 있을 수가 없었다. 발을 뻗자 떡이 든 종이 가방과 가계부가 든 종이 가방이 서로 부딪쳤다.

"기타무라 씨는 이제 어떻게 하실 건가요? 기무라 씨를 만나러 갈 건가요?"

"아니요, 안 갈 겁니다."

기타무라는 물세례를 맞은 개처럼 푸르르 고개를 흔들었다.

"물론 앞으로 절대 만나지 않겠다고 장담할 순 없습니다. 그러나 지금은 어떻게 살고 있는지 안 것만으로도 만족합니다. 저도 행복하게 지내고 있고, 제 가족이 됐을지 모를 사람들도 행복하게 살고 있다니 그걸 안 것만으로도 기쁩니다."

기타무라는 나직하면서도 단호하게 말했다.

아아, 이 남자는 이미 결정하고 있었구나. 기타무라는 오래전부터 모든 것을 받아들이는 쪽을 선택하고 있었다.

기타무라가 수고비를 주겠다고 했지만 거절했다. 기타무라는 "그럼 이것만이라도" 하고 아폴론의 커피값을 내주었다.

둘은 역 앞 대로를 함께 걸었다.

"역 앞 로터리에서 가족과 만나기로 했습니다. 엠시 호텔에서 저녁을 먹기로 했거든요."

엠시 호텔은 마호로 시에서 가장 큰 호텔이다. 전에는 '마호로시티 호텔'이라는 이름의 수수한 비즈니스호텔이었지만, 유명 셰프를 스카우트해 새로 문을 연 후부터 시민에게 인기다. 다다는 그곳에 가본 적이 없었다.

"설 연휴 때 약혼녀 부모님께서 상경하십니다. 상견례차 저희 집에 오시는 거지요. 어머니께서 귀한 손님이라 진수성찬을 차려야 하는데 맛이 없으면 큰일이라면서, 레스토랑에 사전 답사를 하러 가자고 고집을 부리셔서요. 사실은 당신이 호텔에서 식사하고 싶으신 거면서 말입니다."

기타무라는 쑥스러워하며 말했다. 다다는 웃었다.

"기타무라 씨, 전 무서웠습니다. 기타무라 씨가 현재 가족한테 뭔가 불만이 있는 게 아닐까 해서요."

다다는 기타무라가 기무라 씨 부부를 자신의 가족으로 다시 선택할까 봐 두려웠다. 다다의 희망을 무너뜨리는 행위였기 때문이다. 기타무라는 다다의 죽은 아기가 맞지 못한 미래를 현실로 보여준 존재였다.

혈연관계를 벗어나 맺어진 가족. 설령 자기 아이가 아니었다 해도 다다는 사랑하고 싶었고 사랑받고 싶었다. 아내와 아이와 행복하게 살아갈 수 있다고, 평생 동안 증명해 보이고 싶었다. 진심을 담아.

기타무라는 "설마요" 하고 펄쩍 뛰었다. "그야 물론 사소한 불만도 있고 싸움도 합니다. 하지만 저한테 부모는 우리 부모님밖에 없습니다. 부모님도 그렇게 말씀하셨고요. 제 혈액형을 알았을 때 부모님께서 그러시더군요. 지금 와서 누가 뭐라 해도 너는 우리 아들이라고."

기타무라는 남쪽 출구 로터리를 돌아보며 "아, 저기 있다" 하고 손을 흔들었다. 광장 한쪽에 몸집이 작고 통통한 중년 부부와 그들을 꼭 닮은 젊은 남자가 서 있었다. 기타무라의 부모와 동생이리라.

"참, 이거." 다다는 조금 망설이다가 가계부가 든 종이 가방은 그대로 두고, 떡이 든 종이 가방만 내밀었다. "시골에서 보내온 떡입니다. 맛이 참 좋던데 가족들과 같이 드세요."

"받아도 됩니까?"

기타무라는 묵직한 종이 가방을 받아 들었다.

"감사의 뜻입니다. 기타무라 씨를 만나지 않았더라면 똑같은 일을 되풀이할 뻔했거든요."

알려고 하지도 않고, 찾으려고 하지도 않고, 누구와도 어울리지 않는 것을 평안한 삶이라고 착각한 채 잔뜩 겁을 먹고 간신히 숨만 쉬는 날들을 보낼 뻔했다.

"혹시 기무라 씨 부부를 만나고 싶을 때가 온다면 다다 심부름집에 전화 주세요. 도와드릴 일이 있을지도 모르겠습니다."

모든 것을 다시 시작하고 싶을 만큼 기타무라가 괴로워하는 날이 온다면, 그때 다에코의 가계부를 건네주자. 기타무라가 조금이라도 위로받을 수 있도록.

기타무라는 의아해했지만, 다다가 "새해 복 많이 받으세요" 하고 말하자, 그제야 가족이 기다리고 있다는 사실을 깨달았는지 "다다 씨도요" 하고 총총걸음으로 로터리를 가로지른다.

"떡, 잘 먹겠습니다. 고맙습니다!"

키가 큰 기타무라가 기다리고 있던 세 사람에게 허리를 잔뜩 구부리고 뭐라고 말을 한다. 다다는 함께 웃으며 혼잡한 거리 속으로 사라져가는 가족의 모습을 한참 동안 지켜보았다.

그날 밤, 다다는 다에코의 가계부를 사무실 책상 서랍에 소중히 넣어두었다. 그리고 짐작이 가는 사람들에게 잇달아 전화를 걸었다. 그래봐야 세 통뿐이다.

"어머어, 교텐 씨는 아직도 미아인 거예요오? 걱정이네에. 보면 바로 연락할게요오."

루루가 말했다.

"내가 알 게 뭐야. 키우던 개 뒤처리는 직접 해, 이 얼간아. 나도 지금 정신없어."

호시는 거칠게 전화를 끊었다. 숨소리가 거친 것으로 보아 니이무라 기요미와 함께 있는 것인지도 모른다.

"하루 짱? 여기 안 왔는데요." 미쓰미네 나기코는 그 건조한 어조로 대답했다. "왜 그러세요. 싸웠어요?"

"싸울 만큼 좋은 사이는 아닙니다."

미쓰미네 나기코가 웃는 것 같았다.

"곧 돌아올 거예요. 배가 고파지면."

모두가 교텐을 어린아이나 반려동물 같은 존재로 인식하고 있다. 다다는 "죄송합니다. 공연히 소란을 피웠군요" 하고 전화를 끊었다.

이제 마지막 끈도 끊어졌다. 다다는 교텐이 어디에 있는지 단서를 찾지 못하고 사무실에서 라면을 끓여 먹으며 연말을 보냈다.

작년과 다를 바 없이 조용하게 새해를 맞이했다. 그러나 2일 밤에 걸려온 전화 한 통으로 고요가 깨졌다.

"심부름센터! 나 오카야. 내가 하늘에 맹세하는데 요중은 진짜 운행 횟수를 속이고 있어! 이런 횡포는 도저히 용서할 수 없다고!"

마호로 시내를 달리는 요코하마 중앙교통 버스는 새해에도 씩씩하고 성실하게 시간표대로 운행 중이었다. 간신히 오카를 설득해 하루 종일 걸린 일에서 해방되었을 때는 주위가 완전히 캄캄해졌다.

맙소사. 다다는 뻣뻣해진 허리를 폈다. 강렬한 기시감이 느껴진다. 작년에도 새해부터 헛일이 될 걸 뻔히 알면서도 작업을 맡지 않았던가. 그래, 맞아. 그리고 이 버스 정류장에서 교텐을 만나고부터 파란만장한 1년이 시작됐지.

다다는 트럭에 타려다 말고, 오카의 집 대문 앞으로 가 야마시로초 2가 버스 정류장을 둘러보았다. 벤치에는 아무도 없었다. 당연히 그럴 수밖에 없다. 마호로 역으로 가는 버스는 벌써 끊겼다.

다다는 오카의 집 정원으로 되돌아와 다시 트럭 문을 열었다. 이웃집에서 개가 짖는 소리가 들려왔다. 어떤 확신에 가까운 예감이 들었다. 다다는 다시 거리로 나와 버스 정류장 쪽으로 갔다. 검은 코트를 입고 짝짝이 장갑을 낀 교텐이 벤치에 앉아 있다.

다다가 천천히 말을 건넸다.

"이런 데서 뭐 하냐?" 깜짝 놀란 교텐은 엉거주춤 일어서서 얼굴을 든다. 다다란 걸 알면서도 대답이 없다. "버스, 안 와."

"알아."

교텐은 불편한 듯 꿈틀거리며 겨우 입을 열었다.

다다는 조용히 교텐 옆에 앉았다. 갑자기 움직이면 아직도 허리에 얼얼하게 통증이 느껴졌다.

"지금까지 어디 있었냐?"

"화원."

"그야 네 머릿속은 언제나 태평스러운 화원이겠지. 그게 아니라……." 다다는 말을 하다 말고 '화원'이 시노하라 리요가 사는 다세대주택 이름이란 것을 깨달았다. "어떻게 구슬린 거야?"

"뭐 그렇게 힘들지 않았어. 밤새 현관 앞에 앉아 있었지. 크리스마스 아침에 돌아오더니 집에 들여보내주더라. 그리고 부모님 집에 다녀와야 한다고 해서 그동안 집을 봐줬어. 리요는 아까 돌아왔어. 이제 집 봐줄 사람 필요 없잖아. 돈도 없고, 배도 고프고, 이제 어떡하나 생각하고 있던 참에 네가 나타난 거야."

다다는 교텐에게 말하고 싶었다. 찾고 있었다고. 기타무라 슈이치가 어떤 선택을 했는지, 다다가 두려워했던 게 무엇이 었는지 말해주고 싶었다고. 그래서 널 찾고 있었다고.

하지만 봇물처럼 쏟아질 것 같던 생각들은 거짓말이었던 것처럼 또 가슴속 깊숙이 가라앉았다. 다다가 간신히 입 밖으로 내뱉은 말은 단 두 마디였다.

"가자, 교텐." 다다는 조심스럽게 일어섰다. "다다 심부름집에서 지금 아르바이트할 사람을 구해."

"왜?"

교텐도 이끌리듯 일어서서 뚜벅뚜벅 따라온다.

"보면 모르냐? 난 지금 허리가 아프단 말이야."

"어쩌다가?"

"너 때문이잖아! 뭐야, 그 가도마쓰는!"

"마음에 안 들었어?"

마음에 들 리가 있냐. 다다는 한마디 하려다 관뒀다. 트럭에 탄 교텐은 그 가도마쓰가 얼마나 훌륭한 것인지 계속 지껄여 댔다.

"일부러 산에 가서 나무를 잘라 온대. 수거도 자기들이 직접 해준대. 그렇지만 수거는 거절했어. 잘 보관했다가 내년에 또 쓰면 좋잖아."

바보냐? 생나무인데 시들지.

그 거대한 가도마쓰를 내가 해체해서 처분해야 한단 말인가? 다다는 끔찍했다. 하긴 뭐 그런 일이 심부름센터의 주 업무이긴 하지. 어쩔 수 없다. 해야지.

"너, 날 만나지 못했더라도 오늘 밤엔 사무실로 기어 들어올 거였지?"

체념하듯 묻는 다다에게 교텐은 "어땠을까?" 하고 웃어 보였다.

"'갈 곳이 없어서 곤란을 겪고 있어요' 하고 전화번호부에 실린 심부름센터마다 일일이 전화를 걸어 상담해볼까 생각하긴 했지."

사거리에서 역 앞 도로로 들어서자 앞쪽에 마호로 중심부의 화려함이 눈에 들어온다.

역에도 광장에도 수많은 사람들이 오가고, 빽빽이 늘어선 건물들도 경쟁하듯 불을 환히 밝혔다. 두꺼운 구름이 드리운 겨울 밤 하늘은 도시의 불빛을 반사하면서 하얗게 빛났다.

많은 차들이 마호로 역 앞으로 향하고, 마호로 역 앞에서 어딘가로 흩어지고 있다. 다다 심부름집의 트럭도 흘러가는 붉은 미등 가운데 하나가 됐다. 하지만 확실한 의지를 가지고 사무실이 있는 낡은 건물을 향해 간다.

눈을 감아도 선하게 떠올릴 수 있는 마호로 역 앞의 즐비한 가게들. 밀집한 건물들은 한 무리가 되어 커다란 생물처럼 점점 가까워진다.

사막을 오가는 대상(隊商)이 중계 지점에 당도했을 때 이런 기분이 들지도 모르겠는걸. 우거진 신록의 나무들, 오아시스 상공을 날아다니는 새 그림자, 물가에서 쉬는 사람들의 두런거림.

이제 그만 여행이 끝나길 기대하며 종착점에 도착하지만, 그곳에는 언제나 새로운 여행이 기다리고 있다.

히터를 틀어놓은 차 안은 따뜻했다. 교텐은 장갑을 벗고 담배를 피웠다. 손등의 딱지는 조그맣게 줄아들어서 딱지 아래 꽃빛을 닮은 피부가 옅게 부풀었다. 새끼손가락은 뭔가를 약속하는 사인처럼 하얀 선으로 묶여 있다.

잃어버린 것은 완전히 되돌아오지 않는다. 다시 얻었다고 생각한 순간에는 기억이 되어버릴지도 모른다. 하지만…….

이제야 다다는 분명히 말할 수 있다.

행복은 다시 살아나게 된다고.

행복은 모양을 바꾸어가며 다양한 모습으로 그것을 원하는 사람들에게 몇 번이고 살며시 찾아온다고.

마 호 로 역 다 다 심부름집

1판 1쇄 발행 2021년 12월 10일

지은이·미우라 시온
옮긴이·권남희
펴낸이·주연선

(주)은행나무
04035 서울특별시 마포구 양화로11길 54
전화·02)3143-0651~3 | 팩스·02)3143-0654
신고번호·제 1997—000168호(1997. 12. 12)
www.ehbook.co.kr
ehbook@ehbook.co.kr

ISBN 979-11-6737-109-6 (04830)
ISBN 979-11-6737-108-9 (04830) 세트